미당 서정주 전집

13

시론

• 이 도서의 국립중앙도서관 출판예정도서목록(CIP)은 서지정보유통지원시스템 홈페이지(http://seoji.nl.go.kr) 와 국가자료공동목록시스템(http://www.nl.go.kr/kolisnet)에서 이용하실 수 있습니다.
(CIP제어번호: CIP2017009908)

미당 서정주 전집

13

시론

한국의 현대시

은행나무

발간사

　미당 서정주 선생의 탄신 100주년을 맞이하여 선생의 모든 저작을 한곳에 모아 전집을 발간한다. 이는 선생께서 서쪽 나라로 떠나신 후 지난 15년 동안 내내 벼르던 일이기도 하다. 선생의 전집을 발간하여 그분의 지고한 문학세계를 온전히 보존함은 우리 시대의 의무이자 보람이며, 나아가 세상의 경사라 하겠다.

　미당 선생은 1915년 빼앗긴 나라의 백성으로 태어나셨다. 우울과 낙망의 시대를 방황과 반항으로 버티던 젊은 영혼은 운명적으로 시인이 되었다. 그리고 23살 때 쓴 「자화상」에서 "나를 키운 건 팔할이 바람이다"라고 외쳤고, 이어서 27살에 『화사집』이라는 첫 시집으로 문학적 상상력의 신대륙을 발견하여 한국문학의 역사를 바꾸었다. 그 후 선생의 시적 언어는 독수리의 날개를 달고 전통의 고원을 높게 날기도 했고, 호랑이의 발톱을 달고 세상의 파란만장과 삶의 아이러니를 움켜쥐기도 했고, 용의 여의주를 쥐고 온갖 고통과 시련을 지극한 아름다움으로 바꾸어 놓기도 했다. 선생께서는 60여 년 동안 천 편에 가까운 시를 쓰셨는데, 그 속에 담겨 있는 아름다움과 지혜는 우리 겨레의 자랑거리요, 보물이 아닐 수 없다. 선생은 겨레의 말을 가장 잘 구사한 시인이요, 겨레의 고운 마음을 가장 잘 표현한 시인이다. 우리가 선생의 시를 읽는 것은 겨레의 말과 마음을 아주 깊고 예민한 곳에서 만나는 일이 되며, 겨레의 소중한 문화재를 보존하는 일이 된다.

미당 선생께서 남기신 글은 시 아닌 것이라도 눈여겨볼 만하다. 선생의 문재文才와 문체文體는 유별나서 어떤 종류의 글이라도 범상치 않다. 평론이나 논문에는 남다른 통찰이 번뜩이고 소설이나 옛이야기에는 미당 특유의 해학과 여유 그리고 사유가 펼쳐진다. 특히 '문학적 자서전'과 같은 산문은 문체를 통해 전달되는 기미와 의미와 재미가 풍성하여 미당 문체의 진미를 맛볼 수 있다. 미당 문학 가운데에서 물론 미당 시가 으뜸이지만, 다른 글들도 소중하게 대접받아야 할 충분한 까닭이 있다. 『미당 서정주 전집』은 있는 글을 다 모은 것이기도 하지만 모두 소중해서 다 모은 것이기도 하다.

미당 선생 생전에 『서정주문학전집』이 일지사에서, 『미당 시전집』이 민음사에서 간행된 바 있다. 벌써 몇십 년 전의 일이다. 오늘의 관점에서 보면 그 책들은 수록 작품의 양이나 정본의 측면에서 아쉬움이 많다. 지난 몇 년 동안, 본 간행위원회에서는 온전한 전집을 만들기 위해서 많은 수고를 아끼지 않았다. 서고의 먼지 속에서 보낸 시간도 시간이지만 여러 판본을 두고 갑론을박한 시간도 만만치 않았다. 특히 미당 시의 정본을 확정하고자 미당 선생의 시작 노트나 육성까지 찾아서 참고하고 원로 문인들의 도움도 구하는 등 번다와 머뭇거림을 마다하지 않았다. 참으로 조심스러운 궁구를 다하였으니, 앞으로 미당 시를 인용할 때 이 전집에 의존하는 경우가 점점 많아지기를 바랄 뿐이다.

한편으로, 미당 전집의 출간은 두려운 일이다. 그것은 미당 선생의 모든 작품을 제대로 보여 준다는 형식적 의미를 지니기 때문이다. 세상에 어떤 전집이 있어 미당 선생의 모든 작품을 제대로 보여줄 수 있을 것인가? 우리에게도 그것은 현실이 못되고 희망이겠지만 그래도 우리는 그 희망에 최대한 가까이 가고자 했다. 우리가 그 희망에 얼마만큼 근접했는지는 앞으로의 세월이 증명해 줄 것이다. 다만 지금으로서는 지극한 정성과 불안한 겸손이 우리의 몫일 따름이다.

마지막으로 감히 말하건대, 우리는 미당의 전집 간행을 긍지와 사명감으로 하고자 했다. 우리는 미당을 통해서 이 세상에는 아주 특별한 것이 아주 드물게 존재함을 알게 되었다. 그리고 그 특별하고 드문 것을 우리 손으로 정리해서 한곳에 안정시키는 일에 관여하는 기쁨을 누렸다. 우리의 기쁨이 보람이 있어 세상의 기쁨이 된다면 그 기쁨은 곱이 될 것이다. 아니 그보다 미당의 문학이 이 세상에서 제 몫의 대접을 받게 된다면 우리는 사필귀정事必歸正이라는 네 글자를 진리로 받들면서 더 큰 기쁨을 누릴 것이다.

미당 선생 탄생 100주년이 되는 해의 유월에
미당 서정주 전집 간행위원회

이남호, 이경철, 윤재웅, 전옥란, 최현식

미당 서정주 전집 13 시론
한국의 현대시

차례

시인과 시

1965~1966년의 시 ·

나와 나의 시론

일러두기

1. 『미당 서정주 전집 13』 '시론'은 『한국의 현대시』(일지사, 1969)를 저본으로 삼았다.
2. '시론'에 인용된 서정주의 시는 『미당 서정주 전집』을,
   다른 시인의 작품은 정본 시집을 참고했다.

서문

여기에서 나는, 1908년 육당 최남선의 신체시 이후 오늘에 이르기까지의 우리 한국의 새 시대의 시를 사적으로 개관하고, 1945년 해방 전과 후의 특질을 대조해 생각해 보고, 1960년 이후의 현황도 타진해 보고, 또 우리 현대시사 속의 중요한 시인들에 대한 각론도 해 보았다. 다만 시인론을 해방 전 시인에만 한정했음은, 최근 20년의 시가 아직도 그것을 논정할 만한 것이 아니라 유동 중에 있는 것이라고 생각한 때문이고, 또 이 유동 중의 것들은 좀 더 뒤에 후인의 평가를 기다리는 것이 바른 순서라고 생각했기 때문이다.

끝으로 저자인 나 자신의 시와 인생에 대한 작은 단상 하나를 덧붙여 놓았다. 이건 그저 나를 알고자 하는 이들에게 심심치 않게 하려는 뜻밖에 별 딴 생각은 없다.

1969년 4월

한국 현대시의
사적 개관

머리말

나는 이 글에서 개화 이후 오늘에 이르기까지의 반세기여에 걸친 이 나라의 시문학을 이야기해 보려 한다.

여기 대해서는 이미 1948년 『문예』지에 약설한 바 있어, 이것이 대학의 현행 교과서에서 쓰여지고 있으나 너무 간략하므로, 이 기회에 증보해 논해 볼까 한다. 더구나 거기에서는 해방 후의 시는 언급하지 못했으므로 이것도 추가해 말하려 한다.

편의상, 아래와 같은 시간적 유파적 구분에 의해 전개해 가는 게 좋겠다.

1. 1894~1918 개화 계몽기의 시
2. 1919~1921 낭만파 전기
3. 1921~1925 낭만파 후기
4. 1925~1934 프롤레타리아 시
5. 1930~1942 순수시
6. 1934~1942 주지주의 시와 초현실주의 시
7. 1936~1942 생명파
8. 1939~1942 자연파의 시
9. 1945~1950 해방 후 시 전기
10. 1950~현재 해방 후 시 후기

1. 개화 계몽기의 시

이 시기는 1894년 갑오경장의 개화 신기운으로부터 육당 최남선의 '신체시新體詩'가 『소년』이란 잡지에 게재되던 1908년 언저리까지로 봄이 가장 타당할까 한다.

왜냐하면 소위 '창가唱歌'의 이름으로 일컬어 온 신시新詩의 맹아라 할 수 있는 것들이 많은 무명인들에 의해 왕성히 쓰여진 것은 갑오경장 이후의 일이고, 또 신시의 예비적 연습이라 볼 수 있는 기독교의 찬송가 번역도 얼마큼 전에도 있긴 있었겠지만, 양적으로 다량 번역되기 시작한 것은 개화 후 교회 건립의 흥륭과 아울러서였기 때문이다.

고종이 1894년 갑오에 개화 정책을 세워 서양풍을 받아들이기로 하면서부터, 이 개화 정신을 담고 계몽하는 '창가'라는 것이 거의는 무명인들에 의해 작사되어 도회지 청소년 학도 사이에 많이 퍼졌다.

1896년부터는 신흥의 기풍을 담은 '독립 정신'의 창가들도 쓰여졌다. 우리가 지금도 부르고 있는 윤치호 작사 〈애국가〉 역시 이 시기에 쓰여진 것이다. 〈애국가〉의 작자에 대해서는 해방 후 나도 그 고증 위원의 한 사람이어서 사정을 잘 알고 있거니와, 오랫동안 안창호 작으로 전해 오던 것이 윤치호의 유언을 그 아들이 전함으로써 비로소 밝혀진 것이지만, 독립협회의 제2대 회장이었던 윤치호만이 이런 창가를 쓴 게 아니라 다른 회원들도 많이 썼던 듯하다. 우선 그

회원이었던 이승만도 창가를 썼다.

이런 창가 제작들은 유치하고 구태의 한문구가 많이 섞인 대로 신시의 한 연습기를 이루었다.

이와 아울러 기독교의 찬송가 번역은 서양 시가의 맨 처음 번역이라 할 수 있는 것으로서, 이 일을 통해서도 서양적, 신시적 문장 연습의 기초를 닦았던 것은 쉬이 수긍할 수가 있다.

그러나 이상의 것들은 신시를 위한 예비기의 일들이고, 이것들로 신시의 시작을 삼을 수는 없다.

흔히 말하는 것처럼 신시는 육당 최남선의 작품에서 비롯한다.

그는 우리 개화 초기의 동경 유학생으로 일본에 새로 이입되어 모방되고 있는 서양 자유시풍의 시 짓는 법을 배워 가지고 와서, 그가 손수 경영해 발간한 『소년』(광문회 발행)지를 통해 몇 편의 시를 '신체시'란 이름으로 발표하였다. 그러나 '신체시'가 그에 의해 처음 명명된 건 아니고 일본 시단에서 쓰던 것을 옮겨 온 것이다.

흔히 인용되는 것으로 1908년 『소년』지에 발표했던 「해海에게서 소년에게」와 「가을 뜻」을 보면, 전자에서는 청소년들에게 신시대의 정신으로 살기를 물결의 말씀에 가탁해서 당부하고 있으며, 후자에서는 낡은 세대에게 미몽에서 깨기를 부탁하고 있는 것으로서, 말하자면 서양 문명에 의해 살려는 개화 정신을 계몽하고 있는 것이다.

이런 것이 간단히 말해서 그의 시정신이었다. 그러나 제목 「해에게서……」에서도 볼 수 있는 바와 같이 그것들은 아직도 다분히 옛 서당의 먹 냄새 나는 문장이었다.

2. 낭만파 전기

이 시기의 시작은 나타나지 않은 동안까지를 계산에 넣는다면 1919년보다는 앞서야 할 것이다. 그러나 발표된 작품을 본위로 해야 하니 불가불 1919년 2월 『창조』에 시를 실은 주요한의 작품 활동 언저리로부터 잡아 보지 않을 수 없다.

주요한에 오면 최남선과는 달라 옛 서당의 먹 냄새 나는 한문투의 문장에서는 탈피했고, 되도록 국어로 시 문장을 꾸미려는 노력이 현저히 나타나며, 내용에서도 서양 시의 영향들이 엿보인다. 낭만시와 상징시의 영향이라든지 정치적 사상으로 민주주의의 영향이 나타나 보인다. 그의 조국애의 정신과 아울러.

그를 알기 위해서는 처녀시집 『아름다운 새벽』과 이광수·김동환과의 공저 『3인 시가집』을 보면 된다. 그는 민요적·목가적인 작품에서 많이 성공하고 있다.

그를 낭만파라고 해 버리기에는 곤란하게 생각되는 점도 없지 않지만, 편의상 우리가 그를 낭만파 시대에 넣는 것은 그의 시정신이 갖는 주정주의에 연유한다. 그 하나뿐 아니라 우리나라의 모든 낭만파 시인이라 일컬어지는 사람들은 '주정주의' 때문에 그렇게 불리어 오고 있다. 그것은 아닌 게 아니라 서양의 낭만주의 정신의 일면이 그러했기 때문이다.

안서 김억은 그와 동시대 사람이라 할 수 있다. 주요한이 남성적인 건전한 정서의 시편들을 상당히 많이 가진 데 반해 김억은 여성적인 애상이 특징이다. 그는 신시 이후 처음으로 우리 국문 시에 독특한 연구를 거친 압운법을 적용하기도 하였으며, 말하자면 무척 '가냘프디가냘픈' 애상들을 표현해 왔다. 그러나 이러한 애상들은, 3·1운동 실패 뒤 2년을 지나온 낭만파 후기 시인들에 비한다면 아직도 무병한 것이긴 하지만……

그는 시 창작 외에 서양 시의 번역에도 많이 힘써 우리나라 최초의 서양 시 번역집 『오뇌의 무도』를 발간했다. 거기에는 말라르메의 「인사」라는 시편도 보여 그가 상징파의 시들도 좀 읽었음을 말해 주고 있다.

3. 낭만파 후기

1922년 발간된 『백조』를 비롯해서 『영대』, 『금성』, 『폐허』 등의 문학지가 거의 한 무렵에 총출하였다. 『백조』에는 월탄 박종화, 상화 이상화, 노작 홍사용, 회월 박영희 등이, 『폐허』에는 공초 오상순이, 『금성』에는 무애 양주동이, 『영대』에는 수주 변영로가 의거처로 하여 활동했다.

이들 중에서는 처녀시집으로 월탄의 『흑방비곡』, 무애의 『조선의 맥박』, 수주의 『조선의 마음』 등을 뒤에 가지게 되었다.

문학지에 의거하지 않고 종합잡지 『개벽』을 무대로 해 나온 소월 김정식도 이 파에 소속시키는 게 관례이며, 1925년 『국경의 밤』이라는 자유형 서사시로 문단에 나온 파인 김동환도 그렇고, 1926년에 시집 『님의 침묵』을 문단에 내보낸 3·1운동 33인 중의 1인인 한용운도 흔히 여기에 넣는 듯하나, 한용운만은 이 유파에 안 넣어 생각해야 할 것이다. 왜냐하면 『님의 침묵』은 시기가 낭만파 후기에 일치한다는 것 외에는 낭만파로 볼 정신적 이유가 없기 때문이다. 『님의 침묵』의 시편들은 불교적인 지혜의 시들로서, 낭만주의와는 일치점이 없다.

한용운뿐만 아니라 김소월도 엄정히 보면 구미석인 의미의 로맨티스트라 하기에는 너무나 이질적임이 사실이다. 첫째, 구미의 낭만주의에서 많이 보는 '감정의 자유'라는 것이 그에겐 없고, 오히려 잘 참고 절제하는 전통적 동양 정신이 압도적으로 많기 때문이다. 그러나 그 역시 낭만파의 한 사람으로 불렸던 이유는 이 나라의 통례에 의해서 그가 '정서'를 다분히 표현했다는 점에 불과하다.

서구적 낭만주의 성격을 비교적 많이 담고 있는 이 시대의 시인은 이상화다. 그는 김소월과는 아주 딴판으로 서구 낭만시적 격정의 파도들을, 얼마 남기지 않은 시편들에서 보이고 있다. 「빼앗긴 들에도 봄은 오는가」, 「나의 침실로」 같은 작품이 가지고 있는 감정의 성격들이 우리나라 전래적인 모습과 다른 것은 이 나라 사람이면 누구나 쉬이 이해할 수 있을 것이다. 그러나 소월은 다르다. 그의 시의 내용들은 한두 편의 기독교 지향의 작품과 한두 편의 상징시 연습시편(「여자의 냄새」 등)을 제한다면 거의가 다 유교에 가깝고, 감정 역시 재래적인 것이다.

1922년 『백조』의 창간에서 1925년 프롤레타리아 시 공허公許의 때까지에 이르는 4년 동안 우리 시의 주류였던 이들의 공통된 성격을 찾자면, 우리는 문학에서 잠깐 눈을 돌려 먼저 1919년 3·1운동의 폭발과 그 실패에서 오는 '이제 오래 두고 압제받게 되었구나' 하는 민족 일반의 암울과 절망을 상기해 봐야 한다.

이것은 민감한 이들 청년 시인들의 시를 통해 그대로 나타났다. 그러므로 이 시기 시의 어둡고 서러운 주 이유를 구미 낭만시의 어떤 흐름이나 데카당티즘의 시의 영향이라 보는 것은, 제이의적인 것을 가지고 제일의적인 것으로 삼으려는 자이다. 구미 낭만파 중의 암울이나 데카당티즘 등이 영향을 안 준 바는 아니다. 그러나 이것은 당시의 민족적 암울에 맞춰 영입되었을 뿐 시문학 정신의 암울을 빚은 주 이유는 아닌 것이다.

이 시기의 절망과 암울과 비애의 시들 가운데에서도 노작 홍사용의 시 「나는 왕이로소이다」를 나는 그중 대표적으로 서러운 것이라고 생각한다. 보라. 그렇지 아니한가!

열한 살 먹던 해 정월 열나흘 날 밤 맨 잿더미로 그림자를 보러 갔을 때인데요 명이나 긴가 짧은가 보랴고
왕의 동무 장난꾼 아이들이 심술스럽게 놀리더이다 모가지 없는 그림자라고요

정서의 격렬한 폰수로 본다면, 이상화 외에 파인 김동환의 『국경의 밤』을 들 수가 있겠으나, 이것은 구미 낭만시의 격정의 영향이라기보다는 오히려 파인의 북방 청년적 정열이라 보는 것이 타당할 것 같다.

4. 프롤레타리아 시

1925년이 되기 좀 전부터 발현하기 시작하던 사회주의적 경향의 시는, 1925년 일본 정부가 사회주의 운동의 간판을 허락하여 '조선 프롤레타리아 예술동맹' 본부를 가지면서부터 1934년 이 단체를 또 일본 정부가 해산하기까지의 10년, 집요하고도 조잡한 양적 어수선을 우리 시문학사 위에서 떨게 되었다.

생각해 보면, 3·1운동에 대한 혹독한 탄압 다음에 온 일본 제국의 자유주의 정책은 이 나라 안의 민족주의자들과 사회주의자들 사이의 대립을 조성하여 민족을 이간시켰지만, 알았는지 몰랐는지 기괴한 허영의, 러시아 웃옷 루바시카를 즐겨 입고 머리를 어깨까지 늘이기를 좋아하는 사회경향파들의 수효는 한동안 성히 그 수를 늘여 갔으니, 민족주의에 도전하는 이들의 수는 시단에서도 적은 것이 아니었다.

맨 처음 이들은 팔봉 김기진의 시 「백수의 탄식」에서 엿볼 수 있는 바와 같이,

브나로드!

……

너희들의 손이 너무도 회구나!

'민중 속으로(러시아어로 브나로드) 들어가자'는 사회참여 의식(그 때는 이걸 '사회의식'이라 했다)을 들고 나섰으나, 점차로 수를 늘여

무슨 '적구赤駒'니 '적효赤曉'니 하는 '적赤' 자나 '철鐵' 자 같은 것이 많이 쓰이는 무더기 펜네임들을 만들어 가지고는, 때마침 공허된 '조선 프롤레타리아 예술동맹' 산하에 떼 지어 모여서 '계급 투쟁'의 선전 선동 문구를 자유시 형식 비슷한 모양을 빌어 마구잡이로 찍어 내기 시작했다. 사람 수에 비등하게 그들이 찍어 내는 잡지의 수효도 상당히 많았다.

뿐만 아니라 당시 발간되던 우리나라의 세 신문, 동아 · 조선 · 조선중앙의 문학 관계 지면에서 그들이 차지하는 면적도 프롤레타리아나 그 동반자적인 것을 합하면 적은 건 아니었다. 보관지들이 아직 있을 것이니 궁금하거든 찾아보고 하품하고 딱해하시기를 바란다.

그 당시에 숱하게도 나왔던 이 파의 시인들의 이름을, 또한 상당히 나왔다가 그만둔 소설가들의 이름과 더불어 두루 기억하는 재주는 나뿐만이 아니라 다른 문인들도 없을 줄 안다. 더구나 그 많던 작품의 단 몇 편이나마 똑똑히 기억하는 이는 아무도 없을 것이다. 다만 민족의 일부를 가리켜 '저놈들이 원수다, 그래서 우리가 잘 못산다' 하던 공통된 그들의 정신과 아울러,

저놈들이 원수다!
저놈들과 싸우자!!
저놈들을 부숴라!!!
저놈들을 죽여라!!!!

이런 살벌한 문구들과 거기 붙던 세 개 네 개씩의 감탄부가 우리 기억에 겨우 남아 있을 뿐이다.

이러한 저질적인 소위 '사회주의'도 이미 우스운 것이 되었거니와, 그와 동시에 또 우습고도 떳떳하지 않았던 일은, 어엿한 민족주의의 신문들까지가 이들 일파의 양적 시위 앞에 아까운 지면들을 많이 나누어 준 일이다. 이 떳떳잖았던 일은 이때만 두고 한정해서 생각하고 말 일이 아니라, 지금이나 이 뒤에 올 또 다른 저질적 다수군이라는 것들을 두고도 언론기관은 다시 한 번 생각해 볼 일이 아닐까 한다.

팔봉 김기진의 뒤를 이어서 이들의 동조자가 되어 조선 프롤레타리아 예술동맹의 서기장을 지냈던 박영희와 임화 외에 박아지, 박세영, 권환, 김창술 등등의 몇이 『카프KAPF 시인집』이라는 것과 아울러 당시를 잘 알던 사람들의 기억 속에 그 이름만 남아 있을 뿐이다.

이 유파의 말기에 와서 박영희는 이들과 다시 결별을 하면서, '얻은 것은 이데올로기(사회주의적 이데올로기라는 뜻일 것이다)요, 잃은 것은 예술이다'라고 했거니와, 아닌 게 아니라 이들이 완전히 잃은 것은 그 예술이었다.

5. 순수시

순수시란 말은 1925년 프랑스에서 폴 발레리의 아카데미 회원 입후보 운동을 기해 논의된 그의 '순수시론'을 연상하게 하지만, 그것과 우리나라 현대 시문학사의 순수시와는 아주 딴것이다. 서양 시에만 공부를 기울이고 우리 시문학사에 등한한 사람들 사이에선 이 두 가지를 혼동해 말하는 사람들도 더러 보이지만, 이것은 우리 시문학사의 사정에 너무나 밝지 못한 데서 오는 것이다.

1930년부터 1942년 일정에 의한 우리 어문 말소의 때까지에 있었던 '순수문학'이나 '순수시'의 뜻은 다분히 반사회주의적인 열성에서 생겨 나온 것이다.

1925년에서 1934년에 이르는 사회주의 시 운동이 빚어낸 무모한 횡포와 조잡 안가粗雜安價한 예술품으로서의 가치에 아연한 시인들이 이에 반기를 들고 시의 본연의 자세와 권한을 돌이키려는 데서 쓰기 시작한 말이다.

"문학은 사회주의 사상뿐 아니라 어떤 사상의 단독의 통제도 받을 수 없는 것이다. 그와 동시에 문학작품은 무엇보다도 먼저 예술품으로서 성공한 것이어야 한다."

이런 생각들이 '순수시'를 말하는 시인 전부의 공통된 생각이었다.

회고해 보자면, 이런 순수시의 개념 역시 우리나라에서 맨 먼저 빚어진 건 아니다. 그것은 일본에서 이 무렵의 사회주의 문학의 퇴조 때 '순수문학'이니 '순문학'이니 해서 논의되었던 개념과 일치하니까 말이다. 그러나 그야 여하간에 순수시에 대한 자각은 그 이후 우리 시를 크게 발전시키는 데 힘이 되었다.

1930년 박용철 주재로 발간된 『시문학』지의 탄생은 이런 시정신의 기운을 맨 먼저 대표하는 것이다. 동인은 김영랑, 박용철, 신석정, 이하윤, 정인보, 정지용 등이다.

몇 권밖에 발간되지는 못했지만 『시문학』지가 우리 현대 시문학사에서 갖는 비중은 참으로 큰 것이었다.

첫째, 무엇보다도 먼저 좋은 예술품을 만들어야겠다는 자각과 사회주의 시들의 조잡성에 대한 천시 의식이 작용해서, 언어의 선택과 조직은 우리 신시문학사가 있은 이후 처음으로 면밀히 고려되었다. '시는 천재적 영감의 기록이다' 하는 유의 생각으로 흥분된 기록을 해 온 흔적이 역연히 보이는 재래 낭만파 시인들의 시작 태도와는 현저히 달리, 그들에 의해서 비로소 시를 감동에 맞추는 '언어 회태와 그 분만의 사업'으로 생각하게 된 것이다. 그 증거로는 낭만파 시절의 시집들에 비해 이들의 시집 속엔 아주 실패한 흥분조의 태작들이 잘 안 보이는 점을 들 수 있다. 김소월의 시집만 해도, 몇몇 작품들을 제하면 흥분으로 속기한 듯한 태작들은 상당히 눈에 뜨이지만, 시문학파 언저리에 오면 그렇지가 않은 것이다. 우선 김영랑의 시집을 낭만파 시절의 시집들과 대조해서 한번 통독해 보시길 바란다.

비유도 독자의 감동을 노려 애써 찾은 흔적이 역력히 보이는 걸 비로소 골라 쓰게끔 되었다. 정지용의 비유는, 이만한 성공들도 별로 없던 이곳에서는 충분히 시 관심가의 주의를 끌 만한 것이었다. 특히 '처럼'이란 말을 붙여 연결한 직유의 성공들은 거꾸로 선배들에게 영향을 많이 끼치게끔도 되었다. 정지용보다 시단에 먼저 나온 사회주의 시 출신자로서 그의 '처럼'이 붙은 직유들의 모양을 흉내 내는 사람은 점점 수를 더해 가게 되었다.

정지용은 비유의 효력을 빌려 주로 순간적 감각들을 많이 표현했다. 「향수」 등 몇 편의 시를 뺀다면 『정지용 시집』의 시들은 찰나적 감각을 내용으로 담은 것들이다. 즉 그의 시에는 오래 두고 나이 먹어 온 민족 정서라 할 것은 적은 편이다.

정지용에 비해 김영랑의, 대부분 4행으로 이루어진 시편들은 산뜻한 재주의 맛은 덜 보이나, 뉘앙스 짙은 오래된 정서가 담겨 있다. 그는 이조의 시인 윤선도와 고향이 이웃 간이지만, 시에도 공통된 데가 많아 남방적인 정서의 풍윤성을 띠고 있다. 10년 대한★부은 오히려 약과일 이 시절에, 그런 풍윤성을 오히려 죽이지 않고 지니고 있었다는 것은 시인으로서 장한 일이었다고 생각된다.

1935년에 시인 일도 오희병의 주재로 『시원』이란 잡지가 『시문학』의 후계지로 발간되었다. 5권까지 나온 『시원』의 기고자들로는 『시문학』 집필자들이 거의 다 수용되어 있고, 더 오랜 이름으로 박종화, 김억, 이상화 등과 새 이름으로 김광섭, 김상용, 오일도, 모윤숙, 유치환, 김시종(김동리), 김달진 등이 보인다.

『시원』은 『시문학』의 지향 그대로를 연장한 것으로, 이 무렵의 우리 시문학의 최선의 것들을 게재해 내고 있었던 것이다.

공산주의에서 넘어온 지 일천한 비평가들은 그들을 '기교파'라는 이름으로 부르고, '사상의 빈곤'을 들어 비난했다.

그러나 우리 신시가 첫째 '미를 경영하는 일'로서 두루 볼만한 것이 되기는 이 '순수시' 때부터라는 것은 눈 있는 우리 문학사가는 아무도 부정하지 못할 것이다.

6. 주지주의 시와 초현실주의 시

우리 신시문학사에서 주지주의 시를 말하려면 아무래도 1936년 간행된 김기림의 장시 『기상도』를 맨 처음으로 들지 않을 수 없을 것이다. 물론 이보다 좀 앞서 최재서의 소개적 논설, 김기림의 논의 시작 등이 없었던 건 아니나, 한 결실로서 내세울 만한 것을 찾는다면 역시 『기상도』가 맨 처음 것이 된다.

그러나 T. S. 엘리엇의 영향을 많이 받은 것을 스스로 나타낸 김기림 자신이 주지주의를 완전히 소화했다고는 생각되지 않는다.

첫째 엘리엇의 주지주의는 서구 낭만주의 이전의 고전주의를 토대로 이루어진 전통적인 것이어서 고전주의가 갖는 절제와 체념의 정신 등이 계승 발전되어 있음에도 불구하고 이 방면의 성찰이 거의 보이지 않는 점이 그것이며, 둘째 엘리엇 자신이 전통주의자로서 그쪽의 전통을 절대적으로 중요시했던 데 반해 이곳의 전통 위에 지성이 서야 할 것을 완전히 몰각하고 있었던 점이다.

『기상도』를 보면 이런 점은 거의 등한에 붙여졌던 것을 알 수 있으며, 해방 후 송욱 등에 의해서 비로소 보완되었다. 김기림의 『기상도』와 송욱의 「해인연가」, 「남대문」 등의 작품들과 대조해 보시길 바란다.

김기림이 『기상도』에서 주로 노려 어느 만큼의 효과를 거둔 것은 엘리엇 등의 주지주의 시 작품이 갖는 '기지'와 '풍자'의 영향에서 온 것들임에 불과하다. 김기림은 경쾌 무비輕快無比하기 다시는 없다고 생각한 듯한 영국제의 '기지'의 휘파람들을 실생활에서도 가끔 날리고 다니며, 당시에도 아직 있던 낭만파의 천덕꾸러기 중에서도 천덕꾸러기였던 춘성 노자영(이 사람은 인제 아무도 모르나) 일파들을 꼬집는 것을 한동안 능사로 삼았으나, '정서'를 송두리째로 거부했던 당시의 그의 논변들로 미루어 보면, 주지주의가 지성의 인솔하에 오히려 더 고도의 정서를 가져야 하는 점에 대해서도 정당한 체득이 있었다고는 생각되지 않는다.

그는 그저 최신 유행복을 착용하듯이, 참 신바람 나 보이는 엘리엇 시의 풍자의 맛이라든지 기지의 풍기는 모양을 본떠 연습해 보았던 것이다.

여기 비한다면 이상李箱의 초현실주의는 상당히 소화되었던 것으로 생각된다.

먼저 상상 세계의 비약적인 발전이 그에 와서 상당히 드러나 보임도 프랑스의 쉬르레알리스트들에 일치한다. 잠재의식이라고까지는 할 수 없을는지 몰라도 시를 과거 우리 신시의 어떤 것보다도 내면적으로 모색한 점도 비교적 쉬르레알리슴에 일치한다. 반도덕적 모랄, 역설적 논리의 전개도 역시 일치한다. 작시법적 관례를 깨뜨리는 시 문장의 전개—어구절 분간의 철폐로서, 구두점 없이 이루어지는 형식도 상당히 일치한다.

그러나 이상에게는 위와 같은 쉬르레알리슴의 의상들이란(김기림의 경우와 마찬가지로 그에게도 그런 의상들임은 틀림없었으나) 김기림에게 엘리엇류의 기지나 풍자가 충분히 신바람 나는 일들이 었던 것같이는, 그리 신바람 나는 일도 아니었던 것 같다.

말하자면 이학박사 시험 준비를 하려고 대학병원에 진찰을 갔다가 폐병(당시 여기에선 불치의 병이었다)도 2기가 넘어 영 희망이 없다는 사형선고를 받고, 남은 목숨을 문학이나 가지고 한번 껑충거리다가 가기로 작정한 이 특수하게 처참한 사내에게는 1차 대전 후의 2기 증세로서 빚어낸 프랑스 파리제의 이 의상들이 그래도 무던하겠다 생각되었음에 불과했던 것 같다.

그래 그는 예정대로 문학을 작정하여 꼭 만 3년쯤, 1934년 조선중앙일보에 처녀작 「오감도」를 발표한 후 1937년 동경에서 객사하기까지(그의 작품 「종생기」에서 예언한 순간대로 종생하기까지) 역설과 비윤권非倫圈의 순례와 계속된 폭음 사이의 내적 각성의 토출과 세상에서도 희한한 너털웃음들을 뱉고 다니다가 갔다.

내 과문한 탓인지는 모르나 그의 시 작품 중의 약간 편은 쉬르레알리슴의 본바닥인 파리에 내어 갔더라도 출중한 것이 되었을 줄 안다. 박용철은 그의 소설 「날개」를 가리켜 자기가 아는 한에서는 '인류가 가진 제일 서러운 글'이라고 한 적이 있거니와, 제1일는지 제2일는지 하여간 그만한 극단이 그의 소설과 시에 있었던 것만은 사실이다.

그의 시는, 시를 위한 그의 목숨이 너무 짧았던 만큼 물론 서장序章
도 반도 안 되는 것이다. 그러나 그의 시는 우리말의 시가 인생의 극
단에 서는 한 모양을 우리에게 보여 준 점에서는 의의가 큰 것이다.

7. 생명파

1936년 발간된 『시인부락』 동인의 일부와, 같은 해에 발간된 『생
리』의 주간 유치환 등의 시 때문에 '생명파'라는 이름을 붙인 것은,
1949년 『조선명시선조선명시선選』을 편선編選한 뒤 그 설명 문장에서 필자가 처
음으로 그랬던 것 같다. 김동리는 평론집 『문학과 인간』에서 '휴머니
즘'이란 말로 이들의 정신을 말하고 있는데, 뜻은 마찬가지라고 생
각된다. 어디서 누가 처음 그런 것인지 '인생파'라는 지칭도 보이나,
이 말도 부당한 건 아니겠지만, 『일본 현대시사』의 '인생파'와 혼동
하는 일이 있어서는 안 되겠기에 생명파가 어떨까 한다.

사람의 기본적 가치 의식, 그 권한 의식—이런 것 때문에 질주하
고 저돌하고 향수하고 원시 회귀하는 시인들의 한때가 왔다. 그들은
그들이 왜 그러는지의 역사적 의의를 두루 체득하고 그런 것이라고
는 생각되지 않지만, 마치 자연히 그리된 것처럼 1930년대 후반기
의 일정 치하 민족의 최후 질곡이 시작될 무렵, 나체로 일어섰던 것
이다. 1936년에 발간된 『시인부락』지의 김동리, 오장환, 필자 그리
고 『생리』지의 유치환 등에겐 누가 누구에게 영향한 바도 아니지만
그런 공통의 정신들이 있었다.

김동리의 여하한 문화의 남루도 다 벗어 버린, 영원만 가진 자로서의 임리淋漓한 향수, 오장환의 저돌과 피상被傷과 육성의 통곡, 유치환의 원시 생명에의 희구, 자기가 자기 설명하는 건 않기로 하는 방침이어서 생략하거니와 필자의 처녀시집 『화사집』이 내포하는 것들―이런 것들은 사람의 값을 다시 한 번 가장 근원적으로 성찰하기 시작한 점에서는 일치하는 것이라고 생각한다.

그런데 김동리가 자기까지 포함해 이들을 일컬어 '휴머니스트'라 한 것은 일리가 있다고 생각한다. 왜냐하면 이들의 정신은 동양에서 발을 디디고 있은 게 아니고, 그 기초는 서양의 르네상스 언저리에 있었으니 말이다. 그들은 전부 아직 어느 종교에 귀의하는 걸 영광으로 알지 않았고, 그렇다고 아주 무신론자가 되어 버릴 수도 없었고, 육체 또한 아주 존숭하였고, 그리고 인간 전형은 그리스 신상神像에서 많이 보았고, 신 대신 셰익스피어 작품 속의 숙명 같은 걸 실력 있는 것으로 알고 그랬으니 말이다.

이런 것들이 어찌 새삼스럽게 여기까지 와서 그렇게 나타나느냐고 서양 사람들이면 의문을 품을 수도 있겠으나, 하여간 대학이나 서재에서 읽은 것으로는 훨씬 먼저일는지 모르겠으나, 이런 휴머니스트로서의 자각적 성립이 시 작품들을 통해서 보이게 된 것은 이 무렵이 처음일 것이다.

8. 자연파의 시

1939년 창간한 『문장』지가 정지용을 추천위원으로 하여 3회씩의 추천을 거쳐서 산출한 시인들 중에 박목월·박두진·조지훈이 있어, 그 셋은 또 우연처럼 '자연'에 귀의한 작품들을 많이 써냈다. 써 모으기는 해방 전에 했다가 해방되어 발간한 그들 3인의 합저 시집 『청록집』을 보면 알 수가 있다.

일정 말기 도시에서 농촌으로의 '소개疏開'를 조선총독부가 장려해, 많은 도시인들이 한때 총탄의 염려와 먹이를 찾아 전원으로 그 소개라는 것을 한 일이 있거니와, 이들로 말하면 이미 인간 사회에서는 볼일 다 봤다는 데서 이를테면 자진 소개해 버린 느낌이다.

『청록집』에는 일정 말기의 숨막히던 때를 그들은 가지런히 산수간을 소요하며 언제 활자화해 볼 기약도 없는(1942년에 우리 어문 활동은 일절 중지당했으니까) 시편들을 짜내고 있었던 것이 보이는데, 그러나 셋이 다 자연 속에 돌아가 있으면서도 각기 그 정신의 특색들은 다르다.

박두진의 자연은 그가 기독교의 한 사람인 만큼 기독교적인 취향이 농후하다. 특히 그가 능히 잘 체득한 득력처는 구약의 창세기나 시편, 아가 등으로 보일 만큼, 그런 쪽의 영향이 시에 많이 배어나 있다. 그의 대표작 중 하나로 일컬어 온 「해」에는 창세기의 에덴동산의 냄새가, 「청산도」의 '볼이 고운 나의 사람', '눈 맑은 나의 사람'에도 이스라엘 고대 왕들의 사랑 노래의 냄새가 많이 배어 있다. 그것은 5월처럼 양명하고, 그리스적이기보다는 한결 점잖고 또 소박한,

고대 이스라엘적인 눈에 비친 바로 그 자연인 것이다.

박두진의 시 속에 보이는 이러한 면의 표현을 나는 기독교도로서의 그의 상당한 실력이라고 생각한다. 왜냐하면 교회에 가면 부덕不德을 부정하는 내용의 설교는 많아도, 이런 긍정 면의 설교는 하기 어려워서 그런지 잘 들리지 않기 때문이다.

박목월의 시에 대하여는 향토적이라는 말들을 흔히 쓴다. 향토적이란 것은 무엇인가, 어디서 온 것인가, 물어보는 이도 없이 그냥 향토적이라는 걸로 통한다.

그러나 그냥 향토적이라는 것은 있을 수 없다. 그것도 반드시 어디서 와서 어떤 특색으로 있는 정신의 풍모일 따름인 것이다.

이런 생각을 안두眼頭에 두고 볼 때 박목월의 향토색엔 우리에게 상당히 중요한 것이 계승되어 있음을 알게 된다.

그것은 딴게 아니라 신라의 풍월도적 자연이, 오랜 세월 생활의 애로들을 통해서라기보다는 실생활을 통해서 이 시인에게 계승되었다고 봄이 타당하지 않을까 한다.

「나그네」는 소품인 대로 그의 이런 정신의 풍모를 비교적 잘 담고 있는 것이라 생각되거니와, 시에 나오는 '나그네'의 인격이야말로 바로 신라적 풍류 인격인 것이다. 이것은 고려·조선적 유인儒人의 모습이나 개화 뒤 서양 사조의 영향에서 된 어떤 사람의 모습과 다르다. 그의 작품들을 보며 참으로 오래 이어지는 문헌 외의 정신의 전승이라는 걸 생각하면 재미가 있다.

'신라적 자연'—이런 말로 그 곡절 모를 향토적이란 말에 대치하는 것이 훨씬 더 그를 구체적으로 설명하는 길이 될 줄로 안다.

『청록집』에 들어 있는 조지훈 시들의 자연에는 이른바 '선미禪味'라는 것과 망국민의 비탄과 고전적인 취미가 들어 있다. 스물을 갓 넘은 약관의 정신적 표현으로선 가히 당돌하다고 할 만한 정도다.

그는 이를테면 청년과 장년을 바꾸어서 해 온 감개가 없지 않다. 1950년 6·25 사변 후 그가 빚어낸 휴머니스틱한 혈기방장한 시편들과 『청록집』의 해방 전 작품들을 대조해 볼 때 말이다.

9. 해방 후 시 전기

1945년 8월 15일 해방이 되어 미 군정이 실시되고 좌익 활동이 용인되자, 시인의 대다수는 그리로 휩쓸리고 소위 우익 시단이란 데는 몇이 남지 아니하였다. 이것은 사상적인 이유보다는 정신력이 확고치 못한 축들을 주워 모아 난장亂場을 세우는 조직력이 좌익에 더 많았기 때문일 것이다.

좌익 단체인 '조선문학가동맹'은 미 군정청에 요직을 가진 시인까지 포섭하고, 무슨 돈인지 돈을 물 쓰듯 하여 행사도 많이 벌이고 두둑한 기관지도 가지고서 1946년부터 시단뿐 아니라 문단의 다수자로서 난장을 떨었으나, 우익에서는 1947년에야 김동리, 유치환, 조지훈, 박두진, 조연현, 필자 등에 의하여 비로소 '조선청년문학가협회'라는 담담하기 이를 데 없는 우익 최초의 문학 단체를 가진 형편이었으니, 이런 시장적 성불성盛不盛이 중정中情이 허한 다수 문인의 거취를 좌우한 것이라고 보는 게 타당할 것이다.

그러나 물론 다수란 언제나 좋은 문학을 할 수 있는 힘은 될 수 없는 것이어서, 이들 다수는 1925년에서 1934년 사이의 프롤레타리아 문학파들의 다수적 조잡을 또 한 번 되풀이했을 뿐이다. 질적으로 프롤레타리아 예술동맹 시절보다는 나아진 것이 있었다고 그들 나름으로 계산했었다면, 그것은 원래 좌익 아니었던 사람들이 일정때 훈련한 문학 표현력을 가지고 간 것—그것뿐이다. 시를 두고 말한다면 정지용을 비롯해서 김기림, 오장환, 이용악 등이 가지고 간 표현력—그런 것이 나왔을 뿐이다.

그러나 예술은 언제나 역시 자유라야지 공산주의의 틀을 쓰게 되니 그들의 기득력도 점점 꼴사나운 것이 되어 갔음은 물론이다. T. S. 엘리엇류의 김기림의 '위트'가 5월 메이데이의 억지 찬양에 갖다 붙어 거북하게 보이기 짝이 없고, 오장환의 원래는 그런 것 아니던 몸부림이 계급투쟁에 갖다 붙어 막 싸게 흥정되고—그런 따위였다.

그동안에 우리들 단체는 별 잘한 건 없으나 몇 권의 시집을 가졌고 또 몇 신인도 얻었다. 월탄의 『청자부』, 조지훈, 박목월, 박두진 3인 시집 『청록집』과 유치환의 『생명의 서』, 모윤숙의 『옥비녀』, 필자의 『귀촉도』 등과 새로 나온 시인 김윤성, 김춘수 등 몇을 얻은 것이 미 군정 동안의 수확이다.

이와 아울러 1949년 여름부터 발간된 모윤숙 주재의 『문예』지의 등장은 우리들에겐 참으로 가뭄에 소나기와 같은 것이었다. 이것이 나오면서부터 신인 육성책으로 '신인 추천제'를 두어 소설에 박종화와 김동리, 시에는 김영랑, 모윤숙, 유치환, 필자 등이 또 희곡에는 유치진이 여기 당해, 서서히 유능한 신인들을 찾아내 갔다.

1950년 6·25 사변 직전까지 이 잡지의 추천을 거쳐 나온 시인으로는 전봉건, 송욱, 이원섭, 이동주, 이형기 등이 있다. 이때는 신문도 현재의 한 페이지의 면적을 반 접은 것만 한 것을 두 페이지 한 장짜리를 발행하던 때여서 다른 데엔 아무 데도 신인 등용문이란 없었고,『문예』지가 유일무이한 신인의 문이었다.

참, 여기 첨가해 둘 것은 대한민국이 1948년 8월 15일 수립된 뒤 좌익의 활동을 완전히 금지하게 되면서 좌익에서 전향해 온 문인을 포섭하기 위해 1949년 비로소 만든 '한국문학가협회'에 다시 가입해 온 시인 정지용, 김기림은 6·25 사변에 서울에 남았다가 둘이 다 북으로 간 점이다. 김기림은 납치되어 갔다고 한다.

10. 해방 후 시 후기

1950년 6·25 사변 뒤 오늘에 이르기까지를 이 항목에서 살펴보려 한다.

이 사이에는 문학잡지도『현대문학』을 비롯하여『문학예술』,『자유문학』등이 발간되었고, 서울의 큰 신문들의 신춘문예도 다시 살아나고,『사상계』의 신인상제도 있고 하여, 아쉬운 대로 신인들의 등용문도 두루 열려서 적지 않은 신인들이 배출되었고 또 배출되고 있음은 주지의 사실이다. 혹자 여기 대해 너무 많이 신인을 내놓는다는 등의 논란도 없는 바 아니나, 필자 생각엔 이건 역시 좋은 일이라고 해야 할 줄 안다.

6·25 사변 후 피난살이 뒤의 한동안의 경험을 통해서 아는 일이지만, 우리 시의 바른 발전을 위해서는 무용한 분파적 파쟁심을 기피해야 할 일이지 결코 신인의 등용문을 왕성케 한 것을 논란할 일은 아니다. '한국문학가협회'와 '자유문학자협회' 둘로 단체가 갈라져서 대립하고, 또 그 중간층이 별립한 데에서 문학적 가치보다는 분파 의식을 앞세워 세도를 유지하려던 것들만을 깨끗이 반성해 기피하면 제대로 된다는 것을 생각할 줄 알아야 한다.

그건 그렇고, 아래에 최근 10년 남짓한 동안에 있었던 우리 시의 문제 중 중요한 몇 가지와 소득을 말하고, 그 앞을 또 몇 마디로 생각해 보려 한다.

1952년 부산에서 환도해서 한동안 김규동, 이봉래 등을 중심으로 전개되었던 '모더니즘'의 문제, 그들의 공적으로 현대적 메커니즘을 시의 세계로 하려던 노력은 인증해야 할 것이다.

현대의 기계문명 생활은 우리에게도 불가피한 것이고, 여기에서 오는 사유와 감정들은 앞으로 점점 더해 갈 것이기 때문이다.

그러나 그들의 주지주의에 대한 인식과 성찰은 충분했다고는 생각되지 않는다. 지성도 정신적 풍토에 맞춰지기 마련인데, 그들은 우리나라 전통의 풍토라는 걸 거의 몰각하고 있었다. 거기다가 '서정의 거부'라는 것도 당치 않은 생각이었다. 서정의 거부가 아니라 서정의 고도화를 그들은 논의했어야 옳았을 것이다.

이런 점에서는, 세칭 모더니스트로 일컬어지지는 않았지만 송욱의 묵묵한 노력이 오히려 매우 값있는 것을 만들어 오고 있다. 그는 그의 지성을 세울 우리의 전통적 풍토를 알려고 무진 애를 쓰고, 또 서정의 거부가 아니라 서정의 고도화를 그의 지성에 맡겨 상당히 잘 견디어 내고 있는 것이 근년의 작품들을 통해 보이는데, 언어의 인솔력의 미달 때문에 아직 성공적으로는 안 보이나 꾸준히 더 노력하면 무엇인가 쓸 만한 것을 낳을 듯하다.

또 하나, 많은 공격의 대상이 되는 것으로 일부 시인들의 전통주의의 모색이 있다.

여기 대해선 후원은 못 해 줄망정 왜들 우우 일어서서 눈엣가시로 여겨 할퀴려 대드는 것인지 참 이해하기 곤란하다.

'오늘날 케케묵은 복고주의가 뭐야?'

이게 아마 가장 아플 거라고 준비한 필주筆誅의 칼날인 모양이나 속셈이 뭔지 아무래도 난측한 노릇이다.

한마디로 말해서 '르네상스'는 복고주의였다. 중세의 것은 허약하여 그대로만은 못쓰겠기 때문에 그리스·로마의 핏기운을 되살려 내어 살길을 찾아보자는 일이었다.

물론 우리의 전통주의적 모색가들도 이게 현대인 줄 잘 알고 있다. 그래 현대 한국의 부족함을 잘 알기 때문에 옛 기운의 쓸 만한 걸 선택해서 보태 쓰려 하는 것이다. 사람은 사승史乘을 어떻게 해서 살아가야 하는지를 몰라 그러는 것인지, 참 답답한 꼴은 이 전통주의의 모색가들한테 대드는 걸 능사로 삼으려는 사람들의 태도이다.

그다음 또 하나 우리가 깊이 생각해야 할 것은 시의 언어의 문제인데, 이것은 내 생각 같아서는 지금 "현대어입니다" 하고 많이들 애용하고 있는 한자의 관념어를 정리하고 순화해, 되도록이면 우리 토착어로 많이 밝혀내야 할 일인 줄 안다.

지난번 『60년대 사화집』 낭독회 때도 이야기가 되었지만, "우리 토착어로 고쳐 쓰자면 길어져서 곤란하다" 하고 말 것이 아니라, 길어지는 걸 줄이고 또 간추려서 살려 쓰는 데까지 애쓰는 것이 시인의 언어를 맡은 임무임을 알아야겠다.

'존재'니 뭐니 하는 관념어들이 토착어화하기에 좀 힘이 들지, 딴 것들은 고쳐 쓰기에 이만큼은 힘이 들지 않을 것이니, 자각만 단단히 하면 서서히 되어 갈 일로 생각된다.

더구나 우리가 많이 쓰는 한자로 된 관념어들은 일본인들이 서양 말들을 번역하느라고 급히 만든 것이 많고, 그걸 만든 일본 내에서도 자기들 말에 능한 시인들은 많이 쓰지 않는 사정을 알고 있는 우리로서는, 신인들의 시에서 이런 유의 한자 관념어들의 많은 사용을 볼 때 적지 않은 수치감조차도 없지 않다. 왜냐하면 이삼십대의 이런 어풍을 있게 한 책임은 우리 사오십대나 그 이상의 나이의 사람들에게도 당연히 있기 때문이다.

최근 사회 참여의 문제가 시단의 일부에서 이야기되고 있다. 어떠한 군중 행동엔, 시인도 가려서 참여해야 한다는 그런 것인 듯하다. 그러나 나는 사회 참여를 하기 위해서는 먼저 정당한 사관을 마련해 가지기를 희망한다. 과거 사회주의 문학의 사회 참여 등 개코에도 못쓸 것을 해 온 문학사상의 경험이 우리에겐 있기 때문이다. 더구나 여기에는 너절한 행동이 개입할 가능성이 아직도 많은 과도기에 있느니 만큼 꼭 참여해야 할 것과 안 해야 할 것을 식별하자면 바른 사관을 가지는 수밖에 없다. 종종걸음을 치면서 너절한 데에 개입해 망신만 당하고 역사의 대동맥엔 끼이지도 못하고 만다면, 그건 현실을 바로 가는 자도 아무것도 아니다.

인제 여기 근간 10여 년의 수확 가운데에서 무엇인가 칭찬할 것을 골라야 할 마련이 되었다.

박재삼의 『춘향이 마음』, 김남조의 『풍림의 음악』, 고은의 『피안감성』, 박목월의 『산도화』 등은 이 동안에 새로 발간된 시집 중에 나은 것이라 생각되며, 시집은 아직 안 냈지만 김구용의 기지와 풍자의 막대한 시험들, 구자운, 추영수 등의 언어 의식도 좋게 생각된다.

시의 앞날을 위해서 몇 마디 한다면, 첫째 시인의 위치를 집단적 가치에서 구제하여 자기 혼자를 역사 속에 놓아 버릇해야겠고, 그래서는 유파적 흥분에서 별립할 수 있는 정신의 중량으로 정적靜寂을 누려 봐야겠고, 적어도 2대 이상은 견딜 만한 자신이 있는 정신으로 시는 해야 하려니와, 언어 경영자의 분수로도 그냥 사용자가 아니라 회태자요 분만자로서의 예술들을 해, 그 시정신에 맞춰야겠다.

시단의 현황을 보면 말을 업신여기는 일이 많고, 언어예술가로서의 자각들이 모자라는 듯이 보인다.

해방 전의 시와
해방 후의 시

해방 전의 시와 해방 후의 시

1

"질적으로 봐서 해방 전의 시가 나으냐, 해방 후의 시가 나으냐?" 하는 질문을 나는 근년에 가끔 받는 일이 있다. 여기에서 해방 전의 시라 함은, 물론 서양에서의 신문학 수입 이후, 그것도 주로 1908년 이후 1945년 8월까지 일정 치하의 시를 두고 말함이다.

이 질문을 받을 때마다 나는 이 두 가치의 어느 편이 수승하다는 대답이 즉시 나오지 않아 "생각해 보자" 하고 미루어 왔었다.

그래 오늘은 그것을 먼저 자세히 생각해 보려 한다.

해방 전의 시는 일정이 36년을 지배하는 동안에 쓰여졌던 것이니까, 해방 후 시의 20년에 비긴다면 거의 배나 되는 시간을 두고 이루어진 것이다. 그러나 양으로 본다면 해방 후의 몇 분의 일도 못 된다.

그러나 그것은 이때에 시를 쓰거나 문학 창작을 한다는 것이 생활상 어려웠다는 사실을 증명할 뿐, 양적 과소가 바로 문학적 정선精選이나 질적 우수를 증명할 수 있는 것은 아니다. 요즘 혹 어떤 이들이 "해방 후에는 시인이 너무 많이 나와서 조제품이 늘어나, 해방 전처럼 시의 정선이 되어 있지 못하다"는 소리를 듣기도 하나, 그것은 가뭄에 드문드문 난 콩을 보고 정선된 콩이라 하는 것과 별로 다름없는 소리인 줄 안다.

그렇다고 해방 후의 시가 양적으로 월등한 것만 가지고서, 질적 우수를 증언할 수 있는 것도 아닐 것이다.

그러면 양자의 우열을 정하는 척도가 그 양감量感에 있지 않음을 알 수가 있다. 그럼 양을 떠나서 무엇으로 그것을 가려 볼까?

질로 비교하면 되지 않느냐고, 시를 잘 모르는 상식인들은 말하리라. 그러나 한 시대의 시라는 것은 질량으로 비교해서 우열을 가릴 수 있는 물품의 퇴적과는 판이한 것이어서, 각기 그 장점과 단점을 아울러서 가지는 절대치이기 때문에, 두 시대의 시를 비교해 우열을 가리기란 거의 불가능한 일이며, 가능한 것은 다만 관점에 의한 각 특징의 파악과 제시뿐이다.

그렇기 때문에 "해방 전의 시와 해방 후의 시는 어느 편이 우수합니까?" 하는 많이 듣는 질문은 사실엔 있을 수 없는 것이고, 그것은 각기 그 특징은 무엇인가의 질문으로 대치되어야 한다.

2

해방 전의 시와 해방 후의 시의 특징들을 솔직히 감수하고 이해한 대로, 아래 그 중요한 조건들만 들어 볼까 한다.

해방 전의 시정신이 해방 후의 시의 정신들에 비해, 일반적으로 더 슬픈 것이었다는 사실은 숨길 수 없을 것이다. 가장 슬픔을 극복했어야 할 불교의 대선사 한용운의 『님의 침묵』을 보더라도 그것은 많이 서러운 시집이다. 해와 달 아래 사는 보통의 사람으로서는 감내하기 어려울 만큼 매우 서러운 시집이다. 당시 민족의 대교사大敎師가 이랬으니 여타야 물을 것도 없다. 여러분은 노작 홍사용이 쓴 「나는 왕이로소이다」의 '정월 열나흘 날 밤 달빛 아래 맨 잿더미에 그림자를 비춰 보며 모가지 없는 귀신으로 자기를 느끼던 소년'을 회고해 보시기 바란다. 이런 절망과 설움은 어느 시인에게도 소요량 이상이 깃들어 있었던 것으로 생각된다.

그러나 해방 후의 시를 계속해서 읽어 온 누구도 그 시정신에서 소요량 이상의 절망과 설움을 제시할 수는 없을 것이다. 6·25 사변의 다수한 참사를 겪은 경험이 시에 상당한 그림자를 드리웠고, 잇단 실정失政에 대한 울분이 시인들로 하여금 몸부림치고 저항하고 한탄하게도 하였다. 하지만 그것은 '맨 잿더미에 모가지 없는 자기를 비춰 보는 일'까지 되지는 않았던 것이다.

그러니 이 점, 대아메리카의 덕이었건 하늘의 덕이었건 간에 그 '모가지'만큼은 시에서도 다시 찾아 단 것이 되는 셈이다.

해방 후 시는 해방 전의 시들에 비한다면, 첫째 감동의 신선함이 많이 회생되었다. 나는 이 점을 다른 곳에서도 지적하고, 광복 민족의 신생의 기운을 나타내는 것이라고 말한 일이 있거니와, 누구나 우리 해방 전후의 시를 아는 이면 동감일 줄 안다.

또 하나의 차이점은, 해방 전의 시가 1930년대 후반기 이후 김기림 등 몇 사람에 의해 주지주의적 취향을 띠었던 걸 제외한다면 거의가 다 주정주의적 토대 위에 생산되었던 데 반해서, 해방 후의 시가 더 많이 주지적 지향을 띠어 온 점이다.

해방 직후 5, 6년을 제외한 6·25 사변 이후의 신인들의 시에서 우리는 현저한 지성 중시의 경향을 보아 왔다. 더구나 최근 이 나라 다수 신인들의 시가 주지적 성향을 띠는 것은 너무나 뚜렷한 일이다.

물론 감정만이 시가 되는 것은 아니다. 지혜도 시가 될 수 있다는 자각을 새로이 하여 시정신의 영토를 넓힌 점에서, 더욱이 해방 전 질곡의 감정을, 억색抑塞이라는 것을 어떻게든 견제한 점에서, 그 출발의 의도들은 충분히 값있는 것이었다.

그러나 최근까지 오는 동안에 그 실질의 형성을 두고, 눈 있는 이들이 그 두드러진 난점을 안 볼 수는 없다고 생각한다.

그중 가장 큰 난점의 하나는 시의 지성, 이것의 입각점을 완전히 서구에만 두고, 전연 이 나라나 동양의 정신적 전통이나 풍토는 등한에 붙이고 있는 점이다.

간단히 말해서 그들은 T. S. 엘리엇적으로 한다든지, 폴 발레리적이거나 R. M. 릴케적으로 한다든지, 영국의 주지주의적이거나 프랑스의 주지적 상징파적으로 한다든지—토대와 방향을 그렇게만 정하고 흉내 내고 있을 뿐 여기도 멀쩡하게 지혜의 전통이 있어 온 곳이건만, 일국의 시문학 경영자로서 당연히 가져야 할 정신의 필연적 주체성을 까마득히 잊어버리고 있는 점이다.

원문 말고 일본어 역으로라도 엘리엇이나 발레리나 릴케의 시를 어느 만큼 읽어 본 이들은, 이 세 사람의 지성의 제스처와 방불한 시들이 해방 후 우리 시단에 상당히 많이 보인 데 대해서 동의를 표하지 않을 수는 없을 것이다. 엘리엇연한 기지와 풍자, 발레리연한 영상들의 조각, 릴케를 닮은 이해의 문자들은 참으로 적지 아니 쓰여 왔다. 물론 나는 이것을 이렇게 해서는 절대로 안 된다든지 그러지는 않는다. 서양화를 해서 안 좋다든지 그런 말도 아니다. 다만 세계 문학사에서 우리가 안 볼 수 없는 각국 시문학사의 특성이라는 것을 상기할 때, 외국 시문학의 흉내만 일삼는 것은 아무래도 본격本格이 아니라고 자격自激되기 때문임에 불과하다.

최근 몇 해 동안에 두드러지게 그 성격화를 하고 있는—적지 아니 위험시되는 이곳의 독특한 주지주의의 한 표현을, 또 세칭 그 '의미의 시'라는 것들의 일반적 통용례에서 우리는 볼 수 있다. 말하자면 이것들은 시의 독자들이 "참 읽기 딱딱해 못 읽겠어" 하고 접어 두기가 예사인 것들이다. 왜 그런고 하고 살펴보면, 거기에는 첫째 '존재'니 '실재'니 '의식의 저류'니 '여운의 주변의 낭만'이니 하는 따위의 일제 한문, 추상 관념어들이 엄청나게 많이 섞여 문장화되어 있어, 이 사태는 곧 우리에게 바 같은 데 술 먹으러 가서 늘 접대부들의 눈치꾸러기가 되는 그 유식한 문학 남용들을 즉시 연상케 한다. 남들은 모두 잘 어울려 노는데, 이건 맨 "객관적으로 생각해 봅시다", "현실과 낭만은 다르단 말이오" 어쩌고저쩌고 엉뚱한 문자다짐만 늘어놓고 있다가, 옆에 앉은 사람까지 딴 자리로 옮겨 가게 만드는 싱거운 사람들을 가끔 보거니와, 요즘의 '의미의 시'를 보는 느낌이 흡사 그것이다.

이 거추장스러운 유식 문자들은 술집 접대부뿐 아니라 땅 위에 생활이 있는 곳 어디로 가지고 가도 환대를 받을 것 같지가 않다. 고향에 계시는 어머니한테 귀성할 때의 휴대용으로도, 자기 집 안방의 밥상머리로 가지고 가기에도, 영 적당하다는 생각은 들지 않는다. 꼭 가지고 갈 만한 곳이 몇 군데 있기는 있다. 그런 유식 문자들이 원래 경유해 온 곳인 대학의 강단이나, 어디 강연장이나, 신문 잡지의 논설적 산문란이나, 아니면 학자들의 논문집 속일 것이다.

그러나 내가 아는 바로는 강단의 강사도, 신문 잡지 기자도, 서재의 학자도 그 사무탁을 한번 뜨는 마당에는, 이런 꾀까다로운 유식한 언변을 계속 사용하기를 즐기지는 않을 줄 안다. 왜냐? 그것은 다름이 아니라 강단이나 연단이나 지상의 논설적 산문에서 말하려는 개념을, 단시간에 요약해 말하기 위해 만들어진 용어들이지, 결코 진실을 담아 피어나는 우리의 실생활어는 아니기 때문이다.

원래부터 학술어의 어풍과 실생활어를 그 영역으로 하는 창작 문학어의 어풍은 동서양 할 것 없이 달라서, 학술어풍은 주로 주리적 한계 안에서 독자의 지적 인식을 유발하고 인도하기 위해 사용되어 온 전통을 지니고 있고, 창작 문학의 어풍은 이와는 달리 실생활의 감개와 직결하는 즉 감동 유발 어풍이었던 것이다. 서양을 예로 들면, 아리스토텔레스 이후 철학을 비롯한 각 부문의 학문적 논설문과 호메로스 이후 창작 문학의 문장이 그 어느 것이나 골라잡아 대조해 보면 알 일이고, 동양에서도 이 차이는 엄연히 있어 왔다.

여러분은 첩경으로 T. S. 엘리엇이나 폴 발레리 시 한 편을 임의로 골라 칸트의 논문과 대조해 보시든지, 칸트가 너무 길거든 파스칼의 『수상록』의 어떤 구절하고건 대조해 보는 것이 좋을 것이다. 발레리나 엘리엇은 지혜를 직접 시로 다루거나 또는 그것을 감정에 대한 한 태도로서만 가지는 작품에서도, 어풍은 철학이나 기타 학술 논문이 해 온 것 같은 지적 인식 유발만을 위한 주리적 문장 전개를 하지 않고, 그리스 이래의 창작 문학의 오랜 전통 그대로 역시 감동 유발을 위한 문장 표현의 길을 지키고 있을 뿐인 것이다.

그러나 우리의 최근의 '의미의 시'라는 것이 사용하는 그 학술론 용어의 제일의 온상으로 보이는 서양 철학의 문장들은, 문학에 비교적 가까운 파스칼이나 몽테뉴까지도 그것은 순연한 이치의 인식 유발을 위한 아리스토텔레스 이래의 철학적 문장 전통을 꾸준히 지켜오고 있는 것이다.

그러하거늘 우리나라에서는 웬일인지 주지주의라 하고, 그것은 지성이 하는 노릇이라 하니, 이 주지주의를 가져다가 철학적 사고, 철학적 문장 전개와 공서시키고, 거기 맞춰 말씀들도 주로 일본 학자들이 메이지 유신 후 서양의 철학(특히 철학적 수상)을 번역할 때

만들어 낸 것들을 대부분 그대로 끌어다가 애용하면서, 이것을 왈 '의미의 시'라 하고 있다. 특히 심리학적 한계 내의 단상의 전개를 많이들 하고 있는 것이 눈에 띄는데, 이것들은 아무래도 특이한 태같이 보인다. 그야 서양 시 중에는 '개념시'라는 게 어쩌다가 따로 있기는 하여, 실러는 이 속에 철학적 사유들을 담은 일이 있다. 그러나 그것도 '감동 유발'을 위한 시문학 문장의 전통은 지켰던 것이다.

우리의 '의미'를 위한 시들은 심리철학적 단상을 주로 하는 데다가, 또 시라 하여 상징시의 영향인 듯한 암시의 뉘앙스들을 견강부회하기에 애쓰고, 거기다가 다시 새타이어나 위트 같은 것을 이상하게 섞고 있어, 참으로 어떤 심리철학의 난해한 수상록보다도 월등 어려운 상모를 띠고 있다. 상징시의 암시가 주는 뉘앙스는 원래 영상이나 음향의 구상이 있고서 효력을 내던 것인데, 철학적 추상 관념의 조직체에다 이 상징적 수법을 적용하려 하니 그것도 이상한 꼴이요, 주로 문학작품에서 실생활 정신을 두고 전개해 온 새타이어나 위트를 심리철학적 추상 관념 조직에다 섞으니 그것도 어쩐지 영 실감이 나지 않는다. 이 참으로 기형적인 '의미의 시'라는 것에 대해서만은 깊은 재고가 있어야 할 줄로 안다.

3

해방 전의 시를 두고 그 긴요한 점을 또 한 가지 말하자면, 그것은 흔히 설익은 주지주의의 평가評家들이 말하는 것처럼 "서정의 시대는 가고 말았으니 해방 전의 서정시는 보아 무엇하리요" 해 버릴 것이 아니라, 그 단점들과 아울러 오늘날 본보기로 삼아야 할 장점도 역시 지녔던 것으로 안다.

해방 전의 주정시들은 일반적으로 미세하고 구석진 정서의 가는 획들을 그리는 데는 길들지 못했다. 이 점은 20세기 서양 시와 상당히 많이 사귄 해방 후의 시를 따를 수가 없다.

그러나 단순한 거획巨畵의 정서일망정 그것에 자유시로서의 형식미를 알맞게 주는 데 성공했던 몇몇 시인의 시들은, 해방 후의 시에 일반적으로 그 면이 너무 빈약하므로 충분히 본보기를 삼을 만하다고 생각한다.

김영랑의 시는 유음 조화의 미를 주로 하는 단시들이다. 박목월, 조지훈, 박두진 세 청록 시인들이 애써 빚은 자유시적 형식미는 벌써 시효가 지난 것이어야 한다고 생각하는가? 내게는 절대로 그렇게는 보이지 않는다. 해방 후 한동안 우리 시단에서는, 시대는 이미 산문시로서 신기원을 삼아야 하는 것처럼 착각을 보여, 우리는 다시 자유시도 쓰고 정형시도 해내지 않을 수 없기 때문이다.

그전에 딴 데서도 몇 번 주의시킨 적이 있듯이, 서양에서는 19세기 말에서 금세기 초에 걸친 자유시와 산문시의 유행 시대를 탈각하고 다시 광범위한 정형시의 전통으로 환원이 이루어지고 있다고 한다. 전통이란 뿌리가 깊은 것이기 때문에 참으로 거부할 수 없는 것이어서 사태가 다시 이렇거늘, 우리만 독불장군으로 산문시나 자유시만 하고 있을 판국에 놓여 있지 않음을 뜻하는 것이다.

그런데 우리가 인제 새로 정형시의 길을 걸으려면 정형시 형식을 이론적으로 정해 거기에 기계적으로 즉시 끼어드는 그런 방법이 필연이라고 할 수는 도저히 없고, 산문시를 정리하여 자유시로 통일하고, 다시 자유시를 간추리어 정형으로 승화하는 생명 율동 정리의 길을 필연적으로 밟을 수밖에 없으리라 생각되느니 만큼, 자유시는 여기 인제 정형시적 단계로의 길에 불가피하게 놓이는 것이다.

고대 그리스나 중국에서 시의 정형된 것을 악기에 맞추어 노래한 사실을 우리는 잘 알고 있거니와, 이 정형까지 오는 과정은 역시 산문시―자유시적인 순서의 길을 밟았을 것을 넉넉히 짐작할 수 있다. 왜냐하면 악기에 맞추는 정형이기 전에, 시는 발라드 댄스 즉 무요의 일부에 포함되는 자유시적 무당 넋두리 같은 것이었고, 그만한 것이라도 되기 전에는 수다한 산문 속의 취사선택이 이 자유시만큼 내재적 운율성을 가진 무당 넋두리 같은 것을 위해 시행되었으리란 점을 쉽게 유추할 수 있기 때문이다.

우리의 정형시의 창정劃定 이전에, 필연적 과정으로 자유시의 한 단계의 모색을 불가피하게 거쳐야 할 것으로 보는데, 이렇게 되면 정형시에 가까운 잘된 자유시의 형식은 다시 본보기로 등장되어야 하고, 해방 후에 그 방면이 보잘것없으니 만큼 해방 전의 김영랑, 박목월 등의 정형시에 가까워지려고 애쓴 자유시의 노력들은 다시 밀접히 소용되는 일이 될 것이다.

4

해방 후 시의 가장 좋은 면을 들자면 김남조, 박재삼이 하고 있는 것 같은 것들이 아닐까 한다.

이 두 분은 시인으로서의 이름값을 첫째 아주 높이 치부하고 있는 것이 보기에 미덥다. 여느 시인에게 흔히 있기 쉬운 각종의 허영, 가태를 면한 듯이 보이는 점도 미덥다. 그들은 내용과 병행하는 시의 형식의 상승이라는 것을 안다. 그들은 인간 생활의 진실의 제일 친우가 되려 하는 언어를 가지려 할 뿐, 여하한 페던틱한 언어의 자태도 안 가지는 것이 귀하다.

박재삼에 대해서 "서정주 아류다" 운운하는 사람도 왕왕 있는 것을 보지만, 그건 시의 눈이 없는 사람의 소리다. 아마 심리적 심오처深奧處의 표현을 시에서 하고 있으면서도, 박재삼처럼 시로서의 성공을 보인 사람은 거의 없을 것이다. 그것은 철학적 의미로서가 아니라 시문가詩文家의 전통에서 그것을 하는—늘 잘 깨어 있는 지혜가 그에게 있기 때문이다.

1960년대의 한국 시

1960년대의 한국 시

의식의 시, 의미의 시, 추상 관념 조합의 시

여기 쓴 세 개의 소제목 가운데 '추상 관념 조합의 시'라는 것만은 내가 써 온 말이지만, 앞의 두 개는 우리 시의 근자의 어떤 흐름을 두고 많이들 해당시켜 온 말이다.

우리 의식의 내면에서 자각되어 일어나는 것들을 중요시해서 표현하려는 20세기 시의 한 공통된 방향을 우리 시도 애써 탐구하려는 것을 나는 물론 외면하려 하지 않는다. 쉬르레알리슴 이래 이 자각은 우리 현대시에도 일찍이 이상李箱 때부터 도입되었고, 또 그의 몇 개의 작품들(가령 「소영위제」 등)은 우리 현대 시문학사에서 획기적인 의의를 이루고 있는 것도 안다.

서구의 쉬르레알리슴의 대표적인 작품들이나 이상의 우수한 작품들은 예술품으로서의 매력의 면에서도 충분히 훌륭한 것들이었다. 쉬르레알리스트들이 가장 많이 노린 것은 프로이트의 잠재의식이기도 했지만, 동시에 그들은 '상상의 혁명'이라는 심히 매력적인 방향의 개척에 주력했기 때문에, 우수한 작품들에 나타나는 의식의 밑바닥은 비약적인 상상이 조립해 내는 이미지들의 매력을 통해 현대의 독자들을 충분히 매혹할 만했다. 폴 엘뤼아르가 빚어낸 상상의 신개지들을 구축하고 있는 아름다운 이미지의 무리들을 상기해 보기 바란다.

그런데 우리 근간의 '의식의 시'들에는 상상의 비약적 전개도, 좋은 이미지 구성의 의도도 이미 보이진 않는다. 그 대신 추상 관념군에의 대폭적 추세가 이루어져서 점차로 그 양을 넓혀 가고 있는데, 이것은 시를 위해서는 참으로 해괴한 일이다.

왜 이렇게 이미지 대신 추상 관념 조합들이 되고 마는가 하는 이유를 곰곰 살펴보니, 그건 딴게 아니라 최근 가끔 평가들이 일컫는 그 '의미의 시'라는 것을 아울러 하려는 데 있는 것을 알겠다. 말하자면 시가 고대 이래 지금까지 전통적으로 해 온 '감동 전달'을 지양하고, '의미 전달'로 가치 전도를 시킨 데서 나타나는 현상이라는 것이 역력히 보인다.

폴 발레리는 그의 시론에서 언어의 두 직능을 말하면서, 일상 사용어는 '의미 전달'로 족하지만, 시어는 '감동 전달'이라야만 한다고 했다. 이것은 하나도 특별한 주장이 아니고, 시의 언어 표현사의 전통을 고려해서 한 말에 불과하다.

그런데 최근의 의미의 시, 의식의 시라는 걸 보면, 의식의 밑바닥의 무슨 이해라는 것들을 그저 그 의미를 알리는 데만도 작자 자신 진땀을 빼는 형편으로서, 아직 '감동 전달'까지의 예술 과정은 고스란히 생략해 버린 것이 잘 드러나 보인다. 의식 내면에서 일어나는 중요한 것에 착안하는 것은 물론 좋다. 쉬르레알리스트들도 그렇게 하였다. 그러나 쉬르sur들은 추상 관념을 빌려 의미 전달을 하지 않고 은유와 상징으로 이미지군화하여 상상시키는 데 골몰해 성공했었다. 그래서 예술의 '감동 전달'이 된 것이다.

그러나 우리 의식의 시인들은 이 예술 과정을 거치지 않고, 그냥 철학 논문이 해 온 것 같은 말법ṯ으로 의미만 전하는 것만으로 대견해하고 있다. 그래 추상 관념의 층을 다층적인 우여곡절을 통해 이 뜻을 알아들어 달라고 내놓으면, 독자는 그만 질겁을 하며 '참 꾀까다로운 철학 말씀도 다 보겠다'고, 읽는 도중에 거의 다 외면을 하고 만다. 딴게 아니라 상상시키고 감동시킬 이미지의 매력 즉 예술이 결여돼 있기 때문이다.

여기에서 '고자 처갓집에 드나들듯'이라는 말이 생각난다. 포에지의 좋은 전통의 길을 접어놓아 두고 왜 이리 사이비 철학적인 수다를 떨고 있는지 알 수 없는 일이다.

비유나 상징이란, 원래 우리가 느꼈거나 이해한 것이 의미 설명으로는 잘 안 될 때 마지못해 사용해 온, 구상적 이미지를 통한 비교 전달의 길이었다. 그런데 우리 의미의 시인들의 시를 보면, 추상 관념 조합에만 골몰한 나머지 마지막의 은유까지도 추상 관념으로만 전개하고 있어, 상상의 관문이라는 건 전부 다 틀어막은 채 작자 자신

마저 장님 문고리 더듬듯 하고 있는 것만이 두드러지게 보일 뿐이다.

현실을 입버릇으로 삼는 사람들이 이러는 것은 더구나 가관이 아닐 수 없다. 가시적인 이미지와 담쌓고, 구상의 보족품에 불과한 추상 관념들만 만지고 앉아서, 현실은 어떻게 또 가까이 볼 수 있는가.

물론 나는 추상을 아주 하지 말라고 무리한 소리를 하지 않는다. 언어 표현에는 추상도 불가결한 것이기 때문이다. 다만 여기에다 시 언어의 중심 세력을 두지 말라는 것이다. 추상이란 원래가 구상의 의미를 보족하기 위해서 있는 것이니까, 그 분수를 늘 명심하여 구상적 이미지의 알맹이들을 잊지 말고 시의 감동 속에 가지라는 말이다.

한국 시의 지성

그럼 우리 '의미의 시'라는 것은 무엇에서 연원해 언제쯤부터 성립된 것인가를 생각해 보자. 의식의 시는 쉬르레알리슴에서 나온 것인 데 반해, 이것은 소위 '주지주의'에서 파행적으로 연역되어 나왔고, 그것도 주로 1950년 6·25 사변 후부터, 좀 더 자세히 살펴보면 1953년 부산에서의 정부 환도 이후의 사건임은, 그 방면에 조금만 마음을 쓰는 이면 누구나 잘 짐작하는 일이다.

그러나 또 조금 더 자세히 보면, 정부 환도 바로 직후의 일이 아니고, 몇 해 지나서부터 이렇게 된 것으로 보인다. 영화감독 이봉래와 전『문학춘추』사장 김규동 등이 주가 되어, 정부 환도 직후의 서울에서는 이른바 '모더니즘' 운동이 한동안 전개되어 이론과 작품에 그것의 구현을 보았다.

1934년에 김기림이 주가 되어 전개한 '모더니즘'은 그 특징 그대로 여기 재현되었는데, 대표적 주장은 '메커니즘'과 '주지적 방향'에 있었고, 그 '주지적 방향'이라는 것은 주로 T. S. 엘리엇이나 허버트 리드 등의 흐름에 의존해 있었던 것은 우리가 잘 아는 일이다. 하여 김기림 때나 마찬가지로, 그들은 현대 기계문명에 대한 새 감각과 기지와 풍자를 통한 지성의 발현에 노력해 왔다. 해방 전후의 이러한 노력들이 우리 현대시의 발전에 적지 않은 힘이 되었던 것을 우리는 또 잘 안다.

그러나 이 운동이 멈칫해지자 뒤를 이어 일어난 것은 이른바 '의미의 시'로, '지성 존중'이라는 점에서 전자의 모더니즘의 주지적 시인들과 같은 맥에 서려는 것까지는 알겠으나, 확실한 근거가 어디에 있는 것인지는 아직도 모호한 일이다. 추측건대 '시는 지성으로 써야 한다'는 막연한 신념이, 아무런 사적 배경이나 근거도 없이 헤매다가 '개념 종합으로 이루어지는 의미의 시를 쓰면 아주 지적이다'라는 잘못된 인식에 도달했고, 드디어는 철학의 지적 이론 사업이 사용해 온 개념어층에 고착해 버린 것으로 보인다.

이리하여 주지적이 되려는 노력은 이 나라에서는 '시적 이해를 철학적 개념어를 통한 의미 설명'으로 강행해 내는 기괴한 한 유파를 형성했다. '존재'니 '부재'니 '내면'이니 '형성'이니 하는 등의 철학적 추상 개념어가 아니면 있을 수도 없는 언어의 구축들이 얼마나 성행하고 있는가를 살펴보면 알 것이다. 이런 의미 종합, 의미 표현, 의미 전달 들은 아리스토텔레스에서 현상학파 이전까지 개념철학이 하던 것과 너무나 같아서, 인제 우리 시는 철학의 서손쯤으로 귀화해 버리는 것이 아닌가 하는 생각까지를 자아내게 한다.

그러나 여기에서 또 한 번 명심해 두어야 할 일은, 포에지가 철학이나 기타의 이론 학문의 표현과 근본적으로 다른 점은 의미 전달이 아니라 '감동 전달'에 있다.

철학이 컨셉션(개념)을 종합해서 지적 의미 전달을 해 오는 길을 맨 처음으로 연 사람은 잘 아는 바와 같이 아리스토텔레스로서, 그 이후 그것은 어느 철학자의 책을 보거나 지적 의미 전달의 한계 안에 있어 왔다. 그러나 포에지는 고대 그리스 이래 지금까지 의미 전달이 아니라 '창작을 통한 감동 전달'에 주력해 왔기 때문에, 언어의 구축도 철학적 개념 종합과는 아주 다른, 시의 독자적인 어세 밑에 있어 온 것이다. 이것은 참으로 언제나 착안하고 있어야 할 중요한 점이다.

이디엄의 문제

여기에서 당연히 대두되는 문제는, '그럼 시의 어세란 어떤 것이었고 어떤 것이라야 하느냐'는 것이다.

결론부터 먼저 말하자면, 그것은 이디엄idiom이었고 또 이디엄이라야 한다.

물론 내가 여기에서 이디엄이라 함은 한 민족의 여러 지방어를 지칭해 하는 말이 아니고, 공통으로 쓰고 있는 독특한 실생활어를 두고 하는 말이다. 어느 한 민족이 쓰고 있는 말 가운데는 일반의 실생활어와는 거리가 있는 각 학술 부면의 전문어도 있고 또 외국어도 있지만, 이것들이 널리 일반에게 보급되어 이디엄에 흡수되는 수효는 극히 제한된 소수이기 때문에, 언제나 차이가 있을 수밖에 없다. 그리고 시인이나 작가는 어느 편의 말을 주로 쓰느냐 하면, 학술 전문어나 외국어가 아니라 이디엄이다.

이디엄이란, 한 민족의 오랜 생활의 체취가 침투해 있는 말이기 때문에 그 민족 된 사람은 누구나 모국어로 허물없이 쓸 수 있는 말로서, 하인리히 하이네의 표현을 빌면

새색시 입 맞추며 우리 독일 말로
'이히 리베 디히'
그 소리 얼마나 듣기 좋은지
남이야 알라더냐

하는 바로 그것이다.

이디엄은 가끔 귀화해 오는 소수의 멋진 학술어나 외래어까지를 수시로 받아들이는 민족어의 대양으로서, 단기간에 변조할 수 있는 성질의 것이 아니라 참으로 오랜 세월을 한 민족 생활 전반을 관류하는 언어인 것이다. 그렇기 때문에 여기에는 언어의 특수 전문화라는 것은 있을 수 없고, 민족 생활 전반을 포함하는 민족어 고유의 대

양이 있을 뿐이다. 물론 한 민족이 타민족의 세력에 흡수됨으로써 이디엄의 점차적 쇠망을 생각할 수도 있다. 그러나 민족의 주권이 있는 한 이디엄은 언제나 건재하다.

바른 시인이나 작가는 늘 이디엄에 의존해 왔고, 또 앞으로도 그럴 것이다. 시인이나 작가는 특수 전문어로 학술을 하는 사람들이 아니라 민족과 인류의 광범한 생활 전체에 뿌리를 박아, 거기서 오는 각종의 감동과 이해를 독자에게 공감시킬 만큼 효과적으로 전달하려는 사람이기 때문이다.

그럼 여기에서 떠오르는 의문은 첫째 '대중화하고 속화할 염려가 있다'는 것과, 둘째는 '늘 약간씩은 이디엄화하고 있는 학술어나 외래어들은 어떻게 처우하는가' 하는 것이겠으나, 이런 의문 때문에 이디엄 자체를 거부할 시인의 만용이란 있을 수 없다.

시인은 제 나라 이디엄의 광대한 영역 위에 뿌리 해 서지만, 시정신으로써 이디엄을 시어로 선택할 의무와 또 시적 질서 속에 정리해 배치할 의무가 있다. 어떤 학술어나 외래어가 이디엄화하기까지 그것을 시에서 사용하지 않았다 해서, 그를 낡은 시인이라고는 어느 나라의 시문학사도 아직 말한 일이 없기 때문이다.

사실은 언어의 속성이란 각개의 단어 효과에 있는 것이 아니고, 그 선택과 배치 여하에 달린 것이니만큼 시인의 속화俗化의 책임을 이디엄에 돌리는 일은 있을 수 없다. 또 학술어나 외래어는 이디엄화한 증거가 확실할 때 써야지, 그렇지 않고 괜히 여기서까지 전위를 고집하다간 오래잖아 힘세고 부단한 이디엄의 대양에서 멀리 낙

후하는 특수어의 주인으로서만 남기도 쉽다.

석천 오종식이 얼마 전에 수집해 발표한, 일제 때의 학술 유행어 사어死語 목록에 나오는 단어의 다량 사용의 주인으로 뒤처지지 않도록 해야 할 일이다. 한 민족 생활은 가능한 한 늘 자국 이외의 세계와 교섭하면서 외래어나 외래 학술에 따라온 언어들 중 어느 것을 이디엄으로 흡수할 것인가를 알맞게 요량하여 받아들이고, 또 이디엄의 바닷속에 상당 시간 헤엄쳐 본 뒤가 아니면 그 장기 존속의 능력 유무 여부도 속단키는 어렵기 때문이다.

그런데 내가 누누이 기회 있을 때마다 주의시켜 온 바와 같이 오늘의 우리 시인의 상당수는 아직도 우리의 전통적 이디엄에 입각하지 않고, 메이지 유신 이후의 일제 학술 개념어에 시어의 중심 세력을 두고 있다.

일본은 우리보다 서양 문화를 좀 일찍 도입하였고 또 우리를 근 40년 식민지로 다스린 관계로, 그들이 번역한 서양 학술어들을 우리는 일정 치하 이후 그대로 많이 써 왔고, 또 해방 이후 각급 학교의 강단이나 교과서나 신문 잡지에서도 음만 바꾸어 그대로 대폭 써 내려와서 시에까지 그 여세를 부리고 있지만, 이것들이 고루 우리나라의 이디엄이 될 수 있는가는 생각 있는 사람이면 신중히 머리를 써 볼 문제다. 더구나 시인이라면 그렇다. 왜냐하면 이런 말들은 일본 자체 내에서도 이디엄화까지 되지 않은 것도 상당히 많이 있기 때문이다.

내 생각 같아서는 일제 학술어의 대부분이 우리 이디엄으로 흡수

될 것으론 보지 않는다. 왜냐하면 우리는 강단이나 논설이나 시에서까지도 개념 종합을 간단히 정리할 편의상 이것들을 쓰고는 있으나, 가족이나 친한 친구끼리의 자리에 나서면 이런 특수 언어의 외피는 활활 다 벗어 버리고 역시 여러 천 년 길들여 온 우리의 실생활어로 말하고 있고, 바닥에 깔린 우리의 이디엄의 세력이 그 선수권을 아주 양보해 버리는 때가 오리라고는 도무지 생각되지 않기 때문이다. 이디엄이 아닌 특수 문화어라고 할 수 있는 것들은 어느 모자의 상봉, 어느 술좌석에서도 아직도 매우 거북하고 어색하다. 시에서도 역시 그렇다. 이 어색이 자격을 고집하여 승리할 것이라고는 아무래도 보이지 않는다.

예나 이제나 어느 나라에서든 이디엄이란, 문학 창작에서 언어의 온상이라는 것을 다시 한 번 생각해 볼 일이다.

시와 산문의 분별

시와 산문의 혼동이 시라는 명목하에서 많이 이루어지고 있는 것도, 시를 철학과 혼동하고 있는 사태만 못지않은 주목거리라고 생각된다.

어떤 이는 철학적 수상의 단편을 그대로 산문으로 써 내어 시라고 하는가 하면, 어떤 이는 감상적 수필의 부분품밖에 안 되는 것을 자유시형의 겉모양만 빌려 줄을 짤막짤막하게 떼어 늘어놓고서 시라고 하기도 한다. 그러나 이래서는 안 되고 시는 아무래도 산문과는 다른 전통적 특징을 유지해야 할 것이다. 시가 산문과 다른 점을 우리는 다시 한 번 기억해 낼 필요가 있다. 정형시는 우리나라에서는 지금도 문제 밖이니까 우선 접어 두고, 자유시와 산문시만 가지고 생각해 보기로 하자.

자유시가 되려면 아무래도 내재율을 고려하는 것이 시문학사에서 여지껏 지켜 온 관례였다. 정형시처럼 외형적 형식의 제한은 없지만, 적절한 행의 배치를 통해 내재율의 고려는 늘 이행되어 왔다. 그러나 최근의 수필적 자유시는 외형만 자유시형으로 했을 뿐 내재율의 고려를 통한 음조의 아름다움은 영 나타나지 않아, 이러려면 수필로 하지 무엇하러 자유시의 모양을 비는가 하는 의문을 갖지 않을 수 없다. 이렇게 볼 때, 바른 의미의 자유시는 거의 없다시피 한 형편이 되어 있다.

다음은 산문시인데, 아무리 산문으로 쓰는 시라 하더라도 거기에는 수상이나 수필과는 다른 특징이 있어야 할 것인데, 그것도 잘 안 보인다.

시의 언어 구사법이 산문문학과 근본적으로 다른 점은, 무슨 특별한 시적인 단어들을 골라 쓰는 데 있는 것이 아니라 언어 배치의 묘를 얻는 데 있다. 산문문학은 각 품사의 전량을 가지고 어느 때나 자유로이 나갈 수 있는 것이지만, 시는 어느 형식이나 그 전량이 아니라 대표량만 가지고 쓰고, 언외의 암시력으로 복재復在시켜서 주로 효과를 거두는 문학이기 때문에, 무엇보다도 언어 배치의 효력에 의존하지 않을 수 없다. 선미善美한 배치가 문제이고, 그 잘 배치된 언어들 사이에 함축되어 여운하는 암시력이 문제일 뿐 일체의 산문문학적 잔사설은 생략되어야 한다. 그렇기 때문에 시의 언어란 언제나 각 품사의 전량이 아니고, 대표적 상징적 특징으로서 있게 되는 것이다.

산문시라 하여도 이 근본적인 시의 거점을 이탈할 수는 없다. 원래 산문시가 산문시라 해 온 이유는 이것이 정형시의 외형적 일정형식이나 자유시의 내재율에서 떠나, 읽을 때의 운율적 효과를 고려하지 않는 데에 있었던 것으로, 그 밖의 시적 구성은 산문시라 하여서 거부할 수 있는 것은 아니다. 시정신의 독특한 필연에 따라야 하는 시적 구성마저 거부해야 한다면, 그것은 이미 산문시가 아니라 그냥 산문밖에 되지 않을 것이다.

어쩐 영문인지 요즘 우리 산문시라는 것들을 보면, 대부분 배치의 효과 같은 건 고려도 하지 않은 게 역력히 보일 정도로 산만하기 짝이 없는 수필 분절 같은 것으로 내갈겨 써내고 있다.

시론

앞으로 시론에 대해서 이야기하는 건 미루어 두는 게 좋겠다. 시론이라고까지 아직 할 수 없는 시 시평詩評 같은 것이 더러 나돌아다니고는 있으나, 그걸 읽어 보면, 시를 볼 줄 아는 눈을 가진 사람은 약에 쓸래도 거의 안 보이기 때문이다.

그런 중에선 그래도 김종길이 근년 전개해 온 것은 시에 아주 무지하지는 않은 눈이 보여서 좋았다. 나하곤 몇 달 동안 『문학춘추』에서 시비도 좀 했고, 내 시의 어떤 것을 볼 줄 모른다고 내가 경고한 일도 있긴 하나, 그래도 그대로 그는 시 창작상의 문제점들을 들고 나와 다툴 줄은 아는 평론가다.

특히 그가 『문학춘추』의 「시와 이성」에서 전개한 '시적 상상들 사이에도 이성을 가리는 이로理路는 있어야 한다'는 의미는 최근의 초상상적인 관절 불통의 많은 시들을 위해서는 좋은 지침이 될 줄 안다. 다만 내 생각 같아서는 여기에서 쓴 '이성'이란 말만은 한번 재고해 봄이 어떨까 한다. 상상 사이에 유기적 연관을 이루어 내는 그것은 이성의 참가로 따져진 것이 아니라, 상상 능력 자체의 필연으로 이루는 연접점들로 보이기 때문이다. 원형갑이 나를 두고 논하는 어떤 글에서 김종길의 이 부분을 들어 지시한 것도 이런 뜻에서였던 줄 안다.

이 밖에는 최근 박남수가 『문학』지에서 한 시 월평이 비교적 좋게 보였다. 첫째 시를 볼 줄 아는 사람이 썼기 때문에 엉뚱한 소리를 않는 것이, 가뭄에 빗방울 보는 것만큼 반가웠다.

대개의 시평들은 무슨 '현실'이니 '현대'니 하는 낱말의 방패를 들고나와서는, 시는 아직 문턱에 닿을 능력도 없는 안목으로 무작정 뭐라고들 폭력적으로 지껄여 대나, 이런 것들은 만년을 되풀이한대도 정말 시의 실정과는 아무 상관도 없는 것들이 되고 말 뿐이다.

시를 알아보는 공부를 좀 더 많이 하고 시평을 쓰는 것이 좋다.

시인과 시

김소월과 그의 시

1902년 평북 구성 출생. 본명은 정식廷湜. 정주 오산고보를 거쳐
일본 동경 상과 대학 중퇴. 귀국 후 소학교 교사, 신문 지사 등을
전전하다가 1934년 음독자살. 시집으로 『진달래꽃』, 『소월시초』,
『정본 소월시집』 등이 있다.

■ 소월의 시에 나타난 사랑의 의미

ㄱ. 그의 사랑이라는 것

1

소월에게 사랑이란 아직까지 잘 보고 살지 않던 달을 새삼스러이
유심히 바라다보고 또 간절히 느끼게 하는 것이었다. 그의 시 「예전
엔 미처 몰랐어요」를 보면 그것을 알 수가 있다.

봄가을 없이 밤마다 돋는 달도
'예전엔 미처 몰랐어요'

이렇게 사무치게 그리울 줄도
'예전엔 미처 몰랐어요'

달이 암만 밝아도 쳐다볼 줄을
'예전엔 미처 몰랐어요'

이제금 저 달이 서름인 줄은
'예전엔 미처 몰랐어요'

보시다시피 이 시는 사랑하기 때문에 간절해진 달의 느낌을 표현
하고 있는 것으로서, 1절에서는 봄이나 여름이나 가을이나 겨울이
나 한결같이 뜨는 달도 마음속에 사랑의 불이 일기 전에는 미처 간
절히 쳐다볼 엄두를 낼 줄 몰랐다 하고, 2절에서는 이 달이 이렇게
뼈저리게 그리울 줄도 몰랐다 하고, 3절에서는 사랑이 아니면 달이
아무리 밝아도 유심히 보여지지 않는다는 것을 말하고, 마지막 절에
서는 사랑하기 때문에 달이 설움이 되는 것을 말하고 있다.

말하자면 사랑이란 그에게 있어도 없는 것이나 마찬가지였던 달
을 가까이 그립게 하는 일이고, 기쁨만이 아니기 때문에 설움을 겸
하게도 한다. 어찌 달뿐이겠는가. 여기에서는 달만을 가지고 표현했
지만, 사랑하는 사람에게는 예전에 무심히 보고 지나쳤던 모든 것은
그립고 간절하고 또 서러운 것이 된다. 달뿐만이 아니라 해도 별도
구름도 산천도 모든 사람의 일들도, 사랑하는 사람에게는 새삼스러

이 그립고 서글픈 것들이 된다. 세상은 우리 마음속에 사랑의 불이 있고 없기 나름인 것으로, 한번 사랑의 불이 일면 아직까지 별 무의미했던 세상도 유심히 다가옴을 말하고 있다.

이것은 겪어 본 사람은 누구나 다 아는 일이다. 여기에서는 물론 남녀 간의 사랑을 두고 말하는 것이지마는, 남녀 간의 사랑뿐만이 아니라 부모와 자녀 간의 사랑이나 형제간의 사랑이나 친구 간의 사랑이나 동족애나 인류애나 다 마찬가지다.

자식을 가졌기 때문에 귀여움과 설움을 함께 겪은 부모도 이 일은 알 것이요, 겨레를 사랑하여 쓴 맛을 본 이나 인류를 정말로 아껴 십자가에 매달렸던 이도 겪은 일들이다.

이와 같이 사랑이 있기 때문에 세상이 두루 그립고도 서글프게 된 사람들 중의 하나로서, 그는 우리말을 가지고 시로 그 마음을 표현해 내고 있다.

2

그리하여 소월의 자연과 세상은 이러한 사랑의 불을 에워싸고, 안 미치는 데 없이 보이는 것, 있는 것이 되려 한다. 임에 대한 사랑의 불 때문에 어디에나 무엇이나 보이는 것, 있는 것이 되려 한다.

해가 산마루에 저물어도
내게 두고는 당신 때문에 저뭅니다.

해가 산마루에 올라와도
내게 두고는 당신 때문에 밝은 아침이라고 할 것입니다.

땅이 꺼져도 하늘이 무너져도
내게 두고는 끝까지 모두 다 당신 때문에 있습니다.

다시는, 나의 이러한 맘뿐은, 때가 되면,
그림자같이 당신한테로 가우리다.

오오, 나의 애인이었던 당신이어.

―「해가 산마루에 저물어도」

이 시에서 우리는 그것을 볼 수가 있다. 해가 산마루에 저무는 것
도 사랑하는 임을 가졌기에 유난히 가슴을 울리는 것이 되고, 해가
산마루에 올라오는 것도 임을 가졌기에 그 밝은 그리움이 가슴에 젖
어 온다. 땅이 꺼지거나 하늘이 무너지거나 세상의 온갖 걱정까지도
임을 가졌기에 그를 염려함으로써만 있는 것이 된다.

그리하여 소월은 이 시의 4절에서, 사랑하는 빛에 비치어 느꺼워
보여지던 세상의 온갖 사물을 겪은 뒤, 때가 되면 다시는 더 헤어지
지 않고 마음만은 거두어 당신한테로 임의 그림자처럼 돌아갈 것을
말하고 있다.

3

그러나 소월의 사랑은 이러한 눈에 보이는 것만을 주로 하지는 않는다. 그는 사회와 자연을 사랑으로써 불 밝혀 가지려 할 뿐만 아니라, 세상 떠난 사랑하는 사람의 뒤를 따라가서는 또 저승에까지 뻗친다.

산산히 부서진 이름이어!
허공중에 헤어진 이름이어!
불러도 주인 없는 이름이어!
부르다가 내가 죽을 이름이어!

심중에 남아 있는 말 한마디는
끝끝내 마자 하지 못하였구나.
사랑하던 그 사람이어!
사랑하던 그 사람이어!

붉은 해는 서산마루에 걸리었다.
사슴의 무리도 슬피 운다.
떨어져 나가 앉은 산 우에서
나는 그대의 이름을 부르노라.

설음에 겹도록 부르노라.

설음에 겹도록 부르노라.

부르는 소리는 비껴 가지만

하늘과 땅 사이가 너무 넓구나.

선 채로 이 자리에 돌이 되어도

부르다가 내가 죽을 이름이어!

사랑하던 그 사람이어!

사랑하던 그 사람이어!

—「초혼招魂」

이 시에서 우리가 볼 수 있는 것은 바로 그 저승으로 뻗치는 사랑의 소리이다. 부스러져 가루가 되어 허공중에 흐트러진, 인제는 벌써 주인도 없이 되어 버린 옛 애인을 부르며, 이것이 내가 일생 동안 부르다가 죽어 갈 것임을 그는 말하고 있다.

그렇다면 그러한 임을 가진 이 사랑은 결국 영원이다. 참 순결하게는 사회와 자연의 온갖 애로에 타협함이 없이 그는 영원에 뻗치어 와 있는 것이다. 그는 나직이 2절에서 애인이 살았을 때 그에게 꼭 한마디 하고 싶었던 말을 끝끝내 마저 하지 못한 것을 뼈저리게 뉘우치는 것이 보이거니와, 이것은 애인이 저승에 간 후에 사랑의 불이 한결 더 그 빛을 더하였음을 말한다. 만일 그렇지 않았다면 임의 생전에 마저 하지 못하였던 구석에 있던 말 한마디가 이렇게까지 역력한 것이 되지는 않았을 것이니까.

참 장한 일이 아니라고 할 수는 없다. 어제의 애인들이 오늘에는 서로 헌신짝 버리듯 하기가 일쑤인 세상에, 살아서의 사랑보다도 임 죽은 뒤에 오히려 사랑의 불빛을 더해 가지다니!

사회와 자연을 불 밝혀 가졌을 뿐만 아니라, 한 사람을 사랑한 나 머지라고는 할망정 그 까매서 무엇이 잘 안 보인다는 유계幽界까지 를 불로 데우고 있으니 말이다.

이러한 정이기에 그를 에워싸고 서산마루에 걸려 있는 붉은 해, 슬피 우는 사슴의 떼울음도 한결 더 가슴에 닿아 걸린다. 그가 4절 에서 말하듯 임이 간 저승까지 쫓아온 그의 앞에는, 하늘과 땅 사이 가 인제 자연과 사회의 영역을 벗어나서 너무 넓게 되어 있지마는, 또 5절에서처럼 선 채로 이 자리에 돌이 되어도 부르다가 내가 죽을 사랑을 가졌기 때문에 또 이 너무나 넓은 영토는 역시 간절한 것이 되어 있는 것이다. 이와 같이 그는 우리가 주로 상대하고 있는 현실 의 관문을 깨치고 나가, 그것의 확장으로서 유계까지를 현실화하고 있다.

4

허나 영원에 그 울림이 뻗친다 해서, 이 사랑이 끼리끼리의 길을 떠나서 예수나 석가가 가졌던 거와 같은 어떤 범애汎愛의 길을 마련 하지는 못했던 것은 물론이다. 이 점 역시 그는 다만 끼리끼리의 사랑의 간절함으로써만 세상과 영원을 데웠던 사람이다.

그 사랑이 눈 맑은 까막까치나 들여다볼 구석진 뒤안의 것이고, '사나운 조짐' 같은 것이고, 가슴을 뒤놓아야 할 것임은 「몹쓸 꿈」을 보면 알 수가 있다.

봄 새벽의 몹쓸 꿈
깨고 나면!
울짖는 가막까치, 놀라난 소래,
너희들은 눈에 무엇이 보이느냐.

봄철의 좋은 새벽, 풀 이슬 맺혔어라.
볼지어다, 세월은 도무지 편안한데,
두새없는 저 가마귀, 새들게 울짖는 저 까치야,
나의 흉한 꿈 보이느냐?

고요히 또 봄바람은 봄의 빈 들을 지나가며,
이윽고 동산에서는 꽃잎들이 흩어질 때,
말 들어라, 애틋한 이 여자야, 사랑의 때문에는
모두 다 사나운 조짐인 듯, 가슴을 뒤놓아라.

이 시에서 그는 애인과 자기와의 사랑을, 위협 속에서 유지하는 무슨 사나운 조짐 같은 꿈으로 꾸었으리라.

그래 1절에서는 꿈에서 깨어나 울부짖는 까막까치 소리에 당황해 '아무도 모를 텐데 너희들은 무엇이 보이느냐' 하고 아무도 몰라야 할 그 감춘 사랑의 내용을 감싸고 있다.

2절에서는 풀 이슬 맺힌 봄철의 좋은 새벽, 세월은 편안하기만 한 속에, 자기의 꿈은 그 편안의 수준 아래에 놓여 있는 무슨 흉한 것같이 걱정하고 있으며, 3절에 가서는 또 봄바람이 빈 들을 지나가고 동산의 꽃잎들이 흩어질 때에도 사랑 때문에는 모든 것이 다 '사나운 조짐'이 되고 가슴이 뒤놓임을 말하고 있다.

말하자면 그는 사랑을, 간절키는 끝이 없으나 역시 남에게 드러나서는 안 될 것으로 가졌던 것이다.

이와 같이 비밀리에 있는 것이기 때문에 그의 사랑은 한결 더 간절한 것이 된다. 멸하지 않는―「초혼」에서 우리가 본 바와 같이 죽도록까지 멸하지 않는, 비밀하고도 간절한 불이기 때문에, 이 사람은 어찌할 수도 없는 것이 되어 있다.

5

이런 어찌할 수도 없는 감정을 그는 「자나 깨나 앉으나 서나」라는 시에서 표현하고 있다.

자나 깨나 앉으나 서나
그림자 같은 벗 하나이 내게 있었습니다.

그러나, 우리는 얼마나 많은 세월을
쓸데없는 괴로움으로만 보내였겠습니까!

오늘은 또다시, 당신의 가슴속, 속 모를 곳을
울면서 나는 휘저어 버리고 떠납니다그려.

허수한 맘, 둘 곳 없는 심사에 쓰라린 가슴은
그것이 사랑, 사랑이던 줄이 아니도 잊힙니다.

팔자 속이란 말이 있거니와, 이것은 정말 그 팔자 속이란 느낌을
우리에게 준다.

자나 깨나 앉으나 서나 어디에다 떼어 버릴 수도 잊어버릴 수도
없는 그림자같이 따라다니는 사랑하는 사람, 그러나 사랑을 두고는
기쁨보다도 괴로움이 더 많은 것이고, 그 괴로움을 사이에 두고 서
로 불처럼 바짝바짝 타다가는 그야말로 '당신의 가슴속, 속 모를 곳'
을 울면서 휘저어 버리고 떠나야 하는 것임을 그는 이 시의 3절까지
에서 표현하고 있다.

그래 4절에서는 허수하다면 참으로 허수한, 어디 둘 곳도 없는 심
사의 쓰라린 마음이 그것을 사랑으로 느껴 잊지 못한다고 하고 있다.

이러한 팔자 속에서는 웬만한 사람은 대개 기절하거나 아니면 에
누리해 타협하거나 또 포기해 버리기가 일쑤지만, 이 사랑을 끝까지

이끌고 가는 데는 우리나라의 어느 열녀도 아마 소월보다 더 끈질기
지는 못할 것이다.

6

예로부터 사람의 일에 시달린 사람들이 자연에 접어들 땐 흔히 혼
자인 것이 상례였지만, 그는 이런 지경에까지 그 '임'을 데리고 갔던
것을 말하고 있다.

나들이. 단 두 몸이라. 밤빛은 배여 와라.
아, 이거 봐. 우거진 나무 아래로 달 들어라.
우리는 말하며 걸었어라, 바람은 부는 대로.

등불 빛에 거리는 혜적여라, 희미한 하늘 편에
고히 밝은 그림자 아득이고
꽉도 가까힌 풀밭에서 이슬이 번쩍여라.

밤은 막 깊어. 사방은 고요한데,
이마즉, 말도 안 하고, 더 안 가고,
길가에 우두커니, 눈 감고 마주 서서,
먼 먼 산. 산 절의 절 종소래. 달빛은 지새어라.

—「합장合掌」

보라. 대부분의 사람이 일을 그만두고 혼자 오는 이런 자리에까지, 그는 애인을 데리고 와 있지 않는가.

보라. 두 애인은 밤이 되어 나들이를, 우거진 나무 아래 달빛에 젖어 바람 부는 대로 걸어가고 있다. 멀리서는 거리의 등불이 혜적이고, 달빛에 희미한 하늘 한쪽엔 신비의 그림자가 아롱거리는 듯하고, 풀밭에 번쩍이는 이슬이 그들의 몸에 너무나 가까이 느끼어질 때 고요한 깊은 밤 그들은 마침내 말도 없이 발을 나란히 멈추고, 눈은 감고, 마주 우두커니 서서, 먼 산에서 들려오는 종소리와 지새는 달빛 속에 젖어 있다.

이것이 어디 우리가 흔히 애인과 같이 가는 지경인가, 사람들이 중노릇을 가는 지경에 소월은 육신의 애인을 데리고 가서 서 있다.

7

「묵념」이라는 시를 보면, 이런 두 사람의 구도적 지경에의 '나들이'는 훨씬 더 깊은 데에까지 와 있다.

이슥한 밤, 밤기운 서늘할 제
홀로 창턱에 걸어앉아, 두 다리 늘이우고,
첫 머구리 소래를 들어라.
애처롭게도, 그대는 먼첨 혼자서 잠드누나.

내 몸은 생각에 잠잠할 때. 희미한 수풀로서
촌가의 액맥이 제 지내는 불빛은 새여 오며.
이윽고. 비난수도 머구리 소리와 함께 잦아져라.
가득히 차 오는 내 심령은…… 하늘과 땅 사이에.

나는 무심히 일어 걸어 그대의 잠든 몸 우에 기대여라
움직임 다시 없이. 만뢰는 구적한데.
조요히 나려비추는 별빛들이
내 몸을 이끌어라. 무한히 더 가깝게.

이 시의 1절은 두 애인이 나란히 깨어 있다가 한쪽이 먼저 잠드는 것을 말하고, 2절에서는 혼자 생각에 잠겼을 때에 희미한 수풀에서는 촌가 액막이 제 지내는 불빛이 새어 나오며, 마을의 비난수하는 소리와 아울러 머구리 소리가 함께 잦아들어, 전통적 관습의 소리와 자연의 소리가 함께 멎어, 완전한 침묵의 밤의 자연 속에 하늘과 땅 사이에 그득히 차 넘치는 깨어 있는 사람의 영혼을 말하고 있고, 3절에 가서는 이런 혼령을 가진 육신을 이끌고 가서 잠든 애인의 몸에 기댈 때 무슨 육체적 정욕이나 그런 것이 일어나는 것이 아니라 움직임 없이 고루 적막한 천지에 빛나는 별빛만이 자기 몸을 이끌어 아주 가깝게 하고 있음을 표현하고 있거니와, 이거야말로 자연의 묘경과 자아가 합쳐지는 구도적 삼매의 지경에 애인을 데리고 참가하고 있음을 보이는 작품이다.

애인과 나란히 가는 이러한 지경의 표현은 동서양의 어느 문학에
도 그 예가 드물다. 아시다시피 돈키호테도 구도적인 일에는 늘 애
인 없이 갔었고, 햄릿 역시 무슨 진리를 생각하기에 심각해져야 할
마련인 마당에서는 언제나 애인을 떼어 버렸던 것이며, 중국의 도연
명이나 왕유 같은 도교나 불교의 시인들도

울 밑에 국화 따며 採菊東籬下

먼히 남산 바래니 悠然見南山

—도연명

하는 지경이나

대숲 속 홀로 앉아 獨坐幽篁裏

거문고 타 읊조리니 彈琴復長嘯

수풀 깊어 남모르는 곳 深林人不知

밝은 달만 나와 서로 비춰라 明月來相照

—왕유

하는 지경에 갈 땐 몸은 다 혼자였는데, 소월의 애인들이야말로 정
말 희한한 데까지 동반해 와 있다. 요컨대 소월의 사랑이란 육신을
가진 어쩔 수 없는 것인 그대로, 어디까지든지 가기는 갈 수가 있는
것이었다.

ㄴ. 소월이 가지는 애인의 의미

1

애인이란, 소월에게는 언제나 항구적이라야 할 것이었다. 위에서 우리가 본 바와 같은 그런 항구적인 사랑을 갖는 애인들이란 일시적인 상대일 수는 없는 것이다. 말하자면 애인이란 소월에게는 어느 인간관계에서나 제일 강렬하게 느끼어지는 것이었다.

그는 상대방뿐이 아니라 자기까지 포함한 한 쌍의 애인상을 「두 사람」이란 시에서 항구적이고 또 제일 그 느낌이 강렬한 것으로서 우리 앞에 내걸어 보이고 있다.

흰 눈은 한 잎
또 한 잎
영嶺 기슭을 덮을 때.
짚신에 감발하고 길심매고
우뚝 일어나면서 돌아서도……
다시금 또 보이는,
다시금 또 보이는.

황막한 겨울날 흰 눈이 한 잎 한 잎 내리어 산모롱을 덮을 때, 짚신에 감발하고 신들메 매고 무슨 볼일이 있어 불쑥 일어나 돌아서 갈 때에도, 새삼스러이 확대되어 또다시 눈앞을 가로막는 것으로서 우리 앞에 내걸고 있다.

애인이란 바쁜 때나 타관에 나갈 때에도 '다시금 또 보이는' 것임은 물론, 한쪽이 혹 배반을 한 경우에도 그 의미가 달라지는 것은 아니었음을 우리는 또 그의 시에서 본다. 배반한 애인도 한결같은 애인임을 우리는 「진달래꽃」에서 볼 수가 있다.

나 보기가 역겨워
가실 때에는
말없이 고이 보내 드리우리다

영변에 약산
진달래꽃
아름 따다 가실 길에 뿌리우리다

가시는 걸음걸음
놓인 그 꽃을
사뿐히 즈려밟고 가시옵소서

나 보기가 역겨워
가실 때에는
죽어도 아니 눈물 흘리우리다

자기를 보기가 싫어져서 버리고 갈 때에는 말없이 고이 보내겠다는 뜻을 그는 이 시의 1절에서 말하고, 자기 고장인 영변 약산의 진달래꽃을 한 아름 따다가 이 배반하고 가는 애인 앞길에 뿌리어 축하해 보내겠다고 2절에서 말하고, 또 3절에서는 뿌려 논 그 꽃을 가시는 걸음마다 사뿐히 지질러 밟고 가시라고 원하고, 4절에서는 자기가 보기 싫어 배반하고 가실 때에는, 죽는 한이 있어도 울고불고 원한의 눈물을 흘리지 않겠다고 말하고 있어, 소월에게 '사랑하는 사람'이란 배반당하는 것으로 달라질 수 없는 것임을 우리에게 보여주고 있다.

오늘날 우리들의 세태에서 보는 그 변덕 많은 애인들에 비해, 이 얼마나 실한 애인의 모습인가. 요샛날 젊은 애인들은 상대방이 배반하기가 무섭게 이편에서도 원수를 지어 마침내는 애인이 원수가 되어 버리기가 일쑤이지만, 이 마련된 깊이 때문에 바닥날 수 없는 애인은 배반도 오히려 약과와 같이 알아 변함없는 사랑의 물결을 짓고 있을 따름이다.

이러한 애정의 모습은 우리 전통적 민족정신의 깊고도 질긴 데에 뿌리 하고 있는 것으로서, 개화 후 온갖 파란곡절을 겪고 있는 순간적 사랑의 맞선주의자들의 고향에 홀로 배반당해 남은 이 애인의 의미는, 한국의 신문화가 산출한 모든 사랑의 탕아들을 포용하고도 남는 것이다.

개화 이후 사내들은 애인을 많이 소박데기를 만들고, 칠락팔락 유행의 뒤를 좇아서 온갖 순간적 사랑의 소비를 하고 다녔으나, 반세기에 가까운 세월의 결과, 대부분은 결국 다시 그 소박데기에게로 돌아갔거나 아니면 마음으로라도 투구들을 벗고 있는 형편이니까.

3

소월은 「진달래꽃」에서 배반당한 항정恒情의 여인의 정조를 통해 애인의 의미를 말하고 있을 뿐만 아니라, 안심치 않은 아내를 가진 남편의 입장에 서서도 이런 애인의 의미를 말하고 있다.

오오 안해여, 나의 사랑!
하늘이 무어 준 짝이라고
믿고 살음이 마땅치 아니한가.
아직 다시 그러랴, 안 그러랴?
이상하고 별남은 사람의 맘,
저 몰라라, 참인지, 거짓인지?
정분으로 얽은 딴 두 몸이라면.
서로 어그점인들 또 있으랴.
한평생이라도 반백년
못 사는 이 인생에!
연분의 긴 실이 그 무엇이랴?
나는 말하려노라, 아무러나,
죽어서도 한곳에 묻히더라.

보시는 바와 같이, 그는 「부부」라는 이 시의 첫머리에서 아내를 부르고 하늘이 무어 준 짝이니 믿고 사는 것이 마땅치 아니하냐고 말하고 있다. 그러냐 안 그러냐고 그는 다시 다짐을 하고, 다음 줄과 그다음 줄에서는 이걸 의심하는 사람의 마음을 꾸짖고, 그다음 두 줄에서는 정분으로 한번 얽힌 몸이 어떻게 어긋날 수 있느냐고 하고 있으며, 다음으로 가서는 '한평생이라도 반백년도 채 다 못 사는 이 인생에, 연분으로 한번 엉클어진 바에야 서로 배반하고 어쩌고 할 거 있느냐, 죽어도 또 한 땅에 묻히는 것이니라'고 말하고 있다.

이걸로 보면, 소월이 생각하는 애인이란 남자의 편에서도 늘 변함 없는 정분을 가져야 할 것임은 물론, 또 부부로 결합한 후에도 이 정분과 연분에 어긋날 수는 없는 것임을 알 수가 있다. 정분이란 그에게는 바닥 안 나는 우물과 같아서 사랑으로 한번 솟아난 이상 말라서는 안 되는 것이요, 연분이란 필연한 것이기 때문에 약빠르게 이것을 섣불리 흐트릴 수 없는 것이었다.

요컨대 소월이 말하는 애인은, 그의 시편 「두 사람」에서나 「진달래꽃」에서나 「부부」에서나 항구적인 정분과 연분을 가진 것임을 알 수가 있다.

그러나 작품 「부부」와 「진달래꽃」에서 보는 것과 같이, 이 '변함없는 애인'은 한 사람의 마음속에 이상理想으로서 성립했으나, 두 사람이 엉클어지는 현실로서는 언제나 상당한 모순을 가지고 있었음도 알 수가 있다. 그러니 결국 이런 '항구적인 애인'이란 소월의 마음속의 이상의 상像이었던 것이다.

4

그는 사랑의 이상의 전형적인 상을 마음의 제일 깊은 곳에 가짐으로써 현실적인 모든 저속을 빗보기가 일쑤였다. 「꿈으로 오는 한 사람」이라는 시는 이러한 그의 마음을 여실히 말하고 있다.

나이 차라지면서 가지게 되었노라
숨어 있던 한 사람이, 언제나 나의,
다시 깊은 잠 속의 꿈으로 와라
불그렷한 얼골에 가늣한 손가락의,
모르는 듯한 거동도 전날의 모양대로
그는 야젓이 나의 팔 위에 누어라
그러나, 그래도 그러나!
말할 아무것이 다시 없는가!
그냥 먹먹할 뿐, 그대로
그는 일어라. 닭의 홰치는 소래.
깨여서도 늘, 길거리엣 사람을
밝은 대낮에 빗보고는 하노라.

그는 이 시의 처음에서 전날에 알았던 한 사람의 여인이 나이 든 뒤에 깊은 마음의 바닥에 꿈으로 온다고 하고, 그 중간에서 그녀가 말보다는 오히려 침묵의 이해로써 일관하고 있는 것을 말하고, 뒤편에 이르러 이러한 그녀를 꿈에서 깨어나서도 잊을 수 없어 밝은 대낮에 길거리의 사람들을 빗보고는 하는—마음속의 비밀한 소리를 표현하고 있거니와, 이것은 두말할 것도 없이 현실의 갈등과 모순 위에 치솟는 이상의 애인의 모습을 말한 것이다. 이상과 전형은 언제나 마음속 깊은 곳에 자리하고 있기 때문에 눈앞의 사람들이 대낮에도 빗보이고는 하였던 것이다. 현실이야 어떻건 두루 그 이상의 그늘에 빗보아 버리면 그만인 애인—이것이 소월이 가진 애인의 뜻이다. 그리고 이 뜻은 「진달래꽃」에서도 보는 거와 같이 우리나라의 소박데기 여인들이 일생 동안 가슴속에 가졌던 애인의 의미와 일치한다. 그 수세守勢의, 그 질기고도 메마르지 않는 푼수에 있어서……

ㄷ. 그리움과 정한

그리움과 정한情恨은 누구에게나 사랑의 제일 큰 두 개의 속성이지만, 소월에게도 마찬가지로 그리움과 정한의 시들이 그의 시집 가운데에 제일 많은 편수를 차지하고 있다. 사랑하는 사람에게 희망을 두고서 느끼는 그리움의 시편 중 우수한 걸로는 「풀 따기」, 「닭 소리」, 「꿈」, 「밤」, 「오시는 눈」, 「애모」 등을 들 수가 있겠고, 애인과 자기 사이를 가로막는 무슨 곡절이 있어서거나 애인이 고인이 되어서, 그 정한으로 이루어진 시편 중 째인 걸로는 「왕십리」, 「먼 후일」, 「초혼」, 「못 잊어」, 「금잔디」, 「원앙침」, 「부부」, 「실제失題」, 「후살이」, 「안해 몸」, 「깊고 깊은 언약」, 「월색月色」, 「무신無信」 등을 들 수가 있겠다.

그러나 상봉 동거 시와 이별 후로 나누어서 이행되는 그리움과 정한의 각 상 가운데에 상봉 동거 시의 그리움의 표현이 거의 보이지 않음은 역시 그가 이 나라 사람으로서 전통적인 정신에 의거한 까닭이다. 아시다시피 우리나라 사람들은 상봉 동거 시의 정사情事라는 것은 예로부터 문자나 말로써 잘 표현하지 않기 마련이니까 말이다.

「가는 길」이란 시에서

그립다
말을 할까
하니 그리워

그냥 갈까
그래도
다시 더 한 번……

저 산에도 까마귀, 들에 까마귀,
서산에는 해 진다고
지저귑니다.

앞 강물, 뒷 강물,
흐르는 물은
어서 따라오라고 따라가자고
흘러도 연달아 흐릅디다려.

하고 만날 때의 그리움을 표현한 곳이 있기는 하나, 이것도 이별하는 마당의 것이고 그나마

앞 강물, 뒷 강물,
흐르는 물은
어서 따라오라고 따라가자고
흘러도 연달아 흐릅디다려.

하여 그것도 흐르는 물에 간접으로 비유함으로써일 따름이다.
　역시 동양인의―특히 우리 민족의 통성通性에 어긋남이 없이, 만날 때의 그리움만은 커트하거나 간접적 비유의 면사포를 씌워서 말하고 있을 따름이다.

ㄹ. 그리움의 시편들

1

　먼저 그리움의 시편들을 맛보기로 하겠는데, 그러니까 이것은 물론 이별 후의 그리움의 시들이다.

그대만 없게 되면
가슴 뛰노는 닭 소래 늘 들어라.

밤은 아주 새어 올 때
잠은 아주 달아날 때

꿈은 이루기 어려워라.

저리고 아픔이어
살기가 왜 이리 고달프냐.

새벽 그림자 산란한 들풀 우흘
혼자서 거닐어라.

이 「닭 소래」란 시는 물론 이별 후의 그리움을 표현한 것으로서, 임 없을 때의 닭 소리는 마치 사랑의 소리처럼 이별 후의 공간과 시간을 메꾸고 있다. 그래서 밤이 새도록 잠도 안 와, 꿈도 아닌 저리고 아픈 이별 후의 애정의 새 현실이 그를 새벽 그림자 산란한 들의 풀길 위로 혼자서 거닐게 한다.

누가 이별한 자의 방을 공규空閨니 공방空房이니 하는가. 그것은 쓸데없는 형식적인 공염불이다. 이별 뒤의 빈방은 또 다른 맛의 밀도로 재생하고 있는 것을 우리는 이 시에서 보게 된다.

피 있는 닭 같은 동물들의 울음소리뿐만 아니라 침묵하는 푸른 풀

잎도, 숲 사이의 시냇물도, 거기에 아른거리는 풀 그림자도 이별의 그리움 앞에는 새 느낌으로 살아나, 그리움의 관문들이 돼, 모두 다 더없이 가까운 것이 된다.

우리 집 뒷산에는 풀이 푸르고
숲 사이의 시냇물, 모래 바닥은
파아란 풀 그림자, 떠서 흘러요.

그리운 우리 님은 어디 계신고.
날마다 피어나는 우리 님 생각.
날마다 뒷산에 홀로 앉아서
날마다 풀을 따서 물에 던져요.

흘러가는 시내의 물에 흘러서
내어던진 풀잎은 옅게 떠갈 제
물살이 헤적헤적 품을 헤쳐요.

그리운 우리 님은 어디 계신고.
가없는 이내 속을 둘 곳 없어서
날마다 풀을 따서 물에 던지고
흘러가는 잎이나 맘해 보아요.

「풀 따기」라는 이 시에서 보면, 우리 집 뒷산의 풀은 항시 눈앞에 똑똑히 보이니까 그렇기도 하려니와, 여기엔 숲 사이의 시냇물 모래 바닥에 아른거리는 푸른 풀 그림자까지가 구석진 데에서 솟아올라, 이 그리운 사람 앞에 픽은 유감한 것이 되어 있다. 그래 그는 하늘과 땅 사이에 어디 가서 있는지 모를―날마다 피어나는 임 생각에 날마다 뒷산에 홀로 앉아서 무심히 풀을 따서는 끝이 없는 물줄기 위에 실어 보냄으로써, 하늘과 땅 사이를 그리움으로 채우고 그 물결로써 맥을 지어 날마다 끊임없이 이어 나간다.

이별이라면 흔히 견디기 어려운, 즉 사는 데 별 유리하지 못한 것 같이 일반은 알고 있지만, 시인은 이 시의 제2절에서 그것이 외로운 그대로 또 온갖 것과 아주 가까이 이어서 사는 길임을 보여 주고 있다. 3절에서는 시냇물에 던진 풀잎이 떠 흘러갈 제, 물살이 품을 헤쳐 가슴속을 열어 보여 주는 것 같다고 하고, 또 마지막 절에서 그리운 임 생각에 마음 둘 곳이 없어 흐르는 물에 따서 던진―흘러가는 잎이나 맘해 보게 되었다고 하고 있거니와, 애인과 이별함으로써 이 시 속에 홀로 된 사람은 결국 가슴 여는 자연을 얻게 되고, 흐르는 물줄기를 따라 맥박 지어 끊임없이 또 거기 같이 살게도 되어 있는 것이다.

다만 땅 위를 서고 가고 있는 것뿐만 아니라 하늘에 떠다니는 구름이나 내리는 비까지가 이별의 그리움 때문에 더없이 가까운 친구가 된다. 「구름」이란 시를 보자.

저기 저 구름을 잡아타면

붉게도 피로 물든 저 구름을,

밤이면 새카만 저 구름을.

잡아타고 내 몸은 저 멀리로

구만리 긴 하늘을 날라 건너

그대 잠든 품속에 안기렸더니,

애스러라. 그리는 못 한대서,

그대여, 들으라 비가 되어

저 구름이 그대한테로 나리거든,

생각하라. 밤저녁, 내 눈물을.

해 질 때까지는 땅 위 것에 정을 보내다가 해어름이 되어 문득 하늘 쪽을 바라다본 것인가. 아니면 구름이 붉게 물드는 때에 다닥들 었음인가. 그야 하여간에 노을에 붉은 이 구름을, 마치 사랑의 그리움같이 타는 이 구름을, 밤이면 또 까맣게 웅크리고 있을 이 구름을, 그는 이별 후의 그리움 때문에 잘 사귀어 아주 가까이 실감 있는 걸로 가지고 있다. 그래 그는 '이것을 잡아타면 구만리 긴 하늘을 날라 건너서 그대 잠든 품속에 안기리라 했더니 그러지는 못할 마련이라' 하여, 이 궁리 저 궁리 끝에 임의 곁에 가 있을 수 있는 것으로서 마침내 구름이 변해 내릴 비를 생각해 내고, 그 비가 오거든 내 그리움의 눈물인 줄 알라고 하고 있다.

이별의 그리움이란 또한 묘한 발견자임을 이 시는 말하고 있다. 한 개의 아무렇지도 않은 물리작용이 눈물의 구체적 대리의 뜻으로까지 발견되어 임명되는 예는 물론 시에는 많은 일이지만, 이 시 속의 사람도 관용구로서가 아니라 산 체험으로 발견하여 보고 있으니 말이다.

2

이별 후의 그리움 때문에 하늘과 뭍의 것을 새것으로 사귀고 다닐 뿐만 아니라 바닷가에까지 그의 영역을 넓힌다. 「밤」이라는 시는 그런 새 영역에 대한 느낌이다.

홀로 잠들기가 참말 외로와요
맘에는 사무치도록 그리워 와요
이리도 무던히
아주 얼굴조차 잊힐 듯해요.

벌써 해가 지고 어둡는데요,
이곳은 인천의 제물포, 이름난 곳,
부슬부슬 오는 비에 밤이 더디고
바다 바람이 춥기만 합니다.

다만 고요히 누어 들으면

다만 고요히 누어 들으면

하이얗게 밀어드는 봄 밀물이

눈앞을 가로막고 흐느낄 뿐이야요.

　그는 이 시의 제1절에서 육지의 끝인 바닷가에 와 그리움이 새벽 별같이 빛을 더하고 있음을 우리에게 보여 주고 있다. 홀로 잠들기는 나도 참말 외로워 못 할 일이라고, 그러나 이렇게 깨어 있어도 마침내는 밤마다 하늘에 솟아나도 보는 사람이 무던히 그만두어 잊히는 별같이 잊히지나 않겠느냐고, 밤 바닷가에서 이별 후의 그리움의 선연한 별빛을 번쩍이고 있다.

　벌써 해는 지고 어두운데 도착한 곳은 인천의 제물포. 부슬부슬 비가 내리는데, 밤도 한정 없이 더디 가는 듯하고, 바닷바람은 을씨년스럽게 춥기만 하지만, 그대로 여기 고요히 누워 있는 그에게는 하얗게 밀어드는 봄 밀물이 눈앞을 가로막고 융융히 솟아올라 마치 흐느끼는 듯 다시 친밀한 것이 되어 있는 것이다. 이와 같이 하여, 그는 천지의 온갖 사물을 끝에서 끝까지, 이별 후의 그리움으로서도 다시 한 번 개척하여 가졌다.

3

　그리하여 천지에 어디 깃들이지 않은 곳 없이 깃들인 이별의 그리움은, 기다림으로써 임에 대한 희망을 갖고 또 그를 한결같이 믿는다. 하여 이 기다림은 간절한 희망과 믿음으로 사물을 다시 데워 겨울에 내리는 싸늘한 눈까지도 그냥 싸느랗지만은 않은 것을 만든다. 「오시는 눈」을 보자.

　　땅 우에 쌔하얗게 오시는 눈.
　　기다리는 날에는 오시는 눈.
　　오늘도 저 안 온 날 오시는 눈.
　　저녁불 켤 때마다 오시는 눈.

　무심한 사람에게는 그냥 쌔하얗게 오시는 눈이지만 기다리는 사람은 오지 않고 내리는 눈은, 더구나 종일 기다리던 끝에 저녁불 켤 때마다 오시는 눈은 그냥 무심히 쌔하얗게 오는 것만이 아니라, 말하자면 사랑으로 늘 깨어 있는 사람의 마음 때문에 늘 깨어서 살아 있는 것이 된다. 이와 같이 하여, 그에게는 생명 없는 것 중에서도 유난히 싸늘한 눈 같은 것도 생명 있는 다정한 것이 되는 것이다.
　한 사람의 애인에 대한 그리움 때문에 온갖 사물을 유심한 걸로 만든 나머지, 그는 이렇게 만들어 가진 살아 있는 막대한 재물들 속에 마치 이별이 재산인 사람처럼 파묻히기도 한다.

왜 아니 오시나요.
영창에는 달빛, 매화꽃이
그림자는 산란히 휘젓는데.
아이. 눈 깍 감고 요대로 잠을 들자.

저 멀리 들리는 것!
봄철의 밀물 소래
물나라의 영롱한 구중궁궐 궁궐의 오요한 곳,
잠 못 드는 용녀龍女의 춤과 노래, 봄철의 밀물 소래.

어두운 가슴속의 구석구석……
환연한 거울 속에, 봄 구름 잠긴 곳에,
소슬비 내리며, 달무리 둘려라.
이대도록 왜 아니 오시나요. 왜 아니 오시나요.

이 「애모」라는 시의 2절과 3절에서 보는 것은, 정말로 이별의 그리움으로 재산을 이룬 사람의 일종의 화려에 가까운 광경이다. 저 멀리서는 봄철의 그득한 밀물 소리가 들려오고 물나라에는 어느덧 영롱한 구중궁궐이 지어져, 궁궐의 깊은 밀실에서는 역시 사랑 때문에 깨어 있을 수밖에 없는 용나라 여자들의 춤과 노래가 출렁거리고 울리어 나와 밀려오는 봄철의 밀물에 뒤섞인다. 그리하여 화려한 사랑의 향연을 아는 이 재벌의 가슴 구석구석에는 확연한 한 개의 사랑의 거울 속에 봄 구름이 잠기고 소슬비가 내리며 달무리까지가 들린다.

요컨대 그는 세상 사람들이 흔히 언짢다는 이별을 가지고도 이와 같이 세상을 두고 잘 사귀고, 또 막대한 재산가가 되는 것이다.

ㅁ. 정한의 시편들

그러나 살아서 눈앞에 있거나 갈려 있는 애인을 그 애인의 부실이거나 그 밖의 지장 때문에 자기에게 일치시키어 가지지 못하고, 또는 애인의 죽음으로 이 세상에서 다시 만날 희망을 가질 수 없이 되어, 그리움을 정한으로 바꾸어 가지는 경우에도 그에게는 사랑에 변덕이 오지는 않는다.

애인이 변덕을 부려도, 어쩔 수 없는 사정 때문에 애인과 더불어 살 수가 없어도, 벌써 그가 저승에 가 버렸어도, 그리움과 아울러 사랑의 또 한 개의 표현인 설움의 쪽에 잦아듦으로써 그만이지, 정한 때문에 원수질 일도 사정상 변덕을 부리거나 죽었대서 포장쳐 버리고 마는 일은, 그의 시에서는 한 군데도 보이지 않는다.

그대가 돌이켜 물을 줄도 내가 아노라,
"무엇이 무신함이 있더냐?" 하고,
그러나 무엇하랴 오늘날은
야속히도 당장에 우리 눈으로

볼 수 없는 그것을. 물과 같이
흘러가서 없어진 맘이라고 하면.

검은 구름은 멧기슭에서 어정거리며.
애처롭게도 우는 산의 사슴이
내 품에 속속들이 붙안기는 듯.
그러나 밀물도 쎄이고 밤은 어두워

닻 주었던 자리는 알 길이 없어라.
시정市井의 흥정 일은
외상으로 주고받기도 하건마는.

「무신無信」이란 이 시에서 보는 것과 같이, 애인의 옛 절개는 물과
같이 흘러가 버려서 야속히도 다시는 볼 수 없이 되어 검은 구름만
이 물기슭에서 조상하는 듯 어정거리는 속을, 애처롭게도 우는 약한
산짐승만이 홀로 품속에 하염없이 붙안기는 듯하여 사랑의 맹세의
닻을 놓았던 곳조차 알 길이 없어, '시정의 흥정 일은 외상으로 주고
받기도 하건마는' 하고 한탄하는 마당에서도 그렇다.

또 「안해 몸」이라는 시에서

들고 나는 밀물에

배 떠나간 자리야 있으랴.
어지른 안해인 남의 몸인 그대요
'아주, 엄마 엄마라고 불러우기 전에.'

굴뚝이기에 연기가 나고
돌바위 아니기에 좀이 들어라.
젊으나 젊으신 청하눌인 그대요,
'착한 일 하신 분네는 천당 가옵시리라.'

하고 들고 나는 밀물에 배 지나간 자국 없듯이 자국도 없이 떠나 버
린 이미 남의 몸이 되어 버린 아내—인제는 부실不實의 연기만 뿜는
듯한 좀이 든 아내를 앞에 놓고 청靑하늘인 그대가 왜 이러느냐고,
역시 인력으로 견디기 어려운 한탄을 하게 되는 마당에 이르러서도
역시 그렇다. 내세우고 있는 말은

오오 안해여, 나의 사랑!
하늘이 무어 준 짝이라고
믿고 살음이 마땅치 아니한가.
아직 다시 그러랴, 안 그러랴?
이상하고 별남은 사람의 맘,
저 몰라라, 참인지, 거짓인지?
정분으로 얽은 딴 두 몸이라면.

서로 어긋점인들 또 있으랴.
한평생이라도 반백년
못 사는 이 인생에!
연분의 긴 실이 그 무엇이랴?
나는 말하려노라, 아무러나,
죽어서도 한곳에 묻히더라.

시 「부부」가 말하고 있는 그런 것이다.

이 가람과 저 가람이 모두 쳐 흘러
그 무엇을 뜻하는고?

미더움을 모르는 당신의 맘

죽은 듯이 어두운 깊은 골의
꺼림칙한 괴로운 몹쓸 꿈의
푸르죽죽한 불길은 흐르지만.
더듬기에 지치운 두 손길은
불어 가는 바람에 식히세요.

밝고 호젓한 보름달이
새벽의 흔들리는 물노래로

수줍음에 칩음에 숨을 듯이
떨고 있는 물 밑은 여기외다.

미더움을 모르는 당신의 맘

저 산과 이 산이 마주 서서
그 무엇을 뜻하는고?

또 이 「실제失題」란 시가 보이는 것과 같은 그런 것이다. 오는 것은
또다시 설움으로 뚫린 길일 뿐 그의 사랑의 패망은 없다.

「부부」라는 시의 설명은 이미 앞에 했으니까 여기서는 생략하거
니와, 「부부」에서 보이는 정한이나 「실제」에서 강물과 강물이 합수
쳐 흐르는 것은 무엇을 뜻하느냐고 묻고 신信 없는 애인을 탓하고서,
어두운 골짜기에 꺼림직한 괴로운 몹쓸 꿈의 푸르죽죽한 불길은 흐
르고 있더라도 헤매기에 지친 손길 바람에 식히라고 하고, 호젓한
보름달이 새벽에 흔들리는 아름다운 물노래 속에 수줍은 순결과 외
로운 추움에 마치 숨어드는 듯이 부르르 떨며 그 흐림 한 점 없는 그
림자를 드리우고 있는 물 밑과 같은 이상理想의 반영처는 여기라고
가르치며, 또 한 번 애인을 어루만지듯 꾸짖고, 저 산과 이 산 두 산
이 마주 서서 있는 것은 무엇을 뜻하느냐고 묻고 있는 정한은 참으
로 애인을 제자로까지 포용하고 있는 성인聖人의 것에 가까운 느낌
까지를 우리에게 준다.

그러니까 애인에게 아무래도 결합 못 할 무슨 곡절(가령 정조 부실이라든지)이 있어 헤어져 사는 경우에도 역시 사랑하는 사람에게는 사랑은 잊혀지지 않는 정한으로 남는 것임을 우리는 그의 시에서 본다.

■ 소월 시의 정한의 처리

ㄱ. 그의 정한의 처리

1

소월이 정과 한으로써 인간과 자연과 유계를 따뜻하게 한다는 것은 우리가 잘 아는 바와 같다.

여기서는 그가 이 정한을 어떻게 처리하였는가를 보기로 한다. 그는 정의 끝에 생기는 한을 체념으로 씻어 없이한다든지 하는 그런 처리법을 가졌던 것이 아니라, 한쪽으로는 체념을 통해 나아가는 길을 닦아 가면서 또 한쪽으로는 한을 심화하여 갔던 것으로 보인다.

살기에 이러한 세상이라고
맘을 그렇게나 먹어야지.
살기에 이러한 세상이라고,
꽃 지고 잎 진 가지에 바람이 운다.

이것은 「낙천樂天」이라는 작품이어니와, 여기에는 그 무진하던 한 끝에 오는 체념이 드러나 보인다. 살기에는 이렇게 한 많은 세상이라고 마음을 그렇게나 먹어야겠다고 다짐하고, 꽃 지고 잎 진 가지에 부는 바람에다가도 맞장단을 주어, 나아가서 체념의 신개지 위에 새 각성의 발을 들여놓기는 한다.

「상쾌한 아침」이라는 작품은 이러한 소식을 우리에게 전한다.

무연한 벌 위에 들어다 놓은 듯한 이 집

또는 밤새에 어디서 어떻게 왔는지 아지 못할 이 비.

신개지에도 봄은 와서 가냘픈 빗줄은

뚝가의 어슴프레한 개버들 어린 엄도 축이고,

난벌에 파릇한 뉘 집 파밭에도 뿌린다.

뒷 가시나무밭에 깃들인 까치 떼 좋아 지껄이고

개굴가에서 오리와 닭이 마주 앉아 깃을 다듬는다.

무연한 이 벌 심거서 자라는 꽃도 없고 메꽃도 없고

이 비에 장차 이름 모를 들꽃이나 필는지?

장쾌한 바닷물결, 또는 구릉의 미묘한 기복도 없이

다만 되는 대로 되고 있는 대로 있는 무연한 벌!

그러나 나는 내버리지 않는다. 이 땅이 지금 쓸쓸타고,

나는 생각한다. 다시금, 시언한 빗발이 얼굴에 칠 때,

예서뿐 있을 앞날의 많은 변전變轉의 후에

이 땅이 우리의 손에서 아름답아질 것을! 아름답아질 것을!

무연한 벌판 위에 들어다 놓은 듯한 신개지의 새집에 그는 놓여, 그전에 그렇게도 많이 전통적인 사연들을 띠고 내리던 것과는 하나도 같지 않은—밤새에 어디서 어떻게 왔는지도 아지 못할 비가 이어서 내리는 것을 보고 있다. 그러나 신개지라고는 할망정 그래도 봄은 여기에도 찾아와서 그 가냘픈 빗줄은 신개지에도 또한 대개는 끼어 있는 갯버들의 어린 엄도 축이고, 신개지에도 흔히는 먼저 심어지게 마련인 뉘 집의 파밭의 파들 위에 뿌려지기도 한다. 신개지라고는 할망정 그래도 그대로 뒤꼍 가시나무밭에 까치 떼들은 좋아서 지껄이고, 이웃들이 기르기 비롯한 오리와 닭은 개울가에서 마주 앉아 깃을 다듬는 것이 보인다. 아직 새로 되어 얼마 안 된 신개지의 마을인지라, 번한 이 벌에는 심어서 자라나는 꽃도 없고 둘레에는 꽃 필 만한 산도 없는지라 산꽃 한 송이도 보이지 않는다.

　그러나 '이 비에 장차 이름 모를 들꽃이나 필는지?' 하고 마음속으로 묻고 있는 이 시의 주인은 그 이름 모를 들꽃에 희망을 부치고 있다. 웅장하고도 시원한 바닷물결이나 언덕들의 아름다운 오르내림도 안 보이는, 내버려 둔 번한 벌판이지만, 소월은 그것을 지금 쓸쓸하다고 해서 내버리지는 않겠다고 하고 있다. 시원한 빗발이 얼굴에 부딪칠 때 비록 아직 하잘것없는 신개지이기는 하지만, 앞날의 많은 변화 다음에 이곳이 소월과 신개지의 이웃의 손으로 아름다워질 것을 생각하고 거기에 희망을 부친다.

　그리하여 그는 어느새 왔는지 한 그루의 새 눈들을 뜨는 봄나무 아래 서서 감동하고 있다.

설다 해도

웬만한,

봄이 아니어,

나무도 가지마다 눈을 텄어라!

―「수아樹芽」

묵은 서러움이야 왜 없겠는가마는, 새로 오는 봄은 역시 웬만한 봄이 아니어서 나무가 가지마다 눈을 튼 것은 그에게는 유난스러이 느껍다. 그리하여 그는 착실히 살림꾼 마음이 되기도 했던 기별을 「개아미」라는 시에서 표현하고 있다.

진달래꽃이 피고

바람은 버들가지에서 울 때,

개아미는

허리가 가늣한 개아미는

봄날의 한나절, 오늘 하루도

고달피 부지런히 집을 지어라.

진달래꽃이 피고 버들가지에 바람이 불어 댈 때, 허리가 가느다란 개미는 봄철의 한나절을 전날들과 같이 고달프지만 부지런히 집을 짓고 있다. 개미의 허리가 가느다랗다는 표현까지 수척한 소월을 방불케 한다.

이렇게 그는 체념으로, 대개 사람들이 그리하듯이, 역시 일을 손에 잡아 꾸준히 일꾼으로 서고 있다.

「밭고랑 우에서」라는 작품도 일꾼이 가지는 즐거움을 표현한 작품이다.

우리 두 사람은
키 높이 가득 자란 보리밭, 밭고랑 우에 앉았어라.
일을 필하고 쉬는 동안의 기쁨이어.
지금 두 사람의 이야기에는 꽃이 필 때.

오오 빛나는 태양은 나려쪼이며,
새 무리들도 즐거운 노래, 노래 불러라.
오오 은혜여, 살아 있는 몸에는 넘치는 은혜여,
모든 은근스러움이 우리의 맘속을 차지하여라.

세계의 끝은 어디? 자애의 하늘은 넓게도 덮혔는데,
우리 두 사람은 일하며, 살아 있어서,
하늘과 태양을 바라보아라, 날마다 날마다도,
새라새롭은 환희를 지어내며, 늘 같은 땅 우에서.

다시 한 번 활기 있게 웃고 나서, 우리 두 사람은
바람에 일리우는 보리밭 속으로

호미 들고 들어갔어라. 가즈란히 가즈란히,
걸어 나아가는 기쁨이어, 오오 생명의 향상이어.

우리 두 사람이라 한 것은 소월 내외를 말한 것이리라. 이 두 내외
는 키 높이로 높이 자란 보리밭 둑 위에 앉아 있다. 일을 끝마치고 쉬
는 동안은 기뻐, 지금 이 두 사람의 이야기엔 한창 꽃이 피어 있다.
빛나는 태양은 내리쪼이고, 새들의 무리들도 이 두 사람의 둘레에서
즐거운 노래를 부른다. 그래 그는 그들의 몸에 넘치는 은혜를 찬양
하고, 신의 섭리의 모든 고마운 은근스러움이 그들의 마음속을 차지
하는 것을 말하고 있다.

그래 그는 이 기쁨과 그들에게 넘쳐 오는 은혜에 겨워 마치 그렇
게 그들이 천지를 대표하는 두 남녀나 되는 것처럼, 세상의 끝은 어
디냐고 무슨 조그마한 동산의 끄트머리를 묻는 듯이 세상을 주름잡
아 그 끝을 묻고 있다. 이어서 그는 날이면 날마다 새로운 환희를 가
지고 같은 땅 위에 서서 자애의 하늘이 넓게 덮인 밑에서 두 사람이
일하고 살면서 하늘과 해를 바라보는 재미를 말하고 있다.

그래 그들은 이 시의 4절에 보이는 것과 같이, 이러한 기쁨을 다
시 한 번 씩씩하게 웃고 나서 바람에 일리우는 보리밭 속으로 걸어
나가는 기쁨과 생명의 향상감을 가슴에 부듯이 안고, 호미 들고 나
란히 들어갔다고 했다.

하여 하늘과 땅 사이의 태초의 신랑 신부와 같이 부부 관계를 가
진 것을 기쁨으로 삼았던 그는, 그가 지은 집에서 그들에게 어울리

는 참사람[眞人]을 기다리는 것을 이상으로 한다.

「나의 집」이라는 작품에는 이러한 그 참사람 기다리는 이상이 들여다보인다.

들가에 떨어져 나가 앉은 멧기슭의
넓은 바다의 물가 뒤에,
나는 지으리, 나의 집을,
다시금 큰길을 앞에다 두고.
길로 지나가는 그 사람들은
제가끔 떨어져서 혼자 가는 길.
하이얀 여울턱에 날은 저물 때.
나는 문간에 서서 기다리리
새벽 새가 울며 지새는 그늘로
세상은 희게, 또는 고요하게,
번쩍이며 오는 아침부터,
지나가는 길손을 눈여겨보며,
그대인가고, 그대인가고.

'들가에 떨어져 나가 앉은 멧기슭의 넓은 바다의 물가 뒤에, 큰길을 앞에 두고 나는 나의 집을 짓겠다'고 그는 말하고, 제각기 뿔뿔이 떨어져서 고독히 행인들이 지나가는 길을 바라보며, 여울턱에 해가 질 때 그는 문간에 서서 그리운 참사람을 기다리겠다고 하고 있다.

새벽 새가 울고 있는, 새벽과 밤의 지고 새는 그늘을 향해 세상은 희고도 고요하게 번쩍이며 오는 아침부터 길가를 지나가는 길손들을 눈여겨보며 이 사람인가 이 사람인가 하고 기다리겠다고 하고 있다.

2

그러나 이런 체념을 통한 길과 아울러 이미 수습할 길이 없이 밀린 한은, 또한 첩첩이 그 깊이를 더하면서 고독과 병을 거쳐서 이룬 어쩔 수 없는 설움의 덩이로서 역시 한쪽으로 이어 간다.

마치 이미 끊어져 버린 다리 이쪽에 놓인 것과 같은 그 필연적인 한을 그는 「기회」라는 시에서 우리에게 표현해 보이고 있다.

강 위에 다리는 놓였던 것을!
건너가지 않고서 바재는 동안
'때'의 거친 물결은 볼 새도 없이
다리를 무너치고 흘렀습니다.

몬저 건넌 당신이 어서 오라고
그만큼 부르실 때 왜 못 갔던가!
당신과 나는 그만 이편저편서,
때때로 울며 바랄 뿐입니다려.

그전에는 강 위에 다리가 놓여 있었지마는, 건너가지 않고 헤매는 동안 시대의 거친 물결에 순식간에 무너져 버리고 만 뒤다.

왜 못 건너갔던가! '몬저 건넌 당신이 어서 오라고 그만큼 부르실 때 왜 못 갔던가!' 그렇게 뉘우쳐도 이미 수습할 길조차 없는, 어쩔 수도 없는 한이 되어 있을 뿐이다. 이상理想 하는 것이 저편에 없는 것은 아니지마는, 이것은 건너가서 실현할 길이 없는, 기회를 영 놓쳐 버린 한일 따름이다.

그리하여 그는 처리할 길이 없는 고독 속에 빠진다. 「제비」라는 작품은 이 철저한 고독을 표현한 것이다.

하늘로 날아다니는 제비의 몸으로도
일정한 깃을 두고 돌아오거든!
어찌 설지 않으랴, 집도 없는 몸이야!

하늘로 날아다니는 제비에게도 돌아올 깃은 있건마는 집도 없는 몸 어찌 섧지 않느냐고, 그는 이 시에서 말하고 있다.

마치 예수가 '여우에게도 굴은 있건만 인자에게는 집이 없다' 한 것처럼 고독은 참으로 철저한 것이다.

그러나 예수처럼 고독 속에 천국을 빚어 가질 수도 없었던 그는, 어느 때에는 고독을 가시나무 덤불만도 못한 것으로 느끼고 있다. 가시나무 덤불도 온갖 초목의 가시 돋지 않은 세계에서는 가시 돋아 외떨어진 것이언만, 소월은 그의 고독을 가시덤불의 가시보다도 못한 것으로 표현하고 있다.

산에는 가시나무 가시덤불은
덤불덤불 산마루로 벋어 올랐소.

산에는 가려 해도 가지 못하고
바로 말로 집도 있는 내 몸이라오.

길에 가선 혼잣몸이 홑옷자락은
하룻밤에 두세 번은 젖기도 했소.

들에도 가시나무 가시덤불은
덤불덤불 들 끝으로 벋어 나갔소.
—「가시나무」

이 시에 보이는 것은 그것이다. 산의 가시덤불은 덤불덤불 그래도 산마루로 벋어 올라간다. 그러나 산으로 가려 해도 산으로 갈 길도 없는, 자기 집이랄 것도 있기야 있지만 그것마저 어중간하다. 그는 길가에 가서 우두커니 혼자서 하룻밤에 두세 번은 홑옷자락을 적시기도 했다. 들을 보면 들에는 또 가시나무 가시덤불이 덤불덤불 들 끝으로 벋어 나가고 있지만, 그는 또 이 들 끝으로 벋어 나가는 가시덤불보다도 훨씬 더 고독하고 한스럽다.

하여 이 가혹한 고독과 한은 그를 병들게 했던 것이 사실인 것 같다. 「여수 1」은 한동안 정신이 병들어 있었던 것을 아무래도 씻을 수 없이 우리에게 보이고 있다.

유월 어스름 때의 빗줄기는
암황색의 시골屍骨을 묶어 세운 듯.
뜨며 흐르며 잠기는 손의 널쪽은
지향도 없어라, 단청의 홍문.

유월이면 온갖 것이 번성하는 시절인 것을, 어스름 때 내리는 빗줄기를 암황색의 송장 뼉다귀를 묶어 세운 것같이 그는 이 시에서 느끼고 있다. 이것은 아무리 아니라고 해도 어쩔 길이 없는 병 아닌가.

그는 또 이 시에서 뜨며 흐르며 잠기면서 지향도 없이 떠돌아다니는 뜨내기의 시체 담은 널쪽을 하늘과 땅 사이에 보고, 이와 아울러 단청한 붉은 문을 보고 있다. 이것은 아무래도 병이 아닌가. 이런 감각의 병까지를 얼룩지운 채 설움은 이미 고칠 수 없이 되어 버린 것 같이 보인다.

「서름의 덩이」라는 작품은 또 그의 설움이 불치의 것이었음을 말하고 있다.

꿇어앉아 올리는 향로의 향불.
내 가슴에 조고만 서름의 덩이.

초닷새 달 그늘에 빗물이 운다.

내 가슴에 조고만 서름의 덩이.

끓어앉아서 향로의 향불은 올리나, 가슴속에는 이미 없이할 수 없는 조그만(그것은 사실은 큰 것이었다) 설움의 덩이가 자리해 있다. 서글프게도 다하지 못하던—이때의 우리나라 사람들의 온갖 선미善美하려던 노력의 상징같이 아슴프레히 걸리어 있는 초닷새 달 그늘에, 우는 소리가 들리는 빗물 아래, 가슴속에는 이미 씻을 수 없는 설움의 덩이가 자리해 있다.

3

허나 위에 말한 체념을 통해서 나간 길과 한을 깊이어 나간 길— 서로 약해졌다 강해졌다 기복하고 교합해 나온 두 개의 길 중에 어느 편이 세력이 세었는가 하면, 섭섭한 일이나 역시 아무래도 한의 쪽이었던 것은 숨길 수 없는 사실이겠다. 체념을 통해서 전개된 개척의 면은 아무래도 한의 시편들에 비해서는 질량이 너무 모자라기 때문이다.

간밤에

뒷창 밖에

부헝새가 와서 울더니,

하로를 바다 위에 구름이 캄캄.

오늘도 해 못 보고 날이 저무네.

이것은 「부헝새」라는 작품이어니와, 그의 한은 자연까지를 이렇게 착색해, 체념으로써 그가 도달한 것보다는 상당히 더 앞질러 서고 있는 느낌을 주는 것은, 그의 시집을 통독한 이라면 수긍하지 않을 수 없을 것이다.

'부헝새가 와서 울더니, 하로를 바다 위에 구름이 캄캄'하여 우리나라 사람들이 비록 유자儒者의 가정이라 해도 별 비판도 없이 늘 꾸리고 오던 불교적 인연설의 흔적이 보이거니와, 이런 이치라도 깊이 캐물어 차라리 한용운 선사같이 중이나 되었더라면 소월의 이 한은 씻어졌을 듯도 하다.

그러나 그는 불행히도 서양류의 심미주의의 맛을 어느 만큼 가했을 뿐인 한 많은 유교류의 휴머니스트였다.

두보가 만일 일정 치하의 이 나라에 태어났더라면 이와 비슷했을 것이라고 나는 생각한다.

ㄴ. **역사ヵ±의 정과 한**

전하는 이들의 말을 들으면 소월은 몸매가 가느다란 사람이었던 모양이나, 여직까지 우리가 보아 온 것을 두고 생각하자면 그 정신기력만은 우리나라 과거의 어느 장사보다도 못한 게 아니다. 민족이 압박되어 마음대로 되지 않던 과거의 많은 세월들 속에 우리나라 장사들은 넘치는 힘을 쓸 길이 없어 축지법을 훈련하여 강토를 주름잡아 날듯 기운을 뽐고 다녔다는 얘기들이 있거니와, 흡사 소월은 이 축지법의 장사들과 비슷하다.

　　말리지 못할 만치 몸부림하며
　　마치 천리만리나 가고도 싶은
　　맘이라고나 하여 볼까.
　　한 줄기 쏜살같이 벋은 이 길로
　　줄곧 치달아 올라가면
　　불붙는 산의, 불붙는 산의
　　연기는 한두 줄기 피어올라라.
　　　　　　　　　　　─「천리만리」

　이 시에서 우리가 보는 것은 넘쳐서 흘러 소용돌이쳐 오르는 힘이다. 이 힘은 몸부림이라면 몸부림이지만, 원체 세기 때문에 누가 말릴 수도 없는 천리만리 한정 없이 치달리고 싶은 마음이다. 평지에서뿐만 아니라 그것은 또 어떠한 고산준령이라도 단숨에 치달아 오를 수 있는 힘이다. 그러나 이 힘은 열로써 산을 불사르고 그 기운을 연기 기둥처럼 산모롱에서 뽐어 올릴 뿐, 어디 맞아들여져 쓰일 곳은 없었다.

「하늘 끝」이라는 작품도 이런 기별을 우리한테 전한다.

불현듯
집을 나서 산을 치달아
바다를 내다보는 나의 신세여!
배는 떠나 하늘로 끝을 가누나!

역시 힘에 겨워 산모롱에 치달아 오르는 그는, 여기에서는 그 힘을 다시 산 아래 바다로 한없이 보내 하늘 끝에 스러지는 배의 뒤를 쫓고 있다.

이렇게 그 힘은 평지와 오르막 산길은 물론 바다를 에워싸고도, 그야말로 「천리만리」라는 시에서도 말한 것처럼 '말리지 못할 만치' 소용돌이쳐 달리고 있었던 것이다.

ㄷ. 향수의 시편들

1

위에서 우리들이 보아 온 것과 같이 사람의 일을 두고서 어느 경우에나 정분이 질기고 또 늘 변함이 없으려 했던 소월은 고향 그리는 마음에서도 물론 그랬다.

물로 사흘 배 사흘
먼 삼천 리
더더구나 걸어 넘는 먼 삼천 리
삭주 구성은 산을 넘은 육천 리요

물 맞아 함빡히 젖은 제비도
가다가 비에 걸려 오노랍니다
저녁에는 높은 산
밤에 높은 산

삭주 구성은 산 넘어
먼 육천 리
가끔가끔 꿈에는 사오천 리
가다 오다 돌아오는 길이겠지요

서로 떠난 몸이길래 몸이 그리워
님을 둔 곳이길래 곳이 그리워
못 보았소 새들도 집이 그리워
남북으로 오며 가며 아니합디까

들 끝에 날아가는 나는 구름은
밤쯤은 어디 바로 가 있을 텐고

삭주 구성은 산 넘어

먼 육천 리

　　　　　　—「삭주 구성朔州 龜城」

　이 시는 아마 동경 유학중에 쓴 것인 듯하거니와(그는 동경에서 돌아온 후 해외에 나가지 않았으니까), 우리는 이 시에서 그의 향수의 면면함을 알 수가 있다.

　일본에서 그리는 한반도의 고향이니까, 물길로 사흘쯤 즉 뱃길로 사흘쯤이나 오래 가야만 당도하는 삼천리는 먼 곳에 있다. 더더구나 먼 곳에 있는 조국 삼천리강산은 교통도 아직 편리치 못했기 때문에 걸어 넘는 데가 많은 미개의 나라다. 고향 '삭주 구성'은 그중에서도 첩첩산중에 있는 평안도의 산골로, 동경에서 가자면 육천 리 길이나 된다—1절에서 말로는 이 밖에 하지 않고 있으나, 이와 같이 먼 곳의 더구나 문명 세계에서 두절된 나라의 산골의 고향이기 때문에 남이야 알 바 없겠지마는, 자기의 그리움은 한결 더 간절한 것이라는 말 밖의 정회가 여기에는 깃들이어 있다.

　바다 물결의 뛰는 물방울들을 뒤집어쓰고 함빡 젖어서까지 바다 위를 날아가던 제비도 가다가는 대개 내리는 비를 한 번도 안 만날 수는 없는, 그렇기 때문에 불가불 다 못 가고 되돌아오지 않을 수 없는 삼천리강산은 먼 곳에 있는 나라, 고향을 그리다 저녁이 들면 산만이 눈앞에 한결 더 높아 뵈게 가로막고, 그 산 너머 고향땅 삭주 구성 육천 리 길은 한결 더 멀게 느껴진다.

그러다가 자리에 누워 잠이 들면 고향 그리운 마음 때문에 꿈에서는 일이천 리 에누리되어 사오천 리 길로 주름잡혀 놓이기도 하지만, 역시 꿈에서도 너무 멀다는 생각 때문에 꿈길을 달려가다가는 되돌아오고 또 달려가다가는 마침내 되돌아오고 마는 것이다.

그래 3절에서는 남북으로 갈려서 오며 가며 하는 새들도 제 생겨난 곳이 그립듯이 거기 남겨 둔 가족과 친척과 친지들의 몸이 그립고 또 거기 둔 임이 그리워, 아주 가지는 못하나 마음은 그곳으로 향해 왔다 갔다 그러는 것이 아니냐 하여, 자기의 치열한 고향 그리움을 여기다 가탁하고, 마지막 절에서는 들 끝에 고향 쪽으로 날아가는 구름을 바라 보내며 '이것이 밤쯤은 어디에 당도해 가 있을까— 혹 내 고향 위의 하늘에 가 놓이지는 않을까' 생각하며 그리움을 하늘에 뻗친다.

말하자면 고국 안의 사람에 대해서 그가 그랬던 것처럼, 고향에 대해서도 떨어져 있는 자기와의 사이에 사랑의 항존할 수 있는 맥을 만들고, 이 맥으로 하여 그와 고향 사이의 온갖 사물들을 살려 깨어서 가졌다.

위의 시와 아울러서 「삼수갑산—차안서선생삼수갑산운韻」이라는 시도 그의 향수가 짙은 것임을 우리한테 보여 준다.

삼수갑산 나 왜 왔노.

삼수갑산이 어디메냐.

오고 나니 기험하다

아하 물도 많고 산 첩첩이라.

내 고향을 도로 가자,
내 고향을 내 못 가네.
삼수갑산 멀더라
아하 촉도지난*이 예로구나.

삼수갑산 어디메냐,
내가 오고 내 못 가네.
불귀로다 내 고향을
아하 새더라면 떠가리라.

님 계신 곳 내 고향을
내 못 가네, 내 못 가네.
오다 가다 야속하다
아하 삼수갑산이 날 가둡네.

내 고향을 가고지고
삼수갑산 날 가둡네.

---

* 촉도지난蜀道之難. 당나라 시인 이태백이 촉나라의 길이 험악함을 표현해
  현종 황제가 그곳에 가는 것을 말렸다는 시의 제목.

불귀로다 내 몸이야

아하 삼수갑산 못 벗어난다.

삼수갑산은 함경북도 두메산골로 우리나라에서는 제일 험준한 데로 치는 곳. 이 시는 소월의 은사였던 시인 안서 김억의 「삼수갑산」이라는 시가 발표된 뒤에 그에 화답해서 썼다는 뜻으로 제목이 되어 있다.

1절에선 산 첩첩 물 첩첩 삼수갑산이 어디라고 내가 찾아왔는가 한탄하고, 2절과 3절에서는 옛날 중국 삼국 시절의 험준한 산악 지대 촉국에다 이 삼수갑산을 비해, 고향을 가재도 도무지 이곳을 빠져 나갈 수 없는 것—나는 새나 되었더라면 날아라도 가련만 도무지 빠져 나갈 수 없는 것을 말하고, 4절과 5절에서는 삼수갑산에 갇히어 임 계신 고향을 도로 못 가는 한을 말하고 있다.

이 시는 특히 향수의 한 전형을 주려 한 것이 특징으로, 옛날의 귀양살이 터였던 삼수갑산에다 자기의 고향에 못 돌아가는 현재의 처지를 비유해, 고금의 향수가 다를 바 없음을 보이는 작품이다.

애정을 항구성 있는 걸로 가짐과 동시에 전형화해서 갖는 것은 소월 시의 커다란 특징으로, 향수의 경우도 그 성격은 마찬가지임을 우리는 이 시에서 본다.

2

흔히 향수는 사랑하는 사람에게 향하는 애정에 비해서 비교적 담담한 것이라 하지만, 소월에게는 그렇지도 않고 거의 마찬가지의 절실한 것임을 우리는 「여수 2」라는 작품에서 본다.

저 오늘도 그리운 바다,
건너다보자니 눈물겨워라!
조고마한 보드라운 그 옛적 심정의
분결 같은 그대의 손의
사시나무보다도 더한 아픔이
내 몸을 에워싸고 휘떨며 찔러라.
나서 자란 고향의 해 돋는 바다요.

여기에서 보면, 고향을 떠나서 바다 너머 타국에 와 있는 사람에게는 그 바다를 앞에 두고 고향을 생각하는 것은 눈물겨울 만큼 사무쳐, 조그맣고도 보드라운 태고연한 마음의 분결 같은 고향의 손은 어느 경우에는 사시나무보다도 더 아픈 것이 되어, 이향자離鄕者의 몸을 에워싸고 떨면서 온몸을 찌르는 것으로 되어 있다.

낳아서 자란 고향—그것은 소월에게는 멀리 떠나 있을 때 담담하고 얄팍한 향수만을 일으키는 것이 아니라 골수에 사무치는 불가분리의 관계를 가지고 오는 것으로서, 어느 경우에는 사시나무보다도 더 아프기까지도 한 것이었다. 물론 이 시는 일정 치하의 고통 속에 놓인 고향을 두고 쓴 것이니까 유달리 그랬으려니와, 이런 사람에게는 고향의 비운悲運이란 그런 특수 환경이 아니었다고 하더라도 마찬가지로 왔을 것이다.

소월의 고향은 소월의 육신에 바로 닿는 제일 가까운 육신과 같이 또한 연접해서 놓여 있다.

3

그는 생겨난 고향뿐 아니라 제2의 고향을 두고서도 참으로 애절한 향수의 시를 우리에게 보인다. 그가 십오 년 살던 정분을 못 잊어 하는 삼수갑산을 두고 쓴 시는 그 좋은 본보기이다.

산새도 오리나무
우에서 운다.
산새는 왜 우노, 시메산골
영 너머 갈라고 그래서 울지.

눈은 나리네, 와서 덮이네.
오늘은 하룻길
칠팔십 리
돌아서서 육십 리는 가기도 했소.

불귀, 불귀, 다시 불귀,
삼수갑산에 다시 불귀.
사나이 속이라 잊으련만,
십오 년 정분을 못 잊겠네.

산에는 오는 눈, 들에는 녹는 눈.
산새도 오리나무
우에서 운다.
삼수갑산 가는 길은 고개의 길.
　　　　　　　─「산」

　이 시 속의 사람은 삼수갑산을 벗어나고 있다. 뿌리쳐 떠나오긴
했으나 벌써 고향이나 다름없이 된 그곳이 안 잊혀 마음속으로 울고
오는데, 산길 가의 오리나무 위에서는 산새들도 모여서 운다. 아마
영 너머 삼수갑산을 가려고 울고 있는 것이겠지만, 자기는 이미 삼
수갑산을 작별하고 나온 몸이다.
　내리어서는 첩첩이 덮이는 눈길을 오늘도 여정은 칠팔십 리, 그러
나 마음속에서는 떠나온 곳이 못 잊혀 육십 리쯤 뒷걸음쳐 되돌아가
기도 한다. 사나이의 마음이니 웬만하면 잊으련마는, 삼수갑산에 다
시 돌아가지 못할 일을 생각하니 십오 년 지낸 정분을 차마 못 잊어
서 그렇다. 산에는 눈이 내리고 들에는 눈이 녹고, 산새들도 오리나
무 위에서 이 사람 닮아 울음을 울고 있는데, 삼수갑산 가는 길은 등

뒤의 잊을 수 없는 고갯길로 성성히 뻗치고……

이 시에서 보면, 제2의 고향이라고 하여 또 무슨 별 성질상의 차등이 있는 것은 아니다. 타관은 타관일시 분명하지마는, 십오 년이나 정들여 살던 곳이라 그의 말마따나 그 십오 년 정분이 떠나려는 그를 울리고 있는 사실로 보아서도, 생겨난 곳이 아니라 해서 타관 취급이 되어 있지는 않다. 어찌 제2의 고향뿐이겠는가. 소월에게는 제3, 제4, 그 밖에 수없는, 그와 정든 고장이 다 이와 같이 있어야 하리라.

요컨대 그는 사람들을 그렇게 사귀었듯이, 그가 난 이후 사귀고 다닌 온갖 고장을 또 영 안 잊히는 것—뼈저리게 사랑하는 것으로 만들었다는 증거다.

■ 소월의 자연과 유계와 종교

ㄱ. 소월 시의 자연

1

소월은 사람에 대한 애정과 또 그 여의치 못한 한으로서 자연을 유난히 간절한 것으로 불 밝혀 가졌었다고, 나는 앞에서 말한 일이 있다.

그렇기 때문에, 그의 자연은 휴머니즘의 정한의 냄새를 많이 풍기는 것이다. 이 점은 두보 시의 자연과 많이 일치한다.

산바람 소래.

찬비 듣는 소래.

그대가 세상고락 말하는 날 밤에,

순막집 불도 지고 귀뚜라미 울어라.

「귀뚜라미」라는 제목을 가진 이 작품은, 자연의 소리인 산바람 소리와 찬비 듣는 소리와 귀뚜라미 소리를 나타내고 있지만, 여기에는 역시 '그대가 세상고락 말하는 날 밤에'라는 고락하는 사람의 냄새가 산바람 소리와 또 찬비 소리와 귀뚜라미 소리에 묻어 있으며, 그가 또 「오시는 눈」이라는 작품에서

땅 우에 쌔하얗게 오시는 눈

기다리는 날에는 오시는 눈

오늘도 저 안 온 날 오시는 눈

저녁불 켤 때마다 오시는 눈.

하고 오시는 눈을 표현할 때에도 또한 안 오는 사람을 기다리는 날의, 사람 그리워하는 정한은 깃들이어 있다.

그가 자연을 소재로 해서 쓴 작품 가운데서 사람의 일은 하나도 다루지 않은 「산유화」라는 시에서도 이것은 역시 깃들이어 있다.

산에는 꽃 피네
꽃이 피네
갈 봄 여름 없이
꽃이 피네

산에
산에
피는 꽃은
저만치 혼자서 피어 있네

산에서 우는 적은 새요
꽃이 좋아
산에서
사노라네

산에는 꽃 지네
꽃이 지네
갈 봄 여름 없이
꽃이 지네

이 시는 제1절에서 산꽃이 시절을 따라 쉬임 없이 피고 있는 것을
말하고, 2절에서 그 피는 꽃이 그렇게 아름답게 향기롭게 조촐히 혼

자서 피는 것을 찬양하고, 3절에서는 그러한 꽃을 알아 산에서 사는 새에 동감하여, 4절에 가서는 다시 꽃이 사철 쉬임 없이 떨어지고 있는 면을 강조해서 제1절과의 아름다운 대조를 빚고 있거니와, 이 시의 제2절 마지막 줄의 '저만치'라는 부사는 역시 휴머니스트의 정한의 냄새를 절실히 띠고 있는 말이다.

사람 사이에서의 모든 감정을 그 어려운 수세守勢의 면에서 지켜 오기에 힘을 다했던 소월은, 이 자연물인 산꽃에다가도 그것을 부어 넣고 있음을 본다. '저만치 아름답게', '저만치 참되게', '저만치 착하게', '저만치 의젓이'…… 그 밖에 온갖 진선미의 뜻을 담고 있는 이 '저만치'라는 말은 그 아랫말 '혼자서'와 겸함으로써 고고孤高한 수세의 난처한 아름다움을 방불하게 곁들이고 있어, 우리는 여기서 이 난처한 꽃을 난처하게 고운 사람—그중에서도 난처하게 고운 우리나라 사람같이 아니 느낄 수가 없는 것이다.

2

그러나 위에서 우리가 보아 온 것은 소월의 대인간 정서의 자연에 쏠리는 면의 표현이고, 소월이 자연 자체의 의의를 이와 같은 인간적 정한과 일치하는 것으로 파악해 가졌던 것은 아니다. 자연은 역시 유자儒者가 가진 천지天地와 같은 뜻으로서, 그에게 인간력人間力 이상의 것으로 있었음을 우리는 그의 「합장」이나 「묵념」 같은 시에서 본다.

나들이. 단 두 몸이라. 밤빛은 배여 와라.

아. 이거 봐, 우거진 나무 아래로 달 들어라.

우리는 말하며 걸었어라, 바람은 부는 대로.

등불 빛에 거리는 헤적여라. 희미한 하늘 편에

고히 밝은 그림자 아득이고

퍽도 가까힌 풀밭에서 이슬이 번쩍여라.

밤은 막 깊어, 사방은 고요한데,

이마즉, 말도 안 하고, 더 안 가고,

길가에 우두커니. 눈 감고 마주 서서,

먼 먼 산. 산 절의 절 종소래. 달빛은 지새어라.

— 「합장合掌」

이슥한 밤, 밤기운 서늘할 제

홀로 창턱에 걸어앉아, 두 다리 늘이우고,

첫 머구리 소래를 들어라.

애처롭게도, 그대는 먼첨 혼자서 잠드누나.

내 몸은 생각에 잠잠할 때. 희미한 수풀로서

촌가의 액맥이 제 지내는 불빛은 새여 오며,

이윽고, 비난수도 머구리 소리와 함께 잦아져라.

가득히 차 오는 내 심령은…… 하늘과 땅 사이에.

나는 무심히 일어 걸어 그대의 잠든 몸 우에 기대어라
움직임 다시 없이, 만뢰는 구적한데,
조요히 나려비추는 별빛들이
내 몸을 이끌어라, 무한히 더 가깝게.

—「묵념」

이 두 편의 시의 자세한 설명은 이미 앞에서 했으니까 여기서는
하지 않지만, 「합장」 속의 나들이 두 남녀가 아마 온갖 세고世苦의 끝
에 여기까지 걸어와서 젖어드는 자연은 사람끼리의 정한의 세상과
는 별개의 청정한 것이고, 또 「묵념」의 두 내외가 하나는 잠들고 하
나는 그 옆에 깨어 기대 젖어드는 자연도 이 두 내외보다는 청정한
것으로서 대우받고 있다.

3

요컨대 그는 사람들을 사랑하여 그 정한으로써 자연을 일깨워 맛
들여 가지긴 했으나, 이것은 다만 인간적 정한의 외연이었을 뿐 그
가 생각하는 자연 자체의 의의라는 것은 역시 인간이 마침내 돌아갈
곳으로서 따로이 있었던 것이다. 그리고 소월의 이러한 자연은 그것
이 인간력 이상으로 있는 점, 구경究竟에 가서 돌아갈 곳이기는 하나

이것을 항상 정신의 중핵적인 표준으로 하고 있지 아니하는 점, 유교의 자연과 방불하다.

ㄴ. 소월 시의 유계

소월 시에 나타난 저승의 성격을 말하기 전에, 개화 이후 영 잊어버리다시피 한 이 말의 동양에서의 본래의 뜻을 좀 밝혀 둠이 편리하지 않을까 한다.

유명幽明이란 말이 있고, 이 유명이 다르니 안 다르니 하는 말이 있는 것은 우리는 들어서 알고 있지만, 밝은 세계 즉 생명이 신전伸展하는 우리 눈에 보이는 현실 세계와 아울러서 저승 즉 살아 있던 생명들이 돌아간, 눈에 안 보이는 이 또 하나의 세계는, 개화 이전의 동양인에게는 눈앞의 현실 세계만 못지않게 산 자가 늘 접촉해야 할 중요한 것이었다.

정자程子는 생명의 요체인 신神을 신전伸展과 퇴귀退歸의 양면에서 보아, 현실적으로 신전하는 것을 신神이라 하고 그 신전에서 쉬고 돌아가는 것을 귀鬼라 하였거니와, 정자류로 생각하자면 저승 즉 유계란 신이 작용하는 현실계가 아니라 귀들이 모여 있는 그곳을 뜻하는 것으로, 이것은 명계冥界와 서로 헤어질 수 없는 즉 현실의 후면의 의미를 띠었던 것이다.

그렇게 생각했던 동양인인 만큼 재래 동양인의 문학 세계에서는 저승이 큰 세력을 부렸던 것으로서, 중국 사람들이 개화 이전의 소설

성분을 대별하는 데 의협, 염정, 전쟁, 방술과 아울러 유수지류幽邃之類를 따로 둔 것도 그것을 말한다.

그럼 전통주의자였던 소월이 저승과 어떻게 접촉하고 있었던가를 살피기로 한다.

1

소월은 눈앞의 사람들을 간절히 사랑한 나머지, 죽은 뒤를 따라가서는 그 사랑의 열로 저승까지도 데웠고, 현대인답지 않게 그가 유명幽明의 양쪽에 걸쳐서 살고 있었던 것도 사실이었다.

그는 잠깬 뒤의 어떤 때쯤 문득 이 유명의 갈림길에 서서 양편을 다 바라다보고 있었다.

「바리운 몸」이라는 작품은 그런 것을 우리에게 보여 준다.

꿈에 울고 일어나
들에
나와라.

들에는 소슬비
머구리는 울어라.
풀 그늘 어두운데

뒷짐 지고 땅 보며 머뭇거릴 때.

누가 반딧불 꾀어드는 수풀 속에서
'간다 잘 살아라' 하며, 노래 불러라.

꿈속에서 울고 일어나 들에 나온 그 앞에, 풀 그늘 어두운 들에서
는 소슬비가 내리고 머구리가 떼지어 울어, 자기도 몰래 땅 보며 뒷
짐 지고 머뭇거릴 때, 반딧불 꾀어드는 수풀 속에서 문득 누가 부르
는 '간다 잘 살아라' 하는 한 가닥의 노랫소리도 그를 이 유명의 갈
림길에 세운다.
그리고 이 시에서 우리가 느끼는 것은 유명이 종이 한 겹 사이처
럼 가까운 느낌이다.

2

이러한 그인 만큼 사랑하는 이가 이승을 떠났을 때 마치 자기 집
의 뒤안에나 들어가듯 저승으로 사랑의 정열을 뻗치는 것도 괴이한
일은 아니다. 「초혼」이라는 시는 이것을 말해준다.

산산히 부서진 이름이어!
허공중에 헤어진 이름이어!
불러도 주인 없는 이름이어!

부르다가 내가 죽을 이름이어!

심중에 남아 있는 말 한마디는
끝끝내 마자 하지 못하였구나.
사랑하던 그 사람이어!
사랑하던 그 사람이어!

붉은 해는 서산마루에 걸리었다.
사슴의 무리도 슬피 운다.
떨어져 나가 앉은 산 우에서
나는 그대의 이름을 부르노라.

설음에 겹도록 부르노라.
설음에 겹도록 부르노라.
부르는 소리는 비껴 가지만
하늘과 땅 사이가 너무 넓구나.

선 채로 이 자리에 돌이 되어도
부르다가 내가 죽을 이름이어!
사랑하던 그 사람이어!
사랑하던 그 사람이어!

이 작품에 대하여 앞에서도 말한 바처럼, 이 사랑의 불은 현실을 넘어서서 저승에까지 뻗치어 거기까지를 치열히 불 밝히고 있지 아니한가.

저승이란 잊어버리고 살다가 죽으면 돌아갈 곳으로만 있는 것이 아니라, 이 시에서 우리는 우리의 살아 있는 목숨이 또 치열한 사랑의 횃불을 치켜들고 가야 할 곳으로도 느끼게 된다.

3

그리하여 애인을 사랑한 나머지 발견한 저승에서 그는 머물러 살기로 한다. 머물러 살면서 무형의 혼령들과 사귀기도 한다.

「무덤」이나 「찬 저녁」이라는 작품은 이것을 우리에게 말해 준다.

그 누가 나를 헤내는 부르는 소리.
불그스름한 언덕, 여기저기
돌무더기도 움직이며, 달빛에,
소리만 남은 노래 서러워 엉겨라.
옛 조상들의 기록을 묻어 둔 그곳!
나는 두루 찾노라, 그곳에서!
형적 없는 노래 흘러 퍼져,
그림자 가득한 언덕으로 여기저기
그 누구가 나를 헤내는 부르는 소리.

부르는 소리, 부르는 소리,
내 넋을 잡아끌어 헤내는 부르는 소리.

— 「무덤」

퍼르스렷한 달은, 성황당의
군데군데 헐어진 담 모도리에
우둑히 걸리웠고, 바위 우의
까마귀 한 쌍. 바람에 나래를 펴라.

엉기한 무덤들은 들먹거리며,
눈 녹아 황토 드러난 멧기슭의,
여기라, 거리 불빛도 떨어져 나와
집 짓고 들었노라, 오오 가슴이어.

세상은 무덤보다도 다시 멀고
눈물은 물보다 더 덥음이 없어라.
오오 가슴이어, 모닥불 피어오르는
내 한세상, 마당가의 가을도 갔어라.

그러나 나는, 오히려 나는
소래를 들어라, 눈석이물이 씨걸이는
땅 우에 누어서, 밤마다 누어,

담 모도리에 걸린 달을 내가 또 봄으로.

—「찬 저녁」

「무덤」이라는 시는 앞에서도 한 번 나왔지만, 여기서 소월을 손꼽아 헤아리는 조상의 소리를 듣고 있는 것은 산 채로 저승에 살아 본 사람이 아니면 도무지 알 수 없는 체험의 표현이며, 「찬 저녁」 역시 그러한 체험의 기별을 우리에게 전한다.

오싹 차가운 겨울 저녁 푸르스름한 달은 성황당의 군데군데 헐어진 담 모서리에 우둑히 걸리어 있고, 바위 위에 한 쌍의 까마귀가 바람에 날개를 펼 때, 여기저기 흐트려 놓은 무덤들이 들먹거릴 때, 그는 거리의 불빛을 떨어져 나와 황토 드러난 멧기슭에 집 짓고 들었다고 「찬 저녁」이란 시의 1절과 2절에서 표현하고 있거니와, 이것은 바로 저승에 자리한 것을 의미한다. 이 시의 3절에서 우리가 보는 것과 같이 그래 그는 세상에서는 먼, 눈물이 물보다 더 더울 것도 없이 느끼어지는, 모닥불 피어오르던 한세상 마당가의 가을도 다 가 버린 저승에 서서, 4절에서는 작품 「무덤」에서 듣는 것과 같은 소리를 역시 또 듣고 있다. 눈 녹은 물이 숨 가쁜 양 씨근덕거리는 땅 위에 누워서, 밤마다 누워서 저승의 소리를 듣고 있다.

4

하여 그는 저승 속에 들어가서 살 뿐만 아니라 또 한 개의 어려운

일인 저승—그것을 우리의 이승의 현실에 이끌어 들이는 데에서도
선수가 되어 있다. 즉 유명幽明을 따로따로 겪는 것이 아니라 동시에
겪는 데에도 길들게 된 것이다. 그의 「담배」라는 작품은 이것을 또
우리에게 보인다.

나의 긴 한숨을 동무하는
못 잊게 생각나는 나의 담배!
내력을 잊어버린 옛 시절에
났다가 새없이 몸이 가신
아씨님 무덤 위의 풀이라고
말하는 사람도 보았어라.
어물어물 눈앞에 스러지는 검은 연기,
다만 타 붙고 없어지는 불꽃.
아 나의 괴로운 이 맘이어.
나의 하욤없이 쓸쓸한 많은 날은
너와 한가지로 지나가라.

우리가 피우는 한 대의 담배마저도 이승의 것으로서만 의의를 갖
는 것이 아니라 즉 '내력을 잊어버린 옛 시절에 났다가 새없이 몸이
가신 아씨님 무덤 위의 풀이라고' 저승과 관련지어 이야기된 것으로
그에게 느끼어졌던 것은, 그것을 의미한다.

이렇게 하여 이승과 아울러 저승을 가짐으로써 우리들이 흔히 윌 거리로밖에는 가지고 있지 못한 무형한 과거 인류의 세계를, 그는 실체험으로 겪는 역사인으로서 자기를 개척해 가지게 되고, 또 저승을 이승과 함께 실제로 겪음으로써 사물을 함축된 것으로 파악해 가질 수가 있었다.

이 일은 한국 개화 이후의 신시사상에서는 소월이 맨 먼저 우리의 전통으로부터 선택해 받아들인 것이다. 이 점에서도 그는 역시 한 사람의 철저한 전통주의자였음을 본다.

ㄷ. 소월 시 속의 종교

1

소월이 무슨 기성의 종교를 제일 가까운 것이라고 주장했는지, 또 어느 교문教門을 그중 많이 드나들었는지 그것은 알 바 없으나, 시집에 나타난 몇 편의 종교적인 작품을 통해서 보면, 종교적 정신의 핵심은 유교나 기독교에 가까운 데에 있었던 듯하다. 즉 자각된 인간과 신의 가치를 동일하게 치부하는 불교나 그런 종교의 성질로 마음을 먹은 것이 아니라, 신이나 하늘을 인간보다는 높은 것으로 보기 마련인 그 점이 유교나 기독교에 방불하기 때문이다.

그가 더 많이 감정의 사람으로서, 더구나 일정 치하의 불여의한 환경 속에서 인정의 불여의함을 늘 한탄하고 지낸 그인지라, 그 억울함 때문에 신을 마침내 자기와 일치시켜 보지 못한 것일까? 그야 하여간에 에누리 없고 허□하지 않았던 정과 한이 마침내 유교나 신약적 기독교의 것과 방불한 그 신을 마침내 찾아갔던 것은 사실이다.

그의 100퍼센트의 정한은, 역경에서나 순경에서나 주위의 애인과 가족과 동족과 고향과 향토를 사랑한 나머지 여기에 '피 붉은 줄'로 얼크러지고, 이 위에 끼룩거리는 갈매기처럼 떠돌고, 이 속에서 한 줄기 치솟는 연기처럼 오르며, 애정을 넓혀 스스로 한 종교의 경역을 빚어내고 있었던 것을, 우리는 「비난수하는 맘」이라는 작품에서 본다.

함께하려노라, 비난수하는 나의 맘.
모든 것을 한 짐에 묶어 가지고 가기까지,
아침이면 이슬 맞은 바위의 붉은 줄로,
기어오르는 해를 바라다보며, 입을 벌리고.

떠돌아라, 비난수하는 맘이어, 갈매기같이,
다만 무덤뿐이 그늘을 얼른이는 하늘 우흘,
바닷가의, 잃어버린 세상에 있다던 모든 것들은
차라리 내 몸이 죽어 가서 없어진 것만도 못하건만.

또는 비난수하는 나의 맘, 헐벗은 산 우에서
떨어진 잎 타서 오르는, 낸내의 한 줄기로,

바람에 나부끼라 저녁은, 흩어진 거미줄의
밤에 맺었던 이슬은 곧 다시 떨어진다고 할지라도.

함께하려 하노라, 오오 비난수하는 나의 맘이여,
있다가 없어지는 세상에는
오직 날과 날이 닭 소래와 함께 달아나 버리며,
가까웁는, 오오 가까웁는 그대뿐이 내게 있거라!

　이 시의 1절에서 그는 모든 것을 한 짐에 묶어 가지고 가기까지
는, 아침이면 이슬 맞은 무정한 바위에 얽힌 붉은 혈맥으로 떠오르
는 해를 바라다보며 입을 벌리고 기도하는 마음으로 사랑하는 사람
(혹은 사람들)과 같이 있겠다 하고, 2절에서는 다 자기에게서 멀리
떠나 잃어버린―세상에 있다던 모든 것들은 차라리 자기 몸이 죽어
가서 없어진 것만도 못한 허망스런 것이지만, 이 세상의 바닷가에
정의情義가 다 죽은 무덤만이 그늘을 얼른거리는 하늘 위를, 그들을
위해 기도하는 마음은 바다 위의 갈매기같이 끼룩거리며 떠돌고 있
다고 하고, 3절에서는 비록 흩어진 거미줄에 밤에 맺혔던 이슬이 다
시 떨어져 버리는 것과 같이 보람은 없는 일이지만, '헐벗은 산 우에
서 떨어진 잎 타서 오르는, 냇내의 한 줄기로' 기도하는 마음은 또 저
녁에 나부끼라고 하고, 마지막 절에 가서는 모두 변하지 않는 것이
없어, 있다가 없어지는 세상에서는 오직 날과 날이 닭 소리와 함께
헛되이 달아나 버리지만, 그 속에서도 가까운 그대만은 내게 있으라

고—함께 있겠다고 하고 있거니와, 그것은 사랑을 이미 종교화한 경지이다.

여기에 나오는 '그대'를 애인으로 보건 동포로 보건 조국으로 보건 그야 하여간에, 사랑도 이쯤 되면 벌써 종교적 항구성의 세계의 그 사랑과 다를 것이 없는 것이다.

2

그러나 위에서도 말한 바와 같이, 사랑으로서 도달한 종교의 성격이 신과 자기를 동등한 가치로 보는 데에 있었다기보다는 신을 자기보다 한층 높은 데에 두었던 것은, 작품 「신앙」에서 손쉽게 알 수가 있다.

눈을 감고 잠잠히 생각하라.
무거운 짐에 우는 목숨에는
받아 가질 안식을 더하라고
반드시 힘 있는 도움의 손이
그대들을 위하여 내밀어지리니.

그러나 길은 다하고 날이 저무는가.
애처로운 인생이어,
종소리는 배바삐 흔들리고

애긋은 조가弔歌는 비껴 울 때
머리 수그리며 그대 탄식하리.

그러나 꿇어앉아 고요히
빌라, 힘 있게 경건하게.
그대의 맘 가운데
그대를 지키고 있는 아름다운 신을
높이 우러러 경배하라.

멍에는 괴롭고 짐은 무거워도
두드리던 문은 멀지 않아 열릴지니,
가슴에 품고 있는 명멸의 그 등잔을
부드러운 예지의 기름으로
채우고 또 채우라.

그러하면 목숨의 봄 두던의
살음을 감사하는 높은 가지,
잊었던 진리의 봉오리에 잎은 피며,
신앙의 불붙는 고은 잔디
그대의 헐벗은 영을 싸 덮으리.

즉 여기에서 신은, 1절에 보이는 것과 같이 무거운 짐에 우는 목숨에게 받아 가질 안식을 더하려고 힘 있는 도움의 손을 뻗치는, 심판하고 상벌할 수 있는 권능을 가진 인간력 이상의 신이며, 또 3절에서와 같이 꿇어앉아 고요히 그 앞에 빌어야 할, 우리들이 꿇어앉은 위에 높이만 계셔야 할 신인 것이다.

이 시는 별로 어려운 표현이 없어 전체적인 설명은 생략하거니와, 여기에 담긴 내용은 신의 섭리 아래 무거운 짐을 지고 가는 사람들이 끊임없이 꿇어앉아 경배함으로써 얻어지는, 그리하여 명멸하는 등잔에 부드러운 예지의 기름을 채우고 또 채움으로써 얻어지는 진리의 꽃잎이며 신앙의 불붙는 고운 잔디를 표현하고 있는 것으로서, 신앙은 신과 동렬에 놓이기 위한 것이 아니라 그 명령 한계 안에 놓이기 위한 것임은 보면 알 일이다.

■ 소월의 육친, 붕우, 인인, 스승과 조상의 의미

ㄱ. 그의 육친애

1

엄마야 누나야 강변 살자.
뜰에는 반짝이는 금모래 빛,
뒷문 밖에는 갈잎의 노래
엄마야 누나야 강변 살자.

「엄마야 누나야」라는 이 시의 정신은, 말하자면 가족제도 아래서의 단란을 이상으로 하는 것으로서, 개화 뒤 서양 정신의 영향 밑에 이루어진 부부 제일주의의 스위트 홈을 그리고 있는 것은 아니다.

반짝이는 금모래의 뜰과 뒷문 밖에 갈숲을 가진 이 집에는 물론 두 애인도 자리 잡고 있겠지마는, 그런 사실은—우리의 재래적 습관에 의해서 많이 나타내어지는 것은 오히려 생략하고, 엄마와 누나가 같이 사는 집으로서만 이야기되는 그러한 집의 표현이다.

요컨대 엄마나 누나나 형제나 아버지는 그 스위트 홈에서 제거되거나 차석에 놓이는 것이 아니라, 여기 존재의 표현이 생략되어 있는 부부와 같이 단란해도 좋은 의미를 갖는 것이다.

그의 「부모」라는 시를 보면, 이미 나이가 찬 아들이 어머니의 무릎 앞에 앉아 옛이야기를 듣고 있는 광경이 옛 그림같이 그려져 있거니와, 이런 일도 요즈음 모자의 풍습엔 드문 일이리라.

낙엽이 우수수 떨어질 때,

겨울의 기나긴 밤.

어머님하고 둘이 앉아

옛이야기 들어라.

나는 어쩌면 생겨 나와

이 이야기 듣는가?

묻지도 말아라, 내일날에

내가 부모 되어서 알아보랴?

　가지에 남은 잎사귀가 긴 겨울 밤 우수수 떨어지는 소리를 낼 때, 어머니와 둘이 앉아 옛이야기를 듣고 있는 이 사람은 벌써 세상을 많이 살아 본 사람이다. 그러나 '나는 어쩌면 생겨 나와서 이 이야기를 듣고 있는가' 하고 요새 사람답지 않게 그가 감동할 때, 이 두 모자의 혈연과 몸매는 또한 고인들의 것과 같이 요새의 것보다는 한결 더 빛 바르고 든든하고 굵어 보인다. 마지막에 가서 '묻지도 말아라'고 하고, '이것이 어디 내일날에 내가 부모가 되어서 알아볼 일이냐?'고 나이 찬 사람답게 묻고 있는 것은, 요새 사람들 보기엔 쑥이라면 쑥이라 할까. 그러나 서양에서 온 모자상의 그림이라곤 어린애와 어머니가 같이 있는 것밖에는 별로 보지 못하는 우리에게, 이런 성년 된 아들과 어머니의 사랑의 그림은 우리의 옛날이 돋뵈는 만큼은 역시 돋뵈어진다.

　물론 가족주의 제도가 가족 각 개인의 발전을 막는다는 것에 찬동하는 표현은 소월에게는 없다. 그러니까 여기서 그를 장하다 하는 것은 그가 가족에게―부모와 자녀와 형제자매로서 이루어지는 가족에게 온갖 발전을 그만두고 고식적姑息的으로 한군데에 살아라 하고 강권했대서가 아니라 우리들이 많이 흐지부지 잊어버린 가족 전체에 대한 고도적古道的, 전형적 애정을 유지하고 있기 때문이다.

2

그러나 이런 육친애도 당시 일정 치하의 압력으로 우리가 바라는 온갖 길이 늘 막히기만 하였으므로 한 많은 것이 안 될 수가 없었다. 「훗길」이라는 시는 자녀에 거는 부모의 애정이 항시 보람 없는 꿈같이만 나타나야 하는 서러움을 우리에게 보여 주고 있다.

어버이님네들이 외오는 말이
'딸과 아들을 기르기는
훗길을 보자는 심성이로라.'
그러하다, 분명히 그네들도
두 어버이 틈에서 생겼어라.
그러나 그 무엇이냐, 우리 사람!
손들어 가르치던 먼 훗날에
그네들이 또다시 자라 커서
한길같이 외오는 말이
'훗길을 두고 가자는 심성으로
아들딸을 늙도록 기르노라.'

이 시의 처음에 보이는 것과 같이, 우리나라 부모들이 늘 하는 말이 '아들과 딸을 기르는 것은 뒤에 잘되는 것을 보자는 심성이라'고 하지만, 그렇게 말하는 부모들도 그런 원을 자식에게 걸던 두 어버이 틈에서 생겨난 몸인 것을 깜박 잊고 있다.

그러나 이 무슨 꼴인가. 우리나라 사람들, 손들어서 자식의 전도를 기대하고도 세월이 지나 그 자식들이 자라 커서 또 부모가 되면 언제나 되풀이하는 말로 '훗길을 두고 가자는 심성으로 아들딸을 늙도록 기르노라'고 한다.

이와 같이 소월은 자식에게 거는 부모의 꿈같은 사랑에 비해서는 현실은 너무나 악착스러운 것이기 때문에 가지지 않을 수 없는 어버이의 한스러운 사랑을 표현하고 있다.

3

그렇게 어디를 비워 두거나, 그 하나를 어디다가 접어 둘 수 없는 애정이었기 때문에 남녀 간의 사랑을 여러 가지 정한을 통해서 자연과 유계에까지 접붙였던 그는, 육친애를 가지고도 또 얼룩진 정한의 무늬도 그대로 역력히 자연과 저승을 점령한다.

접동
접동
아우래비접동

진두강 가람가에 살던 누나는
진두강 앞 마을에
와서 웁니다

옛날, 우리나라
먼 뒤쪽의
진두강 가람가에 살던 누나는
의붓어미 시샘에 죽었습니다

누나라고 불러 보랴
오오 불설워
시새움에 몸이 죽은 우리 누나는
죽어서 접동새가 되었습니다

아홉이나 남아 되던 오랩동생을
죽어서도 못 잊어 차마 못 잊어
야삼경 남 다 자는 밤이 깊으면
이 산 저 산 옮아가며 슬피 웁니다
—「접동새」

이 시의 소재는 우리 겨레가 상당히 오랫동안 꾸려 온 전설 가운데 하나이어니와, 이것은 육친애가 자연과 저승까지를 울리고 있는 좋은 예이다.

여기에서 보면, 의붓어미 시샘에 못 견디어 외진 구석에서 널리 알려질 것도 없이 참으로 하잘것없이 죽어간 누나지만은, 동생의 사랑이 살아 깨어 있기 때문에, 죽어 없어진 뒤에도 슬피 우는 밤 수풀의

접동새 소리를 통해서까지 안 끊어지고 우리의 형제 사랑하는 마음에 다시 살아서, 죽는 일 없이 늘 나타나 힘을 부리는 것으로 되어 있다.

이 새의 울음소리에는 자기의 이름과 아울러 동생을 부르는 소리가 난다.

진두강이라는 강가에서 누나는 살고 있었는데, 죽어서 접동새가 되어 진두강 앞 친정이 있는 마을 어느 수풀 나무에 와 울고 있다.

옛날 우리나라에서도 구석진 진두강 가에 살고 있는 이 누나는 의붓어미의 시새움에 죽었었다.

그러니 동생인 자기의 사랑을 두고 억울하게 죽은 누나기 때문에, 우는 접동새 소리에 그 넋이 다시 나타나 '누나' 하고 불러 보려 해도 너무나 서러워서 말도 차마 나오지 않는다. 그러나 억울한 사정에 죽은 누나는 그 억울한 사정 때문에 한결 더 아주 죽어 버릴 수 없는 것이 되어, 죽은 뒤에는 이 서럽게 죽은 자의 음성과 처지에 거의 방불한 접동새의 울음을 빌려, 살아 있는 동생의, 누나 사랑하는 마음속에 시퍼런 불을 밝혀 다시 살아나 있다.

대개 억울한 자의 속사정이 죽은 뒤에 산 자에게 많이 기억되어야만 하는 마련을 따라, 아마 형제가 많았던 모양이지, 아홉 남짓 되던 동생들을 죽어서도 차마 못 잊어, 남들 다 자는 깊은 밤에 이 산 저 산 옮아 다니며 슬피 울고 있는 듯, 이 접동새 소리를 듣고 있는 사람은 그것을 그렇게 느끼어 듣고 있다.

그 악착같던 의붓어미가 억천만 명이 있었던들 무엇하리요. 잔인했던 기억만을 후생들에게 남기고 그 육신과 피를 흙과 운무에 돌리곤 그만인 이런 악의 더미들에 조금도 구애됨이 없이, 사랑은 몇몇 사람과 사람 사이에 막혀 어쩌지 못했던 경우에는, 이렇게 자연과 영원까지라도 개척하여 가져야 마련인 것을. 영원히 사람의 세계에서 그 의미와 느낌을 이어 가야만 하는 마련인 것을.

부모와 자녀 간의 또는 형제 간의 이러한 육친애를 가지고서도 그는 누구보다도 실하게 갔기 때문에, 사회의 경역을 통과해 자연과 저승에까지─되도록은 여느 사람들이 흔히 잘 안 가는 아주 먼 데까지 갔기 때문에, 그러면서도 그런 애정들의 밀도가 결코 공허한 것이 아니었기 때문에, 그가 전통적인 가족주의와 같아 보인다고 해서 우리는 그를 탓할 생각은 나지 않는다.

ㄴ. 붕우애

1

벗을 두고서도 그는 역시 고도古道에 선다. 요새 사람들은 흔히 기쁘거나 일이 잘되는 데에서만 벗이고, 역경에 놓이거나 낙오의 경우가 되면 벗을 버리는 것이 예사지만, 소월의 것은 역시 벗이 역경에 빠질 때에도 버리는 일이 없는 그러한 우정이다.

「님과 벗」은 그것을 말하고 있다.

벗은 서름에서 반갑고
님은 사랑에서 좋와라.

딸기꽃 피어서 향기로운 때를
고초의 붉은 열매 익어 가는 밤을
그대여, 부르라, 나는 마시리.

이 시에서 보듯, 임은 연정에서 빛나고 벗은 역경의 설움에서 오히려 반갑다. 딸기꽃이 피어서 향기로운 때에 벗과 임의 좋은 시절을 비기고, 고추의 붉은 열매가 익어 가는 밤에 임과 벗의 역경의 때를 비기고 있거니와, 벗의 즐거움의 노래에도 사랑의 경우와 마찬가지로 그는 술잔을 기울이고자 하는 것이다.

이 시는 그 구상과 말법까지가 고풍의 장중한 맛을 띠고 있다.

2

이런 우정이라, 고도古道의 통성에 따라 유명을 두고 갈라져야 하는 것은 아니다.

유명을 잇는 그 우정에 대해서는 「달맞이」라는 시가 잘 표현해 보이고 있다.

정월 대보름날 달맞이,
달맞이 달마중을, 가자고!
새라새 옷은 갈아입고도
가슴엔 묵은 서름 그대로,

달맞이 달마중을, 가자고!
달마중 가자고 이웃집들!
산 우에 수면에 달 솟을 때,
돌아들 가자고 이웃집들!
모작별 삼성이 떨어질 때.
달맞이 달마중을 가자고!
다니던 옛 동무 무덤가에
정월 대보름날 달맞이!

이 시는 이승에 남아 있는 친구가 정월 대보름날 새 달을 맞이하여, 전날 친히 오고 가던 옛 동무의 무덤가에 달맞이를 가자는 것을 이웃 사람들에게 권하고 있는 것이거니와, 여기서는 저승과 이승 사이에 흔히 그의 시에 많이 보이는 것과 같이 혼자만의 한 개의 통로를 지으려는 것이 아니라 많은 군중으로 하여금 대단히 번화한, 일시에 많은 통로까지를 짓게 하려 하고 있다.

정월 대보름날 달이 떴으니 달맞이를 가자고 그는 권한다. 명절이라 새 옷은 갈아입었지만 가슴속엔 역시 어쩔 수 없이 쌓이는 첩첩한 설움. 그러나 친구들을 저승으롤망정 찾아가는 중이니 꺼릴 것은 무엇 있겠는가. 그전에 친구들이 살았을 때도 흔히 설움 그대로 지니고 갔듯이, 정월 대보름날 달맞이를 가자고 그는 이웃집에 권한다. 그래 영모롱이와 물 위에 달이 뜰 때에는 그 달빛 속에 죽은 친구들 그리움을 새로 해 가지고 집으로 돌아들 가자고 한다. 흔히는 잊고들 지녔으나, 모작별 삼성이 마치 저승의 기별같이 흩날려 떨어지는 정월 대보름날 달밤엔, 벗이 살았을 때 신발이 닳도록 서로 오고 가던 옛 동무들의 무덤가에 달마중을 가자고 그는 권하고 있다.

쉬우면서도 그 뜻을 잘 담아 형식도 째어 있으려니와, 여기에 담긴 내용은 우리가 살아 있어도 영 죽은 거나 마찬가지여서 까마득히 잊고 있던 자리에 찬란히 서슬 푸른 길을 수두룩이 한꺼번에 열어 영롱한 교향악을 빚어내고 있다.

니체는 '친구와 친구 사이에서도 주인 되려는 의지는 있다'고 말했다. 아마 이런 벗의 길이 개화 이후 우리나라의 새로운 벗의 길이기도 하리라. 허나 소월을 통해 보는 이 고도古道에 비해 그것은 얼마나 가시 돋은 꼴인가.

그의 장점은 그가 심미 제일주의의 시인으로서 시를 쓰고 인생을 경영한 것이 아니라, 심미와 아울러 고도적인 인륜주의를 겸했던 데서 오는 것이라고, 나는 그의 남긴 시들을 통틀어 봄으로써 생각한다.

ㄷ. 인인隣人

1

한 마을의 이웃 사람들도 그에게는 낯이나 잘 기억되는 이웃에 사는 남이 아니라, 그 서럽고 기쁜 사정이 늘 자기의 일처럼 느껴지는 그런 것이었다.

「전망」이라는 시는 그의 이런 정신을 잘 나타내고 있다.

부엿한 하늘, 날도 채 밝지 않았는데,
흰 눈이 우멍구멍 쌔운 새벽,
저 남편南便 물가 우에
이상한 구름은 층층대 떠올라라.

마을 아기는
무리지어 서재로 올라들 가고,
시집살이하는 젊은이들은
가끔가끔 우물길 나들어라.

소삭蕭索한 난간 우를 거닐으며
내가 볼 때 온 아침, 내 가슴의
좁혀 옮긴 그림장이 한옆을
한갓 더운 눈물로 어룽지게.

어깨 우에 총 메인 사냥바치
반백의 머리털에 바람 불며
한번 달음박질. 올 길 다 왔어라.
흰 눈이 만산편야 쌔운 아침.

한마을 사람들이라는 것은, 이 시에서 보면, 시집살이하는 젊은
여인네들은 물론 떼 지어 서당으로 올라가는 나이 어린 소년들조차,

보고 있는 그의 가슴속을 더운 눈물로 어룽지게 하는 것이기까지 했다. 시집살이에 울고 있는 젊은 여인네들을 앞에 두고 눈물을 흘리는 것은 혹 남이라도 할 수 있는 일이라 할까. 그러나 즐겁게 떼 지어 서당으로 글공부 가는 마을의 소년들을 보고, 그 장래나 숨은 배경까지를 보이지 않는데도 불구하고 느끼어 눈물을 흘리는 것은, 그 가족의 어버이나 고인故人이 아니고서는 가질 수 없는 일일 것이다.

희부옇게 트여 오는 환히 밝기 전의 새벽, 흰 눈이 내려 그대로 아직 다져지지도 않고 쌓여 있는 새벽, 남쪽 물 위에는 이상한 겨울 구름이 총총히 쌓일 때 떼 지어 서당으로 올라가는 마을의 소년들, 가끔가끔 우물길을 드나드는 시집살이하는 마을의 여인네들은, 이 시의 3절에서 우리가 보는 것과 같이 쓸쓸한 난간 위를 걸어 다니며 이른 아침 그가 그것을 내다볼 때, 가슴속에 옮겨 찍혀진 이들의 화폭을 얼룩지게 할 만큼 그를 속으로 울게 했다.

그래 4절에서 그는 우리가 보아 온 그의 울음 다음에 반쯤 흰 머리의 총을 멘 사냥바치를 내세우면서, 한 번 달음질에 올 길 다 왔다고 하고 있는데, 이것은 내 생각으론 일본의 압정을 상징한 것으로 보인다. 일본이라는 것을 여기 잘 보이게 표현하면 안 될 테니까 이렇게 해 둔 것이리라.

이 시를 쓴 때가 언젠지, 그게 만일 그의 자살과 머지않은 때의 일이라면, 이 시의 눈물뿐 아니라 그의 자살의 슬픔까지도 철저한 순국의 감정으로 이해할 수가 있다.

2

'참말 살 아낀다' 하는 말이 우리나라에 있어, 그것이 자기의 살을 아낀다는 말이 아니라 남의 살과 아울러 남의 온갖 사정을 잘 아껴준다는 뜻임은 우리가 잘 아는 터이지만, 소월이야말로 '참말 살 아끼는 사람'이었던 듯하다.

「꽃촛불 켜는 밤」이라는 시를 보면, 꽃촛불 켜고 만나는 젊은 남녀들의 곁에 그는 마음을 보내서, 그들의 사랑이 앞으로 곡절이 많을 것을 걱정해 못 견디어 하고, 또 그들이 앞으로 흘릴 눈물을 미리 걱정해 울고 있다.

꽃촛불 켜는 밤, 깊은 골방에 만나라.
아직 젊어 모를 몸, 그래도 그들은
'해 달같이 밝은 맘, 저저마다 있노라'
그러나 사랑은, 한두 번만 아니라, 그들은 모르고.

꽃촛불 켜는 밤, 어스러한 창 아래 만나라.
아직 앞길 모를 몸, 그래도 그들은
'솔대같이 굳은 맘, 저저마다 있노라'
그러나, 세상은 눈물 날 일 많아라. 그들은 모르고.

이렇게 하여, 그 빼놓는 데 없는 사랑은 이웃과 한마을과 한나라 동족들을 적신다.

3

이렇게 넓혀진 사랑에서도 그는 역시 눈앞의 현실에만 그것을 보내는 것이 아니라 또한 저승에로도 연결을 맺는다.

나의 긴 한숨을 동무하는
못 잊게 생각나는 나의 담배!
내력을 잊어버린 옛 시절에
났다가 새없이 몸이 가신
아씨님 무덤 위의 풀이라고
말하는 사람도 보았어라.
어물어물 눈앞에 스러지는 검은 연기.
다만 타 붙고 없어지는 불꽃.
아 나의 괴로운 이 맘이어.
나의 하욤없이 쓸쓸한 많은 날은
너와 한가지로 지나가라.

—「담배」

이 시의 셋째 줄에서 여섯째 줄까지를 보면, 아득히 잊혀진 옛날에 이 세상에 생겨났다가 오래 살지 못하고 저승으로 간 어느 아씨님 무덤 위에 난 풀이라고 말하는 사람도 보았다는―담배의 내력에 대한 이야기가 나오거니와, 얼굴도 모르는―먼 옛날에 났다가 죽은 한 젊은 여인네에 대한 느낌은, 여기에서는 그윽히 살아, 타오르는 담배 연기와 더불어 실감 있는 것이 되어 있다.

정말로 그의 사랑의 면적은 넓다 하지 않을 수 없는 것이다.

ㄹ. 스승과 조상

1

사제의 길도 역시 그에게는 하늘에 침투하는 것이었다.

「제이·엠·에쓰」라는, 조만식을 두고 쓴 시편은 우리에게 그가 생
각한 사제 관계가 어떠한 것이었음을 잘 보여 준다.

평양서 나신 인격의 그 당신님, 제이·엠·에쓰,

덕 없는 나를 미워하시고

재조 있던 나를 사랑하셨다.

오산 계시던 제이·엠·에쓰

십 년 봄 만에 오늘 아침 생각난다

근년 처음 꿈 없이 자고 일어나며,

얽은 얼굴에 자그만 키와 여윈 몸매는

닳은 쇠끝 같은 지조가 튀어날 듯

타듯하는 눈동자만이 유난히 빛나셨다.

민족을 위하여는 더도 모르시는 열정의 그 님,

소박한 풍채, 인자하신 옛날의 그 모양대로.

그러나, 아— 술과 계집과 이욕에 헝클어져

십오 년에 허주한 나를

웬일로 그 당신님

맘속으로 찾으시오? 오늘 아침.

아름답다 큰 사랑은 죽는 법 없어,

기억되어 항상 내 가슴속에 숨어 있어.

미쳐 거츠르는 내 양심을 잠재우리.

내가 괴로운 이 세상 떠날 때까지.

물론 소월의 오산 시절의 스승이 우연히 조만식이어서 유달리 영향이 세었던 것도 사실이겠지만, 그야 하여튼 간에 이 시에서 보면, 스승과 그 스승의 정신이라고 하는 것은 '기억되어 항상 내 가슴속에 숨어 있는 것'이고, 또 장구한 세월이 지난 후에도 그에 상응할 만큼 옛 제자의 정신이 드는 때에는 역력히 그 맥박을 제자의 속에 드러내는 것으로 되어 있다.

요컨대 안개 낀 산이 날 갤 때 드러나듯 제자의 마음이 갤 때는 드러나는 것. 그러니까 안개 속에서건 맑은 날이건 항존하는 것임을 알 수가 있다.

2

그 몸들이 돌아간 조상들도 그에게는 불가분리의 것이었다.

「무덤」이라는 시를 보면, 조상은 옆에서 그의 넋을 잡아 끌어들이며 그를 수軃 세어 내는 것, 또 소리로써 그를 부르는 것이었다.

그 누가 나를 헤내는 부르는 소리.

불그스름한 언덕, 여기저기

돌무더기도 움직이며, 달빛에,

소리만 남은 노래 서러워 엉겨라.

옛 조상들의 기록을 묻어 둔 그곳!

나는 두루 찾노라, 그곳에서!

형적 없는 노래 흘러 퍼져,

그림자 가득한 언덕으로 여기저기

그 누구가 나를 헤내는 부르는 소리.

부르는 소리, 부르는 소리,

내 넋을 잡아끌어 헤내는 부르는 소리.

죽어 간 조상의 그 누구인지는 모르나, 몸뚱이 있는 소월을 에워싸고 조상은 소월을 손꼽아 헤며 부르고 있는 듯하다. 불그스름한 황토 언덕 여기저기서는 쌓여 있는 돌무더기들도 움직이는 듯하며, 달빛에 들려오는 노랫소리들은 물론 조상의 것을 물려받은 바로 그것으로서 여기 서럽게 엉긴다. 그래 이 계승자 소월은 옛 조상들의 온갖 사연이 묻힌 무덤에서 두루 그 조상의 길들을 찾고 있다. 자취도 없이 대대로 이어 오는 노랫소리만이 무덤을 에워싸고 흘러 퍼져, 그림자 가득한 이 언덕을 향해 여기저기서는 조상의 그 누구인지가 "너다 너다" 하고 소월을 손가락으로 헤며 부르고 있는 듯, 소월을 잡아 민족 역사의 영원에 끌어들이며 수로 헤며 부르고 있는 것이다.

즉 이렇게 되면 민족 영원 속에서 이미 그 모양이 없어진 무형의 부분과 모양 있는 현실 사이에는 간격도 없어지는 것으로, 그의 투철한 사랑은 생존해 있는 동포를 대상으로 할 뿐 아니라 뭇 조상들의 과거사의 세계까지를 융융히 울림 있는 것으로 만들어 갖는다.

이렇게 그는 그의 사랑을 갈 수 있는 데까지 에누리 없이 끌고 가다가, 큰 시인이 당연히 와서 놓여야 할 역사의 맥박 위에 선다. 이것은 쉬운 일이 아니다. 사승師承이라는 것을 암송이 아니라 실천하는 것은 쉬운 일이 아니다. 실천으로써 사승에 자각하여 참가하고 있다는 것은 여간 마음이 다스려진 사람이 아니면 거의 불가능한 일이니 말이다.

■ 소월 시에 나타난 서양 시의 영향

1

소월은 우리가 위에서 보아 온 바와 같이 시정신의 근본을 전통에 두고 있었기 때문에, 외국 시의 영향이 개화 이후 우리나라 시인의 누구와 비해서도 적은 편이다. 그러나 역시 자세히 뜯어보면, 서양 시의 영향을 받은 시가 아주 없는 것도 아니다. 그렇지만 그것들엔 흔히 우리나라의 비평가들이 입을 가지런히 하여 말하는 것처럼 서구 로맨티시즘(낭만주의) 시의 영향이 그 기질 그대로 뚜렷이 드러난 곳은 눈에 잘 뜨이지 않고, 오히려 폴 베를렌의 초기 시에 가까운 도취적 탐미적 상징적 시풍의 흔적을 담은 시들이 몇 편 보일 따름이다.

그러니 그를 낭만주의 시인이라 모두 해 쌓는 것은 당시의 우리나라 시인들을 모조리 한 무더기로 낭만주의 시인으로 취급해 이론화하기 쉽게 하려는 비평가들의 조급한 정리벽에 그 이유가 있는 것이고, 소월이 로맨티시즘 시인들과 방불하다면 다만 그 감정 표현을 주로 했다는 주정주의적 정신에만 있을 뿐, 그 밖의 특질들에서는 서양의 로맨티시즘의 성격들과는 같은 데가 하나도 없다.

그러므로 소월이 서양 시의 영향을 받은 듯한 작품을 구체적으로 집어내라면 우리는 상징주의적인 탐미 도취의 시들을 몇 개 들 수 있을 따름이다. 「비단 안개」, 「여자의 냄새」, 「애모」 등은 그런 영향의 흔적이 보이는 작품이다.

먼저 「비단 안개」라는 작품을 보면

눈들이 비단 안개에 둘리울 때,
그때는 차마 잊지 못할 때러라.

만나서 울던 때도 그런 날이오.
그리워 미친 날도 그런 때러라.

눈들이 비단 안개에 둘리울 때,
그때는 홀목숨은 못 살 때러라.
눈 풀리는 가지에 당치맞귀로
젊은 계집 목매고 달릴 때러라.

눈들이 비단 안개에 둘리울 때,
그때는 종달새 솟을 때러라.
들에랴 바다에랴, 하늘에서랴,
아지 못할 무엇에 취할 때러라.

눈들이 비단 안개에 둘리울 때,
그때는 차마 잊지 못할 때러라.
첫사랑 있던 때도 그런 날이오
영이별 있던 날도 그런 때러라.

이런 것이어니와, 이것은 아무래도 본래의 우리나라 것만으로 된 건
아니다.
　눈 내려 덮인 들판에 첫봄의 기운이 뻗치어 와서 아렴풋한 비단의
안개들이 그 위에 빚어져 둘릴 때를, 그리워 미친 날도 그런 때라고

표현하고, 그런 때는 홑목숨은 차마 못 살 때라고 하고, 눈에서 풀리는 나뭇가지에 젊은 계집들이 붉은 치맛귀로 목을 매달아 죽을 때라고 긍정적으로 표현하고 있는 것은 바로 그것이다. 더구나 3절의 마지막 줄에서 '아지 못할 무엇에 취할 때러라' 한 것은 흡사 폴 베를렌의 시 「하이얀 달」의 마지막 줄

　　뭐라 말할 수 없는 기가 막힌 때　C'est l'heure exguise

와 방불하다.

　혹 누구 내 앞에 이르러,

　　얼음 위에 댓잎 자리 보아
　　님과 나와 얼어 죽을망정,
　　얼음 위에 댓잎 자리 보아
　　님과 나와 얼어 죽을망정,

하는 도취적인 「만전춘滿殿春」의 구절을 들어, 우리나라에도 이런 것은 있지 않았느냐고 할지는 모르겠으나, 소월이 우리의 전통 정신을 선택해 받아들인 특질은 이러한 면에서가 아니라 그 정통적인 대도大道에 있었던 것을 우리가 충분히 보아 온 만큼, 이런 것은 아무래도 서구 상징시의 영향에서 온 것이라 봄이 타당하다고 생각된다.

2

「여자의 냄새」에는 한결 더 서구 상징시의 영향을 우리에게 보여
주는 것이 있다.

푸른 구름의 옷 입은 달의 냄새.
붉은 구름의 옷 입은 해의 냄새.
아니 땀 냄새. 때 묻은 냄새,
비에 맞아 축업은 살과 옷 냄새.

푸른 바다…… 어즈리는 배……
보드랍은 그리운 어떤 목숨의
조고마한 푸릇한 그무러진 영
어우러져 빗기는 살의 아우성……

다시는 장사葬事 지나간 숲속엣냄새,
유령 실은 널뛰는 뱃간엣냄새,
생고기의 바다의 냄새.
늦은 봄의 하늘을 떠도는 냄새.

모래 두던 바람은 그물안개를 불고
먼 거리의 불빛은 달저녁을 울어라.
냄새 많은 그 몸이 좋습니다.

냄새 많은 그 몸이 좋습니다.

이와 같이, 한 여자의 냄새라는 기분의, 조금도 동양 사람의 것이라고는 생각되지 않는 미분적微分的인 상징은 분명히 서양 사람의 영향에서 온 것이다.

뭐라고 설명할 수 없는 고운 여자의 냄새는 아닌 게 아니라 푸른 구름 옷을 입은 달 냄새 같기도 하고, 붉은 구름 옷을 입은 해 냄새 같기도 하고, 땀 냄새 때 냄새 같기도 하고, 비에 맞아 축축이 젖은 몸뚱이의 살과 옷 냄새 같기도 하다. 속 모를 푸른 바다와 같기도 하고, 거기를 어지르는 속 모를 배 같기도 하다. 도무지 말하기 어려운 그 느낌을 겨우라도 말해 보자면, 보드랍고도 그리운 어떤 목숨의 조그맣게 귀엽고도 또 푸릇한, 스러진 영혼이 맞어우러져 서로 비낄 때 풍기는 살 냄새 같기도 하다. 또한 장사葬事 지나간 뒤에 숲속에 남은 냄새 같은 점도 있고, 좀 더 자세히 맡아 보면 또 유령을 싣고 널뛰듯 갸우뚱거리는 배 속의 냄새같이 오싹하고도 어지럽게 느끼어지기도 하고, 그것은 또 살아 꿈틀거리는 고기들을 무진장 담은 바다의 냄새 같기도 하고, 또 늦은 봄의 하늘을 떠도는 아스라한 냄새 같기도 하다.

이와 같은, 여자를 두고 가지는 기분은 동서양의 누구거나 사람이면, 여자를 알고 살아 본 사람이면 다 가지는 것이지만, 그러나 이렇게 기분을 미분하여 여러 영상들의 비교를 통해서 암시하는 말로 나타내는 것은 서양 사람들 그중에서도 탐미파의 상징주의자들이 아니면 별로 않던 일이다. 소월 자신도 「초혼」에서처럼 '심중에 남아 있는 말 한마디는' 마저 하지 않는 것이 동양인의 언어 문자 표현의 일반적인 성격인데, 이런 식은 분명히 서양에서 온 것이다.

3

그럼 여기서 우리에게 문제가 되는 것은, 그는 이 탐미적 도취적 상징주의 정신을 받아들여 그의 인생의 어디에다가 썼는가 하는 점이다. 즉 이것을 받아들임으로써 이 힘을 그의 시의 근본정신이었던 유교류의 휴머니즘에 변화를 가져왔는가, 또는 단순히 그 미진한 면에만 보충했는가 하는 것이다.

그러나 내가 보기에는 유교적 휴머니즘의 근본정신에 변화를 일으켰던 것 같지는 않고, 다만 그 미진한 면—그것도 특히 유가儒家에서 흔히 삼가는 감정생활의 아기자기한 면의 보충에 충당했던 것 같다.

개화 이후 재래 전통의 맨 앞에 선 우리들이 서양의 예술 문학을 좋아하게 된 것은, 그것이 우리들이 가졌던 것보다는 감정생활의 아기자기한 표현을 몽땅 가졌던 점에 있었던 것은 우리가 잘 알고 있는 일이지만, 소월 역시 이러한 일반적 경향에서 벗어나지는 못하였다. 다만 그가 뛰어나게 특이한 점은, 서구가 가진 장점을 받아들임으로써 우리의 재래적 장점을 잊어버린 것이 아니라, 서구의 장점을 덧붙임으로써 우리의 정서 생활을 윤택하게 하려는 데에 있었다고 생각한다.

이렇게 생각하고 보면, 소월 시의 근본정신은 재래적 인륜주의에 입각하고 있으면서도, 서양의 서정시들의 정서상의 성격을 어느 만큼 착색하고 있는 것도 쉽게 요량이 되며, 「여자의 냄새」와 「비단 안개」두 시가 갖는 의의도 여기에 탐닉하려는 것이 아니라, 이와 같은 풍을 관개灌漑함으로써 우리의 감정생활을 다채 유미롭게 하려는 데에 있었음을 알 수 있다.

「애모」 같은 시에 보이는 것도 그런 것이다.

왜 아니 오시나요.
영창에는 달빛, 매화꽃이
그림자는 산란히 휘젓는데.
아이. 눈 꽉 감고 요대로 잠을 들자.

저 멀리 들리는 것!
봄철의 밀물 소래
물나라의 영롱한 구중궁궐 궁궐의 오요한 곳,
잠 못 드는 용녀龍女의 춤과 노래, 봄철의 밀물 소래.

어두운 가슴속의 구석구석……
환연한 거울 속에, 봄 구름 잠긴 곳에,
소슬비 내리며, 달무리 둘려라.
이대도록 왜 아니 오시나요. 왜 아니 오시나요.

특히 이 시의 2절과 3절에서 보는 이 느낌의 자세하디자세한 상징적 표현은, 우리의 감정생활을 이렇게 서양류로 표현해 냄으로써 한결 더 맛있는 깃으로 만들어 가지려는 데에 본의도가 있었던 것 같다.

이 시에 대해서는 앞에서 이미 설명한 바 있으니 여기서는 생략하거니와, 임 그리울 때 들리는 물결 소리를 이렇게 다채한 것으로 만들고, 또 기다리는 가슴을 온갖 품목을 들어서 비교 상징해 가며 상징주의적으로 자세하게 표현한 것은 다름이 아니라 그 의도가 거기에 있다.

이와 같았는지라, 그의 시의 근본정신을 접어 두고 그를 가리켜서 그냥 낭만주의자니 상징주의자니 하는 것은 무모한 일이라 아니할 수 없다.

한용운과 그의 시

1879년 충남 홍성 출생. 본명은 정옥貞玉, 법호는 만해萬海, 卍海.
젊어서 입산. 1919년 3·1 운동 독립선언자 33인 중의 하나.
1926년 시집 『님의 침묵』 발행. 장편소설 『흑풍』이 있다.
1944년 입적.

    나는 한용운 스님을 을유 해방 전 그분 재세 때에 뵈옵지 못하고
말았다.

    다만 사진을 보았고, 또 그가 체머리를 흔드는 분이라는 것과 선
학원에서 일정 말기 참선을 하고 계시다는 것을 들었으나, 뵈오러
가는 것을 차일피일 연기하다가 그만 그분의 열반을 당하고 말았다.
정의 미달했음을 이제 와서 스스로 한탄할 따름이다. 그러나 그분에
관한 이야기라면 나도 더러 듣기는 했고, 또 그분의 책도 더러 본 게
있으니, 이런 걸 가지고서 만해 선사를 말해 볼밖에 없다.

    1949년 봄이던가, 나는 어떤 필요로 고려대학교 현상윤 총장에
게서 3·1 운동의 경험담을 들은 일이 있었는데, 그때 현 총장이 말
씀한 만해 스님의 3·1 운동 당시의 모양이 재미있게 생각되니, 여기

먼저 옮겨 볼까 한다.

"3·1 거사 계획 당시 한용운 씨가 처음 오신 걸 보고, 우리는 꼭 무슨 첩자나 아닌가 생각했어요."

현 총장은 그때를 회고하고 재미있는 듯 미소를 띠었다.

"사람이 보니, 껌정 무명 두루마기에 껌정 고무신에 얼굴은 가무잡잡 불그스레하고 키는 나지막한 청년인데, 처음 우리 판에 와서부터 어떻게나 열심히 한몫 끼워 달라고 조르던지, 아무 소개도 없이 나타나서 이러니 의심 안 할 수가 있나요? 이거 아무래도 무슨 첩자지 했지. 아, 우리들 최린이라든지 송진우라든지 최육당이라든지는 서로 아는 사이거나 알 만한 사이였지만, 부지초면의 이름도 성도 알 수 없는 청년이 뜻밖에 나타나서 이래 대니, 그이가 애국자 한용운인지를 대뜸 누가 믿어 버릴 수가 있나. 그래 처음엔 와서 졸라 대는 걸 받아들이지 않고, 몇 번인가를 거듭거듭 와서 꼭 끼워 달라고 졸라 대서야 겨우 그 열성에 감동해 한몫 끼웠어요. 여러 차례 와서 하는 것 두고 보니 첩자가 아닌 건 알겠더군. (현 총장은 여기서 또 미소를 지었다.) 참 우스운 일이지. 만해를 처음 몰라 드린 걸 생각하면…… 맞아들였더니 좋아라 하고, 어찌 된 사람이 그리도 지성스러운지. 그 뒷일은 잘들 아시지 않소? 이분은 한번 불이 붙으면 꺼질 줄을 모릅넨다. 뒤에 33인 중 28인이 명월관에 참석해서 독립선언서를 읽고 우리 독립 만세를 부를 때에도 이분이 젤 먼저 선창했지요. 불교 대표 중의 또 한 분 백용성은 이분이 참가한 뒤에 또 이끌어 들여왔고……"

현 총장의 말씀을 빌려 볼 것 같으면, 내가 뵙지 못하고 만 그 만해 선생은 고진古眞 중에서도 고진이었던 걸 알 수가 있다.

한번 그것이 의라 작정하면 물불도, 체면도, 죽음도, 아무것도 고려하지 않고 실천했던 천진 그대로의 인물, 그를 우리는 현 총장의 말씀에서 엿볼 수 있다.

외면이 하잘것없이 보이고 소년답던 점, 저 한산寒山을 우리에게 생각하게 하는 데가 있다. 그러나 이 허술히 체머리 흔드는 외면 안에 우리는 한산 이상의 대덕大德을 본다. 한산을 여기 갖다 놓았으면 이만하였을까 생각되기 때문이다.

그의 속에서 타고 있던 사랑의 화력은 33인 중에서 가장 치열했던 것을 우리는 들었거니와, 이 화력은 다난했던 우리 민족의 최근 1세기에 있어선 가장 그 도수가 높고 잘 선택되고 떳떳한 것이었다. 아니 사실은 우리 민족의 10세기를 앞에 두고 생각해 봐도, 유사 이래를 두고 생각해 봐도 제일 치열하고 떳떳한 그것 중의 하나이다.

여·이조 이래 첩첩이 쌓여 온 전근대적 중압과 이민족의 호된 압제 속에서 한 시인이 그 감정을 이끌어 이렇게 처하기란 어려운 일 중의 어려운 일이었다. 일정기 시인 거의가 다 이 세계 최고의 피압박의 비애 속에 짓눌리던 때에, 그 하나가 감정을 이끌어 자기를 구제하고 다시 정당한 민족의 교사로서 처했던 것을 생각하면 참으로 장하시다. 더구나 33인단에 참가하는 모양이 독특한 데 만해 선사의 부신 빛이 있다.

타고 남은 재가 다시 기름이 됩니다. 그칠 줄을 모르고 타는 나의 가슴은 누구의 밤을 지키는 약한 등불입니까.

그는 시집 『님의 침묵』 속의 「알 수 없어요」라는 제목의 시편에서 이렇게 말하고 있거니와, 이 꺼지지 않는 등불은 미래의 민족 운영의 세계에서도 제일 좋은 본보기가 아닐 수 없을 것이다.

한 사람의 시인으로서 그를 그렇게 처하게 한 원동력은 무엇일까? 그것은 그의 탁월한 천품인가?

물론 천품도 천품이겠지만, 이것만으로써 그가 뭇 시인 가운데 홀로 자신의 구제자가 되고 또 민족의 구제자가 되는 정신을 이룩했다고는 생각되지 않는다. 그 원동력은 역시 그가 문학을 한 정신에서 찾아보는 것이 정당할 것이다.

아는 이는 잘 아는 바와 같이, 그는 개화 후의 우리 신시대 시인들이 대부분 그런 것처럼 시를 심미적 가치나 유행 사상에 의해서 운영하지는 않았다. 그의 시문학 의식은 좀 더 넓은 것으로서, 재래 동양인의 그것과 일치한다. 즉 문학을 철학이나 종교적 탐구와 병행시키는 그런 문학 의식 말이다.

그래 그는 우리나라의 전통적 종교의 하나인 불교에서 그 정신 경영의 길을 찾았고, 이 결과를 시에 담았다.

이것은 대다수 신시대 시인들의 문학 의식과는 많은 차이가 있는 것이고, 또 그의 강점이라고 생각한다.

미의식을 주로 하는 정서의 경영이나 유행 사상을 주로 하는 문학의 전개에서 시인, 문학가들은 많이들 자빠지기 쉽고 또 많이들 혼란하기 쉬웠지만, 그는 우리의 전통적 종교—불교에 의거함으로써 대다수가 겪은 차질과 혼란을 면했으니 말이다.

그러면 이제 우리는 그의 불교 정신의 중요한 것들을 굽어다 보아야 할 마당에 처하였다.

나는 이것을 여러 편리를 좇아 그의 유일한 시집 『님의 침묵』에서 살펴보려 한다.

사색하는 사람 누구에게나 제일 중요한 문제인 '인간 본성'의 문제를 만해 선사는 불교적으로 파악함으로써 우리 대다수가 빠진 신시대 사상의 딜레마에서 구제되었다고 생각한다.

프로이트가 말한 잠재의식에 해당하는 것을 불교에서는 '아뢰야식阿賴耶識'이라고 하는데—제임스 조이스의 『율리시스』나 D. H. 로런스의 『채털리 부인의 연인』에 나타나는 서구의 잠재의식과 대조해 썩 재미가 있는 이 아뢰야식적 체험의 좋은 표현이 만해 선사의 「비밀」이란 작품에 보이므로, 여기 옮겨 그의 '인간 본성'관의 중요점을 들여다보고자 한다.

비밀입니까, 비밀이라니요. 나에게 무슨 비밀이 있겠습니까.

나는 당신에게 대하여 비밀을 지키려고 하였습니다마는, 비밀은 야속히도 지켜지지 아니하였습니다.

나의 비밀은 눈물을 거쳐서 당신의 시각으로 들어갔습니다.

나의 비밀은 한숨을 거쳐서 당신의 청각으로 들어갔습니다.

나의 비밀은 떨리는 가슴을 거쳐서 당신의 촉각으로 들어갔습니다.

그 밖의 비밀은 한 조각 붉은 마음이 되어서 당신의 꿈으로 들어갔습니다.

그러고 마지막 비밀은 하나 있습니다. 그러나 그 비밀은 소리 없는 메아리와 같아서 표현할 수가 없습니다.

이것은 이 위인이 구제된 요소를 우리에게 보이는 것 같아 여간 재미있지가 않다.

물론 여기는 누구나 다 마지막엔 가서 봐야 하는 인간 의식의 막다른 골목, 아무도 몰래 저 혼자 임해서 뭐라고이건(무슨 죄의 성질로건) 인간 본성에 대해 극비밀리에 최후에 단정을 내릴 수 있는 곳이다. 일정 치하 일본인들이 소학교 교과서에서부터 주입시켜 우리에게 참으로 많은 영향을 준 찰스 다윈의 동물 기원론도, 해방 후 『채털리 부인의 연인』과 이와 유사한 많은 영화를 통해 무식한 우리 규방의 유부녀들에게까지 점차로 영향력을 확대해 간 잠재의식론도 다 여기에서 단정된 것임은 두말할 것도 없다.

그러나 만해 선사의 여기 있는 모양은 다윈이나 프로이트나, 그 유식 무식의 숱한 아류들과는 아주 다르다.

그 모양은, 여기에 선 바 있는 모든 남녀 중에선 그중 제일로 순진한 처녀성의 그것이다.

그는 불교 교학의 탐험의 덕으로, 일찍이 아뢰야식으로 이름 붙여진—프로이트의 잠재의식에 해당하는 것을 다 가진 채 불佛의 앞에 있기는 한다. 그러나 그는 프로이트와 같은 주장을 내세울 만큼 처녀적 수줍음에서 면제되어 있지는 않다.

그는 이 마지막 곳에서 '떨리는', '한숨 나는', 또 '눈물 나는' 그의 비밀들을 가지긴 했다. 그러나 그 비밀은 천지 앞에서 따로이 인간을 위해 비밀로서 보류할 것이 아니고, 마치 유일의 애인에게 아무것도 숨기지 못하는 처녀의 그것과 같다.

그리고 마지막 비밀은 하나 있으나, 천지(그의 불佛)의 '메아리와 같아서' 울릴 뿐이고, 표현할 길조차 모르는 것으로만 남아 있다. 이것은 이 마당에서 사람이 가질 수 있는 태도 중 가장 올바른 것이 아닐까. 무얼로 외면하고 무얼로 단독이나 유파적 주장을 함부로 하고 무얼로 잘난 체를 여기서 할 것인가.

노자는 『도덕경』 10장에서 '하늘 문이 열고 닫힘에 능히 암[雌]들어져 있겠느냐?' 하거니와, 여기서 처녀적인 것은 노자나 만해가 다 제일 바른 태도 아닐까?

이러한 '앎'과 태도가 그의 너무나 숫스런 시골뜨기 같은 고진을 만들었으리라고 생각한다. 33인에 "꼭 좀 끼워 주소" 며칠을 두고 조르던 그 고진을……

그럼 다음엔 「비밀」에서 자기가 피향자被響者로서 접하고 있는 것을 말한 그의 임[佛]이라는 것은 어떤 얼굴이었는가를 잠깐 보기로 한다.

바람도 없는 공중에 수직의 파문을 내이며, 고요히 떨어지는 오동잎은 누구의 발자취입니까.

지리한 장마 끝에 서풍에 몰려가는 무서운 검은 구름의 터진 틈으로, 언뜻언뜻 보이는 푸른 하늘은 누구의 얼굴입니까.

꽃도 없는 깊은 나무에 푸른 이끼를 거쳐서, 옛 탑 위의 고요한 하늘을 스치는 알 수 없는 향기는 누구의 입김입니까.

근원은 알지도 못할 곳에서 나서, 돌부리를 울리고 가늘게 흐르는 작은 시내는 굽이굽이 누구의 노래입니까.

연꽃 같은 발꿈치로 가이 없는 바다를 밟고, 옥 같은 손으로 끝없는 하늘을 만지면서, 떨어지는 날을 곱게 단장하는 저녁놀은 누구의 시입니까.

타고 남은 재가 다시 기름이 됩니다. 그칠 줄을 모르고 타는 나의 가슴은 누구의 밤을 지키는 약한 등불입니까.

위의 시는 「알 수 없어요」의 전문이어니와, 강조 부분은 우리가 보고자 하는 것에 해당한다.

이 시에는 계절의 각 상이 나와 있는데, 여기서 하필 임의 얼굴을 여름철에다 둔 것은 만해가 역경에서 고갈하지 않았음을 생각할 때 재미가 있다.

이런 임의 얼굴이라면 흔히 아주 맑고 환한 가을 하늘을 생각하는 사람도 많을 터인데, 하필 여름에서 이걸 찾고, 그것도 '지리한 장마 끝에 서풍에 몰려가는 무서운 검은 구름의 터진 틈으로 언뜻언뜻 보이는' 것으로 파악한 것은 그가 더듬거리던 모색의 냄새가 날 정도로 충분히 실감이 있다.

여름의 이런 하늘은 그 빛이 코발트가 아니라 풀빛에 가까운데, 내 무식해 그런지는 모르나, 이 풀빛을 신神이나 불佛의 얼굴빛으로 찾아 가진 이는 만해 선사를 빼놓곤 별로 생각이 안 난다. 이것은 충분히 재미있는 일이다. 아닌 게 아니라 이 풀빛은 코발트보다도 우리에게 만물 번영의 모태를 감각시키는 힘을 더 가졌다. 더구나 '지리한 장마 끝에' 그것은 카랑카랑한 코발트의 가을 하늘이나 버언히 몽롱한 봄 하늘이나 가뭄의 타는 여름 하늘과는 달리, 물기까지 번즈레히 머금은 그린빛에 가까운 걸 생각할 때, 꼭 이 얼굴이 적합하기까지 하다.

이 견신자見神者의 이것은 물론 정말 겪은 게 분명하기 때문에, 우리의 흥미는 한두 벌이 아니다.

이 마르지 않는 사랑의 원천은 아무래도 그런 얼굴에 있는 듯하다. 그 임의 피향자로서 자리해 있는 데가 만해의 제1거실이었다고 생각된다.

그가 3·1 운동에 참가하되 남달랐고, 그 나이로 신시新詩에까지 손을 대어 민족에게 작용할 만큼 크고 질긴 사랑을 가졌던 것은, 결국 이 '님'의 얼굴을 직접 겪어 봤기 때문이라고 생각한다.

머리 깎은 중의 사랑이라 해서, 흔히들 보아 오던 습관대로 심산유곡 안에 한정된 것으로만 생각해서는 안 된다. 사실은 이 산승의 정서는 개화 이후 우리 모든 서정시의 세계에서도 가장 면면한 것 중의 하나였다.

그는 뒷방 여인들의 정서의 세계에까지도 둘째 자리에 앉으라면 섭섭할 정도로 잘 통해서, 명실공히 민족의 애인 되기에 빈틈이 없는 그런 중이다.

나는 당신의 옷을 다시 지어 놓았습니다.
심의도 짓고 도포도 짓고, 자리옷도 지었습니다.
짓지 아니한 것은 작은 주머니에 수놓는 것뿐입니다.

그 주머니는 나의 손때가 많이 묻었습니다.
짓다가 놓아두고 짓다가 놓아두고 한 까닭입니다.
다른 사람들은 나의 바느질 솜씨가 없는 줄로 알지마는 그러한 비밀은 나밖에는 아는 사람이 없습니다.
나는 마음이 아프고 쓰린 때에 주머니에 수를 놓으려면, 나의 마음은 수놓는 금실을 따라서 바늘구멍으로 들어가고, 주머니 속에서 맑은 노래가 나와서, 나의 마음이 됩니다.
그러고 아직 이 세상에는, 그 주머니에 넣을 만한 무슨 보물이 없습니다.
이 작은 주머니는 짓기 싫어서 짓지 못하는 것이 아니라, 짓고 싶어서 다 짓지 않는 것입니다.

이것은 「수(繡)의 비밀」이란 제목의 시어니와, 이런 정통(精通)은 다른 신시대 시인들의 작품들에선 볼 수 없는 것이다. 필자는 그래도 신시대 시 전문이라 두루 보고 있노라 자처하지만, 규중 여인의 이런 정서를 표현해 내고 있는 다른 남녀의 시인을 아직은 보지 못하였다.

이와 같이 그는 산승이자, 속계의 우리 뒷방 여인들의 제일의 심우(心友)이기도 한 것이다.

신시대의 시인들과 중들과 또 그 밖의 모든 동포 가운데 민족의 애인 자격을 가진 이들은 있었으나, 인도자의 자격까지를 겸해 가진 이는 드물었고, 또 인도자의 자격을 가진 이는 있었으나 애인의 자격을 겸해 가진 이는 드물었다. 그러나 만해 선사만은 이 두 자격을 허실 없이 완전히 다 가졌던 그런 사람이다. 이 점 이분 이상 더 있지 않다.

사실은 신시대뿐 아니라 과거 10세기의 이 민족사를 두고 생각해 봐도 그럴 것 같고, 또 유사 이래를 두고 생각해 봐도 그럴 것 같다. 그것은 굉장히 어려운 일이다.

이상화와 그의 시

1901년 경북 대구 출생. 본명은 상화相和, 아호는 상화尚火.
중앙고보 졸업 후 박종화, 홍사용과 문학 동인지 『백조』 창간.
동경외국어학교에서 불문학 전공. 귀국 후 대구 교남학교 교원
으로 다년간 근무. 35세부터 몇 해 동안 중국 방랑. 1943년 별세.

　상화의 시집은 없고, 시집을 내려고 원고를 모은 일이 있는데, 공
초 오상순이 맡았다가 화재가 나는 바람에 불타 버렸다고 한다. 그
래서 약간의 작품이 남아 있을 뿐이다.

　그는 낭만주의 시절의 대가이지만, 시의 성질은 한마디로 말하기
가 대단히 어렵다.

　앞서 한국 시문학 약사에서도 말했지만, 한국의 낭만파라고 하는
것은 서구와는 같지 않고, 19세기의 온갖 문학 사조의 영향과 또한
한국의 특수한 성질에서 이루어진 것이니 만큼 한마디로 간단히 말
할 수가 없다.

　그러나 꼭 말한다면, 낭만적 주정성主情性과 상징주의적인 요소에
폴 베를렌의 퇴폐주의적인 영향이 상당히 세다고 볼 수 있다. 거기

다가 망국한이 있는 반면에 향락 도취적인 경향도 보이는데, 아마 이런 것들이 그의 시의 특질들을 이루고 있다고 할 것이다.

그러면 그의 시를 통해서 그런 특질들을 살펴보기로 하겠다.

먼저 「빼앗긴 들에도 봄은 오는가」를 보자.

지금은 남의 땅—빼앗긴 들에도 봄은 오는가?

나는 온몸에 햇살을 받고
푸른 하늘 푸른 들이 맞붙은 곳으로
가르마 같은 논길을 따라 꿈속을 가듯 걸어만 간다.

입술을 다문 하늘아 들아
내 맘에는 나 혼자 온 것 같지를 않구나
네가 끌었느냐 누가 부르더냐 답답워라 말을 해 다오.

바람은 내 귀에 속삭이며
한 자국도 섰지 마라 옷자락을 흔들고
종다리는 울타리 너머에 아가씨같이 구름 뒤에서 반갑다 웃네.

고맙게 잘 자란 보리밭아
간밤 자정이 넘어 내리던 고운 비로
너는 삼단 같은 머리를 감었구나 내 머리조차 가뿐하다.

혼자라도 가쁜하게나 가자
마른 논을 안고 도는 착한 도랑이
젖먹이 달래는 노래를 하고 제 혼자 어깨춤만 추고 가네.

나비 제비야 깝치지 마라
맨드라미 들마꽃에도 인사를 해야지
아주까리 기름을 바른 이가 지심매던 그들이라 다 보고 싶다.

내 손에 호미를 쥐어 다오
살찐 젖가슴과 같은 부드러운 이 흙을
발목이 시도록 밟아도 보고 좋은 땀조차 흘리고 싶다.

강가에 나온 아이와 같이
짬도 모르고 끝도 없이 닫는 내 혼아
무엇을 찾느냐 어디로 가느냐 우스웁다 답을 하려무나.

나는 온몸에 풋내를 띠고
푸른 웃음 푸른 설움이 어우러진 사이로
다리를 절며 하루를 걷는다 아마도 봄 신령이 지폈나 보다.

그러나 지금은―들을 빼앗겨 봄조차 빼앗기겠네.

이 작품은 낭만주의적인 격정과 망국한 즉 나라 빼앗긴 국토에도 봄은 오는가 하는 것을 낭만적 주정적인 격정으로 혼용해서 잘 표현한 작품이다.

그래 이 시는 낭만주의 시절의 작품 중에서도 제일 잘된 작품의 하나며, 더군다나 우리나라 신시 문학사상 다른 것에 떨어지지 않는 작품 중의 하나이다.

우리가 또 여기서 찾아볼 수 있는 것은 점잖고 얌전하고 단조하고 템포 느린 그런 것이 아니라, 거센 감정의 격정이 용솟음치는 것이다. 이것은 우리나라의 전통적인 정서라기보다는 오히려 서구 로맨티시즘의 격정의 감성이 우리의 낭만주의에 역시 잘 소화되어서, 마치 우리도 과거에 격렬하게 살았던 것같이 소화되어 어색하지 않게 표현하고 있다.

낭만주의 시절의 김소월이 전통적 정서의 시인이었다면, 상화는 오히려 서구적 낭만주의적 성격에 가까웠다는 것에 우리는 주의하지 않으면 안 된다.

상화는 19세기 서구 낭만주의의 영향을 잘 받아들여 그것을 완전히 소화하여, 한국 민족이나 동양 민족이 가졌던 수세적이고 너무 느린 단점들을 버리고, 이조 말기 개화 이후에 서양의 진취적이고 분방한 기상을 가진 장점들을 받아들이는 데 제일 대표적인 사람이었다는 것 또한 주목해야 할 것이다.

이것은 우리가 받은 서구의 영향 중에서 제일 좋은 것이었다.

다음으로 「나의 침실로」라는 작품을 보면,

'마돈나', 지금은 밤도 모든 목거지에 다니노라 피곤하여 돌아가려는도다.

아, 너도 먼동이 트기 전으로 수밀도의 네 가슴에 이슬이 맺도록 달려오너라.

'마돈나', 오려무나. 네 집에서 눈으로 유전遺傳하던 진주는 다 두고 몸만 오너라.

빨리 가자. 우리는 밝음이 오면 어딘지도 모르게 숨는 두 별이어라.

'마돈나', 구석지고도 어둔 마음의 거리에서 나는 두려워 떨며 기다리노라.

아, 어느덧 첫닭이 울고—뭇개가 짖도다. 나의 아씨여, 너도 듣느냐.

'마돈나', 지난밤이 새도록 내 손수 닦아 둔 침실로 가자, 침실로!

낡은 달은 빠지려는데 내 귀가 듣는 발자국—오, 너의 것이냐?

'마돈나', 짧은 심지를 더우잡고, 눈물도 없이 하소연하는 내 맘의 촛불을 봐라.

양털 같은 바람결에도 질식이 되어 얄푸른 연기로 꺼지려는도다.

'마돈나', 오너라. 가자. 앞산 그리메가 도깨비처럼 발도 없이 이곳 가까이 오도다.

아, 행여나 누가 볼는지— 가슴이 뛰누나. 나의 아씨여. 너를 부른다.

'마돈나', 날이 새련다. 빨리 오려무나. 사원의 쇠북이 우리를 비웃기 전에

네 손이 내 목을 안아라. 우리도 이 밤과 같이 오랜 나라로 가고 말자.

'마돈나', 뉘우침과 두려움의 외나무다리 건너 있는 내 침실 열 이도 없느니!

아, 바람이 불도다. 그와 같이 가볍게 오려무나. 나의 아씨여. 네가 오느냐?

'마돈나', 가엾어라. 나는 미치고 말았는가. 없는 소리를 내 귀가 들음은—

내 몸에 피란 피— 가슴의 샘이 말라 버린 듯 마음과 몸이 타려는도다.

'마돈나', 언젠들 안 갈 수 있으랴. 갈 테면 우리가 가자. 끄을려 가지 말고!

너는 내 말을 믿는 마리아—내 침실이 부활의 동굴임을 네야 알련만……

'마돈나', 밤이 주는 꿈. 우리가 얽는 꿈. 사람이 안고 뒹구는 목숨의 꿈이 다르지 않으니.

　아. 어린애 가슴처럼 세월 모르는 나의 침실로 가자. 아름답고 오랜 거기로.

　'마돈나', 별들의 웃음도 흐려지려 하고, 어둔 밤 물결도 잦아지려는 도다.

　아. 안개가 사라지기 전으로 네가 와야지. 나의 아씨여. 너를 부른다.

　이 시는 상징주의적 요소에 신비감, 도취적인 성질들을 내용으로 하고 있다. 아마도 폴 베를렌의 도취주의적 데카당티슴의 영향에서 온 것이라고 생각된다.

　그런데 상화의 이 상징주의적인 수법은, 그가 프랑스 문학을 했으니 만큼 19세기말 프랑스를 발판으로 일어나기 시작하여 세계에 전파된 상징주의를 남보다 충실히 받아들였다는 것을 이해할 수가 있는 것이다.

　다시 말해, 이 시는 지금 안 오는 애인 마돈나를 늦새벽에 혼자서 애태우고 기다리며 마음속으로 유혹하는 여러 가지 군소의 상징들을 통해서 그런 염원들을 표현한 도취적인 작품이다.

　역시 이 시도 동양 사람들이 재래에 많이 가졌던 것과는 상당히 거리가 먼 것이다.

우리나라에서도 물론 「만전춘」 같은 것은 애인과의 도취적인 내용들을 상당히 담고 있긴 하지만, 이 도취 열락적인 면은 아무래도 서구적인 영향에 더 있는 것이다.

그다음으로 데카당티슴의 퇴폐주의의 영향을 나타낸 작품으로는 「말세의 희탄歡歎」이 있는데,

저녁의 피 묻은 동굴 속으로
아. 밑 없는 그 동굴 속으로
끝도 모르고
끝도 모르고
나는 꺼꾸러지련다.
나는 파묻히련다.

가을의 병든 미풍의 품에다
아. 꿈꾸는 미풍의 품에다
낮도 모르고
밤도 모르고
나는 술 취한 몸을 세우련다,
나는 속 아픈 웃음을 빚으련다.

여기서 보는 것은 퇴폐주의적인 상이다. 즉 향락 도취적인 병든 감각의 표현이다.

하여간 상화 그는, 서구 낭만주의의 진취적인 감정을 잘 소화된 언어로 구김 없이 다루어 우리나라 민족 정서에다 보태는 데 공로가 많았던 것이 장점이라고 볼 수 있다.

김영랑과 그의 시

1903년 전남 강진 출생. 본명은 윤식九植. 서울 휘문고보를 거쳐
동경 청산학원 전문부 수학. 박용철 주간의 『시문학』 동인이었고,
해방 후 공보처 출판국장에 재직하다가 1950년 6·25 사변에 횡시.
시집으로는 『영랑시집』, 『영랑시선』 등이 있다.

1930년 우리나라 순수시 운동의 하나로 일어난, 박용철이 주간한
『시문학』지의 동인으로 활동을 좀 하다가, 그 당시의 대개의 다른
시인들이 그러했듯이 영랑도 서울에 머물지 않고 시골에 칩거생활
을 하고 있었다. 그는 전남 거부의 아들이었기 때문에 집 뒤에 초당
을 짓고 지내면서, 더욱이 음악을 즐기었으므로 시에다 음악을 접붙
이면서 날을 보냈다.

해방이 되고, 그 후 서울로 올라와 초대 공보처 출판국장을 지내
던 중 6·25에 남하 못 하고 있다가, 9·28 수복 때 반가워 집 밖에
나왔다가 지나가는 유탄이 그를 쓰러뜨리고 말았다. 이리하여 그는
47세를 일기로 이 세상을 떠나고 말았던 것이다.

그러면 이제부터 그의 시를 살펴보자.

먼저, 일반의 입에 많이 오르내리는 그의 대표적인 작품 「모란이 피기까지는」을 보기로 하겠다.

그는 대개 시의 제목을 따로 쓰지 않는 시인이었다. 이것은 그의 일반적인 특성에 의해서인지, 또는 주제를 생각지 않고 제목 없이 시를 쓰다가 시 내용에 알맞은 제목이 적당치 않기 때문인지, 그 시의 첫 줄로 제목을 붙이곤 했는데, 「모란이 피기까지는」도 그중의 하나다.

모란이 피기까지는
나는 아직 나의 봄을 기다리고 있을 테요
모란이 뚝뚝 떨어져 버린 날
나는 비로소 봄을 여읜 설움에 잠길 테요
오월 어느 날 그 하루 무덥던 날
떨어져 누운 꽃잎마저 시들어 버리고는
천지에 모란은 자취도 없어지고
뻗쳐오르던 내 보람 서운케 무너졌느니
모란이 지고 말면 그뿐 내 한 해는 다 가고 말아
삼백예순 날 하냥 섭섭해 우옵내다
모란이 피기까지는
나는 아직 기다리고 있을 테요 찬란한 슬픔의 봄을

이 시는 음조가 아름답기로, 그 정서의 면면함으로, 우리나라 신시 역사 이후 대표적인 걸작 중의 하나이다.

자유시의 운율과 해조가 가지런히 잘 다스려진 작품으로 하나는 기다리는 정서, 한쪽에서는 모란이 지고 말면 잃어버린 설움에 잠기는 것이다.

즉 최성의 미를 이상으로 하고 있는 것을 알 수가 있다. 풍성하고 왕성한 큰 꽃, 이런 곳에다 자기의 정신적인 의거처를 삼았으며, 그 외의 중소의 것은 그를 위로하지 못했던 것이다. 일본의 억압에 눌려 지내던 당시 사람들은 찬란한 봄도 슬픈 것이었지만, 최성의 이상을 가졌던 시인에게는 슬픔도 견디어 나갈 수 있는 것이었다. 아울러서 그의 본질에는 대단히 건전한 것이 보이는데, 감상에 빠지지 않고 재래 동양적인 애이불상哀而不傷하는 고결성을 띠고 있다고 하겠다.

대개 일정기의 시인들이 외계의 압력 때문에 자기가 가져야 할 당연한 자세와 기질을 상실했던 것이 보통이었는데, 영랑은 시에서도 그 기질을 상실하지 않고 있다.

그래 영랑과 비슷한 시인으로 고산 윤선도를 들 수 있겠는데, 고향이 전남 출신으로 같았고 감성의 건전한 점에서도 고산과 영랑이 흡사하다. 고산의 「어부사시사漁父四時詞」는 자연과 인간의 원만한 조화에서 오는 건전한 느낌이 담겨 있다. 이와 같이 시대는 다르지만 두 시인을 같이 놓고 볼 수 있겠다.

영랑의 이런 기질은 다른 시에서도 엿볼 수 있다.

가령 「끝없는 강물이 흐르네」를 보면,

내 마음의 어딘 듯 한편에 끝없는 강물이 흐르네
돋쳐 오르는 아침 날빛이 빤질한 은결을 돋우네
가슴엔 듯 눈엔 듯 또 핏줄엔 듯
마음이 도른도른 숨어 있는 곳
내 마음의 어딘 듯 한편에 끝없는 강물이 흐르네

여기서도 무엇을 말하고 있느냐 하면, 남쪽에 가면 동백꽃이 많은데 동백나무에 햇빛이 비쳐 빛나는 마음, 정열, 분방 등을 단란히 오붓이 느끼어 표현하고 있는 것이다.

다시 말해 건전한 감상, 우리가 소월의 시에서 보는 것 같은 애절한, 대단히 견디기 어려운 정서보다도 건전한 정서를 보이고 있다. 이것은 역경에 처해 있던 민족에게는 극히 드문 일이다.

그래 그는 본연의 당연한 감상과 기질을, 나라 잃은 외적 환경에서 많은 위협과 불여의不如意를 받으면서도 이지러지지 않고 꿋꿋이 유지하고 있었던 대단히 큰 시인이었다는 것을 알 수가 있다.

이런 건전한 시정신이 영랑 시의 특성이다.

그리고 그의 대부분의 시는 4행 소곡小曲으로 되어 있는데, 이 4행시 가운데 언어의 원만한 점에서나 잘 닦아진 면에서나 제일 주옥편에 속하는 「돌담에 속삭이는 햇발」을 보자.

돌담에 속삭이는 햇발같이
풀 아래 웃음 짓는 샘물같이
내 마음 고요히 고운 봄 길 위에
오늘 하루 하늘을 우러르고 싶다

새악시 볼에 떠오는 부끄럼같이
시의 가슴을 살포시 젖는 물결같이
보드레한 에메랄드 얇게 흐르는
실비단 하늘을 바라보고 싶다

이 시는 음조의 고름이나 상의 정리된 푼수에서도 상당히 높은 지경에 있는 작품으로, 역시 보이는 것은 생채기 없는 당연히 있을 것으로 된 건전이다.
　　몇몇 작품들을 더 살펴보면,

굽어진 돌담을 돌아서 돌아서
달이 흐른다 놀이 흐른다
하이얀 그림자
은실을 즈르르 몰아서
꿈 밭에 봄마음 가고 가고 또 간다

　　　　　　　　　　　　　　　―「꿈 밭에 봄마음」

임 두시고 가는 길의 애끈한 마음이여
한숨 쉬면 꺼질 듯한 조매로운 꿈길이여
이 밤은 캄캄한 어느 뉘 시골인가
이슬같이 고인 눈물을 손끝으로 깨치나니

―「임 두시고 가는 길의」

허리띠 매는 새악시 마음실같이
꽃가지에 은은한 그늘이 지면
흰 날의 내 가슴 아지랑이 낀다
흰 날의 내 가슴 아지랑이 낀다

―「허리띠 매는」

풀 위에 맺어지는 이슬을 본다
눈썹에 아롱지는 눈물을 본다
풀 위엔 정기가 꿈같이 오르고
가슴은 간곡히 입을 벌린다

―「풀 위에 맺어지는」

대단히 오묘한 것을 잘 나타낸 작품들로서, 꽃그늘을 마치 허리띠
매는 새색시 마음씨 같다고 하고, 거기에 취한 양 내 마음에도 부끄
럼의 대꾸로 아지랑이가 낀다고 했다.

이런 시에서는 역시 상징주의 시의 영향을 볼 수가 있다.

이와 같이 그의 시는 정서의 내용으로 보아서 대단히 건전하다는 것 즉 역경에 처해 있을 때—그 당시는 왜정의 억압이 심했던 때인데, 그런 때에도 우리가 유지해야 할 근본적인 모양을 잘 유지해 가지고 있었다는 것, 그것이 그의 시의 제일 장점이라고 할 수 있다.

다음으로 그의 시의 또 하나의 특징은 음악적으로 잘 세련되어 있다는 것이다.

현대시를 회화적인 것과 음악적인 것으로 나눈다면, 정서 정조적인 시는 음악적이고, 감각적인 시는 회화적인 데 가까운데, 감각이라는 것은 공간적인 면을 점령하는 것이 많아서 어떤 포인트적인 것이고, 정서나 정조는 오랜 시간의 흐름을 기초하는 것이므로 고저, 장단, 굴절 등의 음악적인 면으로 끌어야 효과적이기 때문에 영랑도 그의 시를 음악적인 표현으로 나타내고 있다. 물론 그는 음악을 유달리 좋아하기도 했지만, 하여간 윤택하면서도 기름진 밝은 빛을 촉기라 한다면, 그는 촉기가 있었던 사람이라고 하겠다.

해방 전에는 낭만주의 시인이라고 해서 그를 별로 높이 평가하지 않았지만, 이상과 같은 여러 가지 점을 다시 한 번 살펴볼 때 이제는 높이 평가함에 부족함이 없을 것으로 생각된다.

신석정과 그의 시

1907년 전북 부안 출생. 본명은 석정錫正, 필명은 석정夕汀.
박한영 선사의 중앙불교전문강원에서 불경을 이수하고,
『시문학』 동인으로 시작 생활. 전주고등학교 교사를 거쳐
전북대학교 강사, 해방 후엔 전주에서 신문 기자를 지냈고,
고향에서 칩거하며 농사도 짓고 화초를 가꾸며 시를 썼다.
시집 『촛불』, 『슬픈 목가』 등이 있다.

그를 가리켜 자연시인이니 전원시인이라고들 불러 왔는데, 그것은
그의 시가 아마도 자연을 중심으로 했기 때문일 것이다.

물론 석정 이후에 소위 청록파 시인들이 있었지만, 그보다 먼저
석정은 도교적 자연주의의 영향에서 온 것이라고 생각되는데, 그는
어려서부터 한학을 공부했기 때문에 노장철학의 영향을 많이 받았
으리라 볼 수 있으며, 또 불교 공부도 한 터이므로 물론 불교의 영향
도 세었을 것이다.

그래서 그런지 초기의 작품에는 불교의 세계에서 문학의 경지를
개척했던 만해 선사의 영향을 받은 듯한 것들이 눈에 뜨이는데, 가
령 만해가 문장에서 경어체를 썼는데, 그와 비슷한 것이 석정의 문
장에도 보인다.

그의 작품 「임께서 부르시면」을 볼 것 같으면

가을날 노랗게 물들인 은행잎이

바람에 흔들려 휘날리듯이

그렇게 가오리다

임께서 부르시면……

호수에 안개 끼어 자욱한 밤에

말없이 재 넘는 초승달처럼

그렇게 가오리다

임께서 부르시면……

포근히 풀린 봄 하늘 아래

굽이굽이 하늘가에 흐르는 물처럼

그렇게 가오리다

임께서 부르시면……

파란 하늘에 백로가 노래하고

이른 봄 잔디밭에 스며드는 햇볕처럼

그렇게 가오리다

임께서 부르시면……

이런 경어체에다 도교적인 영향이 세게 느끼어진다.

상당히 조화되고 여유 있게 느끼어지는 풍류적인 모습을 엿볼 수 있는데, 임께서 부르시면 어떻게 가느냐 하면, 가을날 노란 은행잎이 휘날려 가듯이 조화 있게 멋진 모습으로 가겠으며, 또 호수에 안개가 자욱한 밤에 조용히 재 넘어가는 초승달처럼 은은히 남모르게 숨어서 은사연히 초승달의 지혜로움같이 가겠다는 것이니, 이것은 재래의 전통적인 은둔주의적인 정신의 표현이다.

다음에 또 포근한 봄 하늘 아래 굽이굽이 흐르는 시냇물같이 용용히 변함없이 가겠고, 백로가 파란 하늘 밑에서 즐거이 노래할 때 봄잔디밭에 살금살금 스며드는 따뜻한 정다운 햇볕처럼 가겠다는 것이니, 이것은 자연의 어떤 기질과 법도를 조화 있게 표현한 것이라 하겠다.

원래 도교와 불교는 서로 가까운 점이 많은데, 우리나라 신라 이후도 그러했으니 도불道佛 어느 것이라 해도 좋을 것이다. 하여간 여유 있고 조화된 선미한 재래 동양적인 자연주의의 전통이 담기어 있다. 그가 제일 좋아하던 도연명의 영향도 있겠지만, 신라 이후 면면히 우리 생활 속에 잠재 세력이 되어 내려오던 화랑의 풍류 정신도 많이 영향했으리라고도 생각된다.

그의 시는 이렇게 자연에 대한 묘한 흠앙과 조화의 미를 표현했다. 「아직 촛불을 켤 때가 아닙니다」를 보아도

저 재를 넘어가는 저녁 해의 엷은 광선들이 섭섭해합니다

어머니 아직 촛불을 켜지 말으셔요

그리고 나의 작은 명상의 새 새끼들이

지금도 저 푸른 하늘에서 날고 있지 않습니까?

이윽고 하늘이 능금처럼 붉어질 때

그 새 새끼들은 어둠과 함께 돌아온다 합니다

언덕에서는 우리의 어린 양들이 낡은 녹색 침대에 누워서

남은 햇볕을 즐기느라고 돌아오지 않고

조용한 호수 위에는 인제야 저녁안개가 자욱이 나려오기 시작하였

습니다

그러나 어머니 아직 촛불을 켤 때가 아닙니다

늙은 산의 고요히 명상하는 얼굴이 멀어가지 않고

머언 숲에서는 밤이 끌고 오는 그 검은 치맛자락이

발길에 스치는 발자욱 소리도 들려오지 않습니다

멀리 있는 기인 뚝을 거쳐서 들려오던 물결 소리도 차츰차츰 멀어갑

니다

그것은 늦은 가을부터 우리 전원을 방문하는 까마귀들이

바람을 데리고 멀리 가 버린 까닭이겠습니다

시방 어머니의 등에서는 어머니의 콧노래 섞인

자장가를 듣고 싶어 하는 애기의 잠덧이 있습니다

어머니 아직 촛불을 켜지 말으셔요

인제야 저 숲 너머 하늘에 작은 별이 하나 나오지 않았습니까?

즉 자연의 모습 그대로 그 맛을 깨어 있게 보여 주는 작품인 것이다. 아직 촛불을 켜지 마시라, 아직 어둡지 않은 황혼, 그 황혼은 황혼대로의 아름다움을 간직하고 있으며, 조용한 때 이대로의 좋은 모습을 즐기어 보자. 작은 별이 이제야 하나 나오지 않았느냐, 아직 촛불을 켜서 자연을 가장시키지 마시요 하고 부르짖은 것이니, 자연이 아까워 못 견디겠다는 뜻의 표현인 것이다.

요컨대 자연을 동경해서 자연에 의거처를 두고 시를 썼던 것이니, 이것이 그의 시편들의 거의를 차지하는, 아니 그의 시정신을 이루고 있는 특색이라고 보겠다.

유치환과 그의 시

1908년 경남 통영 출생. 아호는 청마靑馬. 연회전문 문과를 수학.
일찍이 동경에서 동인지 『소제부』 발간, 향리에서 『생리』지 발간.
해방 전 7, 8년 동안 만주에도 있었다. 서울시 제1회 문화상 수상.
1967년 경남여상고 교장으로 재직 중 교통사고로 별세. 시집으로
『청마시초』, 『생명의 서』, 『울릉도』, 『청령일기』, 『보병과 더불어』,
『기도가』 등과 수상록 『예루살렘의 닭』이 있다.

그의 시 「출생기」에 의하면, 명이나 길라 하여 할머니가 지어 준
아명은 '돌메'였다 한다. '뫼[山]'가 아니고 '메'인 것으로 보아 아마
튼튼하고 단단하라는 뜻으로 지은 듯하다. 또 작품 「귀고歸故」에서
보면, 행이불언行而不言하는 성질을 가진 한방의漢方醫 유약국 주인의
아들이요, 책력처럼 일관하는 애정의 소유자인 어머니를 둔 아들로
서, 경상남도 통영포라는 바닷가에서 태어나서 거센 바닷바람과 물
결 속에서 자라났다.

그래 이런 것들에서 그의 시를 어느 정도 짐작할 수 있는데, 시집
『생명의 서』 역시 일언이폐지해서 굴하지 않는 의지의 세계를 기록
한 것이라 하겠다.

이러한 굳건한 환경에서 자라나서 불굴의 의지를 표현했다고 볼 만한 작품으로는 「바위」, 「고목古木」, 「동일多日」, 「아상兒傷」, 「노한 산」 등이 있는데, 이것들은 모두가 침범하거나 굴복하거나 변화하거나 흉악하고 비겁하거나 무상한 것들에 대한 의지의 항거 또는 명령인 것이다.

「바위」라는 시 가운데 마지막 3행을 보면,

꿈꾸어도 노래하지 않고
두 쪽으로 깨뜨려져도
소리 하지 않는 바위가 되리라

라고 하였으니, 그 얼마나 완강한 굴복하지 않는 의지의 표현이랴.

다음에 「내 너를 내세우노니」라는 작품에서

운명에 휩쓸려 꺼져서는 안 되노라
끝까지 너가 운명만 하고
운명이 너만 한 그 위에 당당히 디디고 서서
너 종용히 들어 그 부당한 잔을 마시겠느뇨

이런 구절들은 역시 불굴하는 의지의 표현으로, 어떠한 역경 속에서 생명이 위협에 놓여 있을 때 운명과 인생이 꼭 대등한 가치로서 있게 되는 것이다.

파스칼이나 몽테뉴 같은 일종의 수상가처럼 그는 시라는 것을 생활의 한 도구로서 일기 쓰듯 했던 것이다. 이런 수상가 기질의 시들이 많이 보이는데, 운명이 자기만 하고 자기가 운명만 해야 된다는 것은 대단히 잘된 생각이거니와, 이렇게 되면 운명도 이 사람을 어떻게 할 수 없는 불굴하는 지경에 도달하게 된다.

그런데 이렇게 자기를 적당하게 제어할 줄 아는 자율적인 사람으로서 그에게 다가오는 온갖 변화와 애정을 거부할 수 있었던 가혹한 일면은, 남을 이해하고 위해 주는 데는 상당히 자세하고 광범위하게 면면히 그 애정이 나타나는 것을 보게 되는데, 이것은 일종의 모순 같기도 하지만 자기를 혹독하게 처리해 본 사람은 남에게는 관대하기 마련인 것이 아닐까.

그의 이러한 치밀한 애정은 인제 사람뿐만이 아니라 인가의 울타리에 피어 있는 하잘것없는 꽃송이를 보고도 상당히 면면한 사랑이 가고 있는 것을 본다. 가령 한 마을 어촌의 울타리에 피어 있는 꽃을 보고 쓴 시에 이런 것이 있다.

무섭고도 그리운 은은한 바다 소리에 낡은
오막살이집들을 껍질처럼 벗어 두고
어제도 오늘도
뿔뿔이 바다로 헤어져 가 버린 빈 담장가에
뉘를 기다려 대해를 향하여 철겨운 빨간 촉균고!
—「촉규蜀葵 있는 어촌」 중에서

하고, 어촌에 있는 빈집―오랫동안 어부들이 입어 온 껍질 같은 그 집들이 무섭고도 은은한 바다 소리에 낡아 있는데, 그래도 그 집 담 장가에는 철이 지났지만 꽃이 하나 피어 있어 누구를 기다리는 듯하 다는 것을 표현한 것이다. 이것은 그의 사랑의 푼수가 면면한 것을 보여 준다.

그리고 또 시를 일기 쓰듯 생활의 일종의 도구로서 썼기 때문에, 시의 표현에는 잘 힘을 쓰지 않았는데, 그중에서도 비교적 잘 다듬 어진 시 중의 하나인 「춘신春信」이라는 작품을 보면,

꽃등인 양 창 앞에 한 그루 피어 오른
살구꽃 연분홍 그늘 가지 새로
적은 멧새 하나 찾아와 무심히 놀다 가나니

적막한 겨우내 들녘 끝 어디메서
적은 깃을 얽고 다리 오그리고 지나다가
이 보오얀 봄길을 찾아 문안하여 나왔느뇨

앉았다 떠난 아름다운 그 자리 가지에 여운 남아
뉘도 모를 한때를 아쉽게도 한들거리나니
꽃가지 그늘에서 그늘로 이어진 끝없이 적은 길이여.

역시 사물에 대한 이해가 자기를 자율적으로 혹독하게 가졌던 불굴

의 의지의 시인이었던 반면에, 남의 사정에 대해서는 자기를 비추어 보아서 정이 많았던 것을 알 수 있다.

그래서 작은 멧새 하나가 찾아온 사실을 보고, 그 새가 다리 오그리고 지나온 겨울의 살림살이와 꽃송아리에서 꽃송아리 사이로 이어진 봄 새의 전 보행 노정까지를 속속들이 알고 있는 사람의 시라는 인상을 주는 것은 사물을 외곬으로만 치우쳐 보지 않고 고루고루 보아 남을 잘 이해할 수 있는 사람의 표현이다.

이와 같은 작품에서 보이는 사물에 대한 구체적인 이해와 애정은 벌써 밝은 정도를 지나 수학처럼 경위 바르기까지 하며, 의지가 마땅히 복종시킬 것들을 다 복종시키고, 인제는 한낱 체관諦觀의 높은 봉우리에 앉아 있는 모양이다.

그러나 유치환을 한 사람의 도인으로서 주저앉히고 싶지는 않으니, 생각건대 「춘신」과 같은 작품은 그에게는 한 휴식이었을지는 모르나 역시 그의 시의 중핵적인 것이라고 함이 옳을 것이다.

그는 「생명의 서」 1장에서 다시금 부르짖는다.

그 열렬한 고독 가운데

옷자락을 나부끼고 호을로 서면

운명처럼 반드시 '나'와 대면케 될지니

하여 '나'란 나의 생명이란

그 원시의 본연한 자태를 다시 배우지 못하거든

차라리 나는 어느 사구沙丘에 회한 없는 백골을 쪼이리라 그는 이 의도를 실천이나 하려는 듯이 아라비아는 아니나, 만주의 황무荒蕪 속으로까지 자기를 이끌고 갔다. 그래 만주에서 쓴 시 28편은 이 시집의 제2부를 이룬다.

만주에 그는 꽤 오랫동안(아마 7, 8년) 절도絶島에 간 것 같은 귀양살이를 하여 조주성에도 가 보고, 몽강蒙疆에도 가 보고, 극락사에도 가 보고, 우크라이나인의 사원에도 가 보고, 노야령에도 가 보고—요컨대 「북방 시월」이란 그의 시에 의하면 창부娼婦인 양 허무를 안고 누워 있는 광야를 헤매고 다니면서 자기를 늘 시험에 맡기기에 여념이 없었던 것 같다.

그는 거기에서 식구들의 호구를 위하여 월 몇십 원짜리의 노력을 팔면서 아내가 앓는 날은 새벽에 일어나 아내가 늘 혼자서 느꼈을 새벽을 자기도 느껴 보면서 손수 아침밥도 지었고, 창가를 능히 부를 줄 아는 아들이 죽었을 땐 손수 관 널에 못 박아 메어다가 벌판에 묻기도 하였다. 그러나

어느 가을날 저녁 처마의 제비 그의 집 비우고
돌아오지 않은 채 가 버리듯 너는 그렇게 가고

「6년 후」에서 비로소 읊조린 것처럼 그는 대소의 상심까지도 그의 의지가 능히 굴복시킬 수 있는 때가 오기까지는 묵묵히 견디었을 뿐 그 전에 어떠한 모양으로도 발언하지는 않았다. 그의 시에 감상이 없는 소이가 여기에 있다.

해바라기 밭으로 가려오
해바라기 밭 해바라기들 새에 서서
나도 해바라기가 되려오

황금 사자 나룻
오만한 왕후의 몸매로
진종일 찍소리 없이

삼복의 염천을 노리고 서서
눈부시어 요요燿燿히 호접도 못 오는 백주白晝!
한 점 회의도 감상도 용납지 않는
그 불령스런 의지의 바다의 한 분신이 되려오

해바라기 밭으로 가려오
해바라기 밭으로 가서
해바라기가 되어 섰으려오
　　　　　　　　　—「해바라기 밭으로 가려오」

　이 얼마나 감상에서는 거리가 먼 오만하고 싱싱하고 구김살 없는
의지의 표백인가. 창가 할 줄 아는 아들을 광야에 묻은 6년간의 상
심은 여기서는 벌써 흔적도 없다. 어느새인지 그는 다시 그의 소망
인 '원시와 본연에의 지향'을 노래할 수 있는 건실한 의지의 소유자

로서 또 한 번 만주 벌판 위에 일어나 있을 따름이다.

　허나 『생명의 서』의 제반 사실과 제반 운영은 모두가 2차 대전 종식 전의 또 없이 암울한 때에 이루어진 것들이다. 그렇기 때문에 『생명의 서』의 의지는 한층 더 귀한 것이 된다.

노천명과 그의 시

1913년 황해도 장연 출생. 진명여고보와 이화여전 문과 졸업.
신문기자를 거쳐 해방 후 공보실 중앙방송국원. 1957년 별세.
시집『산호림』,『창변』,『별을 처다보며』외에 수필집『산딸기』,
『나의 생활백서』,『여성서간문독본』이 있고, 단편소설「하숙」,
「사월이」등이 있다.

노천명은 시단의 남녀를 통틀어서, 방랑적 분위기를 표현하는 데 누구보다도 장점을 가졌던 시인이다.

우리 민족이 이산 유리하던 때, 단일의 독립 정부를 이루지 못하고 살아갈 근거를 잃고 한일합방 후 민족적인 방랑의 시절에, 민감하게 이를 파악해서 그 공통적인 분위기를 잘 표현했다고 하겠다.

그런데 이러한 방랑의 기질을 남자 아닌 여자가 표현해 낸 것은 아마 노천명이 처음이 아닌가 한다. 과거의 우리네 여성들에게는 집 안에서 숨어서 바깥 구경은 하지 않았던 것이 보통이었으니, 방랑이란 가히 상상도 못 했던 것이다. 개화 이후 여성의 세계에도 일대 혁명이 일어나, 남성들처럼 밖으로 나갈 수 있게 되고, 같이 끼어 활보할 수도 있게 되고, 이와 같이 방랑도 할 수 있게시리 된 것인데, 이런 점으로 볼 때 그는 한국 여성의 개화에 앞장을 섰던 업적을 남겼을 것이다.

어떻게 생각하면 그는 시대의 희생자인 것 같지만, 그러한 민족적인 고통의 시대의 맨 앞에 서서 걸었던 시인으로, 떠돌아다니는 방랑자의 냄새를 시에서 많이 풍기고 있다. 바로 이것이 그의 작품의 특질이라 할 것이며, 이런 특질을 나타낸 가장 좋은 작품 중의 하나로「남사당」을 먼저 맛보기로 한다.

나는 얼굴에 분칠을 하고
삼단같이 머리를 땋아 내린 사나이

초립에 쾌자를 걸친 조라치들이
날라리를 부는 저녁이면
다홍치마를 둘르고 나는 향단이가 된다

이리하야 장터 어늬 넓은 마당을 빌어
람프불을 돋운 포장 속에선
내 남성男聲이 십분 굴욕되다

산 넘어 지나온 저 촌엔
은반지를 사 주고 싶은
고흔 처녀도 있었건만

다음 날이면 떠남을 짓는
처녀야
나는 집시의 피였다
내일은 또 어늬 동리로 들어간다냐

우리들의 도구를 실은
노새의 뒤를 따라
산딸기의 이슬을 털며
길에 오르는 새벽은

구경꾼을 모호는 날라리 소리처럼
슬픔과 기쁨이 섞여 핀다

남사당은 우리나라 옛날 시골로 돌아다니며 연극을 하여 호구지
책을 삼던 미천한 사람들을 일컫는 것으로, 남자들이 여자의 옷을
입고 연극을 하는 것이 보통이었다.

이 시에서는 남사당패를 따라다니는 소년의 애수를 어려운 것 없
이, 암시 없이 노골적으로 표현하고 있다.

의지가지할 곳 없이 유랑하던 민족의 표면에 서서, 그 기분을 같
이하고 그 속에 들어가 같이 맛보며 지냈다는 것을 엿볼 수 있는 작
품이다.

또 다음에 「황마차幌馬車」를 보더라도,

기차가 허리띠만 한 강에 걸친 다리를 넘는다
여기서부터는 내 땅이 아니란다
아이들의 세간놀음보다 더 싱겁구나

황마차에 올라앉아 아가위나 씹자
카츄–샤의 수건을 쓰고 이렇게 달리고 싶구나
오늘의 공작公爵은 따러오질 않어 심심할 게다

나는 여깃말을 모르오
호인胡人의 관이 널린 벌판을 마차는 달리오
넓은 벌판에 놔 줘도 마음은 제 생각을 못 놓아

시가–도 피울 줄 모르고
휘파람도 못 불고……

한국의 순진한 처녀가 포장마차를 타고 이국 만주 벌판을 달리는 방랑자의 기분을 그린 것이다.

앞에서도 잠깐 말했지만, 우리나라는 예부터 여자는 소녀 시절에는 남자들과 같이 어울려 놀았으나, 나이가 차면서는 더욱 출가 후에는 남자들의 정서 생활에 같이하지 않고 뒤에 숨어서 혼자 참고 견디며 수절하는 것이 보통인데, 개화 후 그것도 해방이 되었거니와, 노천명은 처녀로서 일생을 끝마쳤기도 하지만 과거의 속박에서 벗어나려는 표현을 여기서도 담고 있다. 더욱이 '아이들의 세간놀음보다 더 싱겁구나' 하는 데에 와서는 보통 사람들의 가정생활을 허탈해하며 방랑하는 분위기적 시인이었음을 말해 주는 것이다.

그런데 정서의 깊이를 좀 마련하여 전통이라는 것을 고려했어야 했는데, 여기 이것 가지고는 뿌리 깊은 전통의 어떤 길은 마련하지 못하고, 하나의 표면에 흔들거리는 멋 같은 기분 외에는 아무것도 없는 것이 되고 말았다.

모윤숙과 그의 시

1910년 함남 원산 출생. 호는 영운嶺雲. 개성 호수돈여고보와
이화여전 문과 졸업. 간도 명신여학교, 서울 배화여학교 교사,
월간 삼천리사 기자로 활약. 해방 후 『문예』지 간행. 시집
『빛나는 지역』, 『옥비녀』, 『풍랑』, 장편 산문집 『렌의 애가』,
기행문집 『내가 본 세상』이 있다.

영운嶺雲을 가리켜, 해방 전 김문집이란 비평가가 '영원한 야성 처
녀'라고 평한 일이 있다. 무슨 뜻으로 그런 말을 했는지 잘 모르겠으
나, 여하튼 그의 일면에는 적합한 비평이라 생각된다.

그는 한마디로 감정 중심의 시인이라고도 할 수 있겠는데, 낭만주
의로부터 상징주의적인 영향을 받아서 해방 전 대다수의 시인이 그
랬듯이 그런 물결을 거쳐 자라 나온 시인이다.

이와 같이 영운은 정을 많이 가지고서 이웃과 사물을 대하려는 다
정한 휴머니스트인 것 같다. 김문집의 표현도 아마 이런 뜻에서가
아닐까. 가령 시골의 얌전동이는 집에만 박혀 있지만, 그 외에 동네
에 무슨 일이 나면—무슨 굿이라든지 놀이라든지 그런 것이 생기면
거기에 참가하여 어울려서 정을 같이하는 처녀가 있는데, 이 처녀는

형식적인, 보수적인, 재래 전통적인 면에서는 탈일는지 모르나, 개화하는 과도기의 마당에서는 하나의 선각자일 수 있다. 특히 오늘날처럼 여자들도 남자들의 대열에 같이 참가하는 현대에 와서는 더욱 그러하다.

그러면 그의 작품 가운데서 대표작은 아닐지라도 「겨울밤」이란 시를 보도록 하겠는데, 역시 여기서도 위에 말한 정신적인 특질들을 알 수 있을 것이다.

전등이 떤다.
밤바람이 물결처럼 설레고
회색 하늘이
호흡 없는 침묵에 잠긴다.

어디로선지
웃음 섞인 목소리
꿈속처럼 희미하다.
옆집 색시는 아직도 안 잔다.

산 밑에 사는 탓일까,
뜰 밑에 시내 소리는
온 밤을 내 곁에서
세상 번고 잊으라 자랑자랑하누나.

모든 존재와 멀어진 밤.

보임 들림 다— 그의 공허 속에

까물거리는 촛불 하나

떨며 가까이 눈앞에 떠오네.

역시 사나운 바람 추운 겨울, 불이 켜져 있어 다정한 웃음소리가 들리는 곳, 시냇물도 걱정을 잊어버리라 하는 다정한 인간주의적인 휴머니스트라고 할 것이다. 이것이 그의 특질이다.

철저한 고독으로 정신을 정화해 가는 시인이 아니고, 사람 속에 파묻혀 정이 아니 체온의 따뜻한 온도가 필요했던 시인임을 알 수가 있다.

그래 고고준암孤高峻巖하며 청순한 매화나 국화나 난초나 대 같은 사군자를 옛날과 같이 표현하는 것이 아니라, 아름답고 요염하고 육체적으로 풍성한 장미 같은 꽃에 그의 정서의 성격을 비기고 있는 것들을 볼 때도, 개화한 신시대 여인의 기질을 엿볼 수 있다.

이런 성격을 시「장미」에서 찾아볼 수 있는데,

이 마음 한편

호젓한 그늘에

장미가 핀다.

밤은 어둡지 않고
별은 멀지 않다.
장미는 밤에도 자지 않는다.

숲 없는 벌
하늘 틔지 않는 길,
바람 오지 않는 동산,
장미는 검은 강가에 서 있다.

너의 뿌리는 내 생명에 의지하였으매
내 눈이 감기기 전 너는 길이 못 가리.

이렇게 끝까지 죽지 않는다는 표현에서도 감정의 풍염을 엿볼 수 있는 것이다.

이상 우리는 한국의 두 여류 시인을 본 셈이다.

노천명은 그 시절 방랑하는 분위기의 각 상의 표현에 탁월했으며, 모윤숙은 정서의 풍염한 점에 월등했는데, 두 사람 다 우리나라 여성의 최첨단에 서서 신시대의 호흡에 본보기를 보인 점에서 우수한 시인이라 아니할 수 없다. 요는 우리 민족의 과거 반세기에 이르는 동안 한 여성이 갈 수 있는, 한 여성이 가질 수 있는, 한 개의 정신적인 축도인 것이다.

이상과 그의 시

1910년 서울 통인동 출생. 본명 김해경金海卿. 경성고등공업 건축과 졸업. 2년간 조선총독부의 건축 기수를 지내다가 폐병으로 퇴직. 1934년 중견 문인단체 '구인회'에 가입하여 문학 활동 시작. 1937년 일본 동경에서 별세. 유저로 『이상선집』(김기림 편)과 『이상전집』(고대판高大版)이 있다.

　이상 시의 특질을 말하려면, 첫째 서정의 심화를 들 수 있다. 그보다 앞섰던 대개의 시들은 사물의 윤곽성의 표현에 지나지 않았던 것이다. 즉 여기 수박이 있다면, 대개 그 겉모양만을 맛보는 듯한 시들을 쓴 것이 아닌가 생각된다. 이를테면 시를 쓸 때 '그립습니다', '외롭습니다', '나는 당신을 사랑합니다' 하는 표현들을 많이 썼는데, 이것들은 어떤 의미의 윤곽밖에는 되지 않는 것이다. 어떤 구체적인 사실의 표현이 없이 그냥 '그립습니다', '외롭습니다' 하면 어떻게 그리운지, 어떻게 외로운지 알 수가 없다.

　그런데 이상에 오면, 윤곽적인 것들에 멈추지 않고 내면으로 흘러들어가 그 자세한 내심을 구체적으로 나타냈다.

　그래서 그는 우리의 서정을 더 심화시키지 않았나 생각된다.

예를 들어 「소영위제素影爲題」 같은 시편을 보면 그것을 잘 알 수가 있다.

1

　달빛속에있는네얼굴앞에서내얼굴은한장얇은피부가되어너를칭찬하는내말씀이발음하지아니하고미닫이를간지르는한숨처럼동백꽃밭내음새지니고있는네머리털속으로기어들면서모심드키내설움을하나하나심어가네나

여기서 벌써 말하지 않더라도 첫눈에 그 구체적인 내심의 표현을 맛볼 수 있다. 간단히 설명하면, 만월이 되어 환히 비치는 달빛 속에 사랑하는 애인이 앉아 있다. '달빛 속에 있는 네 얼굴 앞에서 내 얼굴은 한 장 얇은 피부가 되어', 즉 사랑하는 사람의 매력에 자기라고 하는 것은 다 없어져 버리고, 얄따란 한 개의 피부처럼 되어서 장구의 얇은 가죽을 치면 울리듯 자기도 울리는 것 같은 그러한 느낌의 표현이다.

　다음으로는 달빛 속에는 애인이 아무 말 없이 앉아 있는데, 자기가 없어져 버릴 정도의 애인의 아름다움을 칭찬하는 말을 나는 하지 않고 속으로만 울리고 있고, 말하면 오히려 진부하다는 것이다. 그리고 '미닫이를 간지르는 한숨처럼'은 마음의 천당 같은 것을 비유해서 표현한 것인데, 우리 가정의 주부들이 쓰는 안방에서 한숨을 내쉬면 간질이어서 밀회하는 정한처럼, 말하지 않는 마음속의 언어

로써 동백꽃나무같이 숱 짙은 머리털 속으로 미닫이를 간질이는 한숨처럼 기어들면서, 농부가 모를 심어 나가듯이 설움을 하나하나 심어 간다는 것이다.

다시 말해서 이것은 재래 같으면 '사랑하는 이여, 나는 그대가 그립노라' 표현했을 것을, 그는 이와 같이 구체적으로, 윤곽적인 표현을 떠나서 깊이 있게 우리에게 보여 주고 있다.

당시에는 잘 모르겠다고 제쳐 놓던 것인데, 지금은 많은 실감을 주는 작품이다. 하여간 이전의 시편들에 비해선 서정이 많이 깊어져 있음을 거듭 느끼게 된다.

계속해서 「소영위제」를 보자.

2

진흙밭헤매일적에네구두뒤축이눌러놓은자욱에비내려가득괴었으니이는온갖네거짓네농담에한없이고단한이설움을곡으로울기전에따에놓아하늘에부어놓는내억울한술잔네발자욱이진흙밭을헤매이며헤뜨려놓음이냐

이것도 간단히 설명을 붙이고 가자면, 역시 애인 남녀가 비 오는 날 함께 걸어가는데, 여자는 앞에서 하이힐로 발자국을 내며 걸어가고 그 뒤에는 남자가 따라가고 있는 그런 정경이다. 그래서 여자가 디디고 가는 발자국에, 네 거짓 네 농담에 울기 전에 하늘에 떠 놓는 거짓 술잔같이 그렇게 거짓으로밖에는 네 구두 뒤축에 괴는 비는 볼

수가 없다. 즉 애인 사이에 얼마나 농담이 많고 거짓이 많았는지는 모르겠으나, 실제로 어떤 진실을 요하는 그러한 때에 그냥 거짓으로 넘겨지는 것이 우리 애인들 사이에 흔히 있으며, 특히 현대인의 세상에는 거짓으로 꾸며지는 것이 상당히 많다. 그래서 내 억울한 술잔인 것이며, 다시 네 발자국이 헤뜨려 놓음이냐 하는 것이다.

이와 같이 '구두 뒤축에 괸 물' 식으로 표현한 시는 한국에서나 외국에서나 일찍이 보지 못하던 것이며, 또한 이것은 수박 겉핥기식 표현이 아니라 구석진 데까지 다 표현하는 인생 체험의 좋은 작품들이며, 재래의 시보다는 더 심화된 것을 알 수가 있다. 말하자면 우리나라 서정시의 한 혁명을 이룬 작품이라 보아, 이상을 우리는 서정시의 혁명가로 보아도 괜찮을 것이다.

요컨대 그는 서정의 심화 그것으로 한국 문학에 하나의 특색을 나타냈다고 보여진다.

둘째로 우리가 그의 특색을 말하자면 비논리적 논리성을 들 수 있는데, 바꿔 말해 역설성이 있었다는 것이다.

이러한 내용은 그의 시 속에 상당히 많은 면적을 차지하고 있으며, 그의 주지적인 내용은 대개 역설로 나타났는데, 세상에서 일반적으로 전개되는 논리는 오히려 진실성에서 멀고, 이상의 역설이 도리어 논리에 합당하고 진실에 가깝다. 예를 들어 「지비紙碑」 같은 작품을 보면 그것을 잘 알 수가 있다. 현실과는 격리된 초현실적인 표현이다.

내키는커서다리는길고왼다리아프고안해키는적어서다리는짧고바
른다리가아프니내바른다리와안해왼다리와성한다리끼리한사람처럼
걸어가면아아이부부는부축할수없는절름발이가되어버린다무사한세
상이병원이고꼭치료를기다리는무병이끝끝내있다

이 작품은 주지적인 작품이다. 읽어 보면 알겠지만, 정서의 느낌
이 아니라 일종의 수학적인 헤아림 같은 것이다. 물론 수학의 헤아
림도 '하나' 하고 셀 때와 '둘' 하고 셀 때 거기에도 서로 다른 감정이
깃들이겠지만, 그래도 이것은 지적인 면에 가깝다고 할 것이다.

그런데 여기서는 내 키는 크고 왼 다리가 아프고 오른 다리가 성
한데, 아내는 키가 작고 오른 다리가 아프고 왼 다리가 성하니, 두 내
외가 성한 다리끼리 모아 걸어가면, 마치 둘이 합쳐서 걸어가는 운
동회의 이인삼각같이 두 사람이 한 사람 몫을 하는 것이다. 그러니
이것은 느끼는 것만 가지고는 생각할 수 없는 것이 아닐까.

그리고 '무사한 세상이 병원이고' 한 것은 역설이다. 이것은 비논
리적이다. 무사한 세상이 어떻게 병원일 수 있겠는가. '꼭 치료를 기
다리는 무병無病', 이것도 물론 역설이다.

이와 같이 그의 작품 도처에서 비논리적인 역설을 볼 수가 있는
데, 이것은 일반적인 논리보다는 오히려 진실에 가깝다. 보통 타당
성이 없는 세상에선 이런 역설이 타당성을 가진다. 특히 당시 왜정
말기엔 더욱 그러했으니, 남을 팔고 비방하며 일본인들의 밑에 붙어
서 동족들이나 괴롭히는 사람은 정당하게 취급되고 옳은 듯한 대우

를 받는데, 민족과 조국을 생각하며 양심 있게 올바르게 살려는 사람은 부당하고 그른 것으로 취급받던 시대이니, 말해 무엇하랴.

그때에는 다 이와 같이 건전한 사람이 오히려 길을 걸을 수 없는 것으로 여겨졌으니, '무사한 세상이 병원이고'라고 표현이 안 될 수 없었고, 오히려 잘났다고 제 세상같이 돌아다니는 무병無病인 양하는 무리들에겐 '꼭 치료를 기다리는 무병이 끝끝내 있다'라고 표현이 되었던 것이다.

이렇게 볼 때 이상의 역설은 진실한 것이었고 오히려 논리보다 사실에 가까웠으니, 이런 것이 또한 그의 시의 많은 부분을 차지하고 있는 특색이다.

다음으로 또 하나 찾아볼 수 있는 것은, 그의 대개의 시에서 얼른 눈에 띄듯 문법을 무시하고 띄어쓰기를 하지 않은 것과 같이 초현실적이었다는 것이다.

그는 나아가 기성 윤리까지도 넘어서려는 초윤리적 성격이었다는 것을 말할 수 있다. 그가 아직 총각의 몸으로 기생과 함께 살았었다는 것도 그런 것이다.

당시 나라를 잃은 민족으로서 타민족의 저기압적 중압에 못 이기고 신음하고 있었는데, 그 책임을 회피하지 않고 자기에게 씌우며 세상이 병들었는데 자기만이 정상적인 생활을 할 수 있느냐 하는 생각으로, 이렇게 사회를 부정하고 비윤리적 생활을 하지 않았나 하고 짐작할 때, 우리는 그의 경우를 동감하고도 남는다.

「날개」라는 소설이 바로 초윤리적인 성격을 잘 나타내고 있는 작품이다. 극히 간단하게 내용을 설명하면,

방 하나를 얻어 가지고 칸을 막아 웃방에는 남편이, 아랫방에는 부인이 차지하여 살고 있었다. 부인은 아랫방에서 무엇을 하는지, 손님들이 와서 놀다 가면 그때그때 아내는 돈 50전씩을 웃방 남편에게 가지고 올라가는 것이 유일한 사랑의 표시였다. 남편은 아내를 연구하며, 바깥출입이 없이 하루 종일 잠을 자고, 머리맡에 아내가 나갈 때 차려 놓고 나간 밥을 먹으면서 그날그날을 생활한다. 그동안 모인 돈을 남편은 쓸 곳이 없다. 아니, 모은 돈을 도로 아내에게 줌으로써 자기도 아내에게 사랑의 표시를 한다. 밤늦게 외출을 나온 날은 일찍 집에 들지 못할 때도 있다. 그것은 아내 방을 거쳐야만 자기 방으로 통할수 있는 집의 구조가, 지금쯤은 손님을 모시고 있을 아내에게 방해가되기 때문이다. 이러다가 어느 날은 밤을 새고 들어간 적이 있다. 아내의 꾸지람이 보통이 아니다. 다시 아내에게 용서를 빌고, 어느 날 또나와서 미츠코시 백화점 옥상에 올랐다가 내려와 정오의 거리에 선다.

이때 뚜— 하고 정오 사이렌이 울었다. 사람들은 모두 네 활개를 펴고 닭처럼 푸드덕거리는 것 같고 온갖 유리와 강철과 대리석과 지폐와 잉크가 부글부글 끓고 수선을 떨고 하는 것 같은 찰나. 그야말로 현란을 극한 정오다.

나는 불현듯이 겨드랑이가 가렵다. 아하 그것은 내 인공의 날개가 돋았던 자국이다. 오늘은 없는 이 날개, 머릿속에서는 희망과 야심의

말소된 페이지가 딕셔너리 넘어가듯 번뜩였다.

나는 걷던 걸음을 멈추고 그리고 어디 한번 이렇게 외쳐 보고 싶었다.

날개야 다시 돋아라.

날자. 날자. 날자. 한 번만 더 날자꾸나.

한 번만 더 날아 보자꾸나.

라고 끝을 맺은 작품인데, 아마도 자기의 생활을 그린 것이 아닌가 생각된다. 여기서는 도저히 윤리성을 발견할 수가 없다.

그런데 시인이라면 적어도 민족의 온갖 기쁨과 고난과 또 많은 책임을 함께 겪어 가는 사람이어야 하지 않을까 하는데, 즉 인간의 최하층에서 최상층의 끝까지도 갈 수 있는 사람이어야 한다는 말이다. 그렇다면 이상이야말로 인간의 최하층까지 내려가서 실제로 같이 살던 사람이었음을 「날개」를 통해서 다시 한 번 알 수가 있다.

이와 같이 당시 사회를 부정하는, 기성의 것을 윤리 도덕 할 것 없이 모두를 부정하는 비윤리적 초현실성 속에서 그를 알며, 민족이 슬플 때 같이 울고 같이 부둥켜안고 걸어갔던 시인이라는 점에서, 우리는 그를 당시의 다른 시인보다도 아끼는 바가 되지 않았나 한다.

끝으로 우리가 하나 더 말할 수 있는 것은, 극도의 절망 속에 빠져 할 수 없이 어떤 체념을 가지게 되었다는 점이다.

당시 시대가 왜정 말기이고 보니 망국 민족으로서의 첩첩이 쌓인 절망도 있었겠지만, 또한 자기 자신이 회생할 수 없는 폐병 환자라는 데서 오는 절망도 결코 적지는 않았을 것이다. 이러한 개인적인, 민족적인 절망이 합쳐져서 극단의 절망 속으로 빠져 들어가 결국 하나의 묘한 체념으로 나타났으리라는 것은 상상하고도 남는다. 그러면 이러한 체념을 어떻게 나타냈는가를 작품 「오감도鳥瞰圖」를 통해서 보기로 한다.

　　시 제1호

13인의아해가도로로질주하오.
(길은막다른골목이적당하오.)

제1의아해가무섭다고그리오.
제2의아해도무섭다고그리오.
제3의아해도무섭다고그리오.
제4의아해도무섭다고그리오.
제5의아해도무섭다고그리오.
제6의아해도무섭다고그리오.
제7의아해도무섭다고그리오.
제8의아해도무섭다고그리오.
제9의아해도무섭다고그리오.
제10의아해도무섭다고그리오.

제11의아해도무섭다고그리오.

제12의아해도무섭다고그리오.

제13의아해도무섭다고그리오.

13인의아해는무서운아해와무서워하는아해와그렇게뿐이모였
소.(다른사정은없는것이차라리나았소)

그중에1인의아해가무서운아해라도좋소.

그중에2인의아해가무서운아해라도좋소.

그중에2인의아해가무서워하는아해라도좋소.

그중에1인의아해가무서워하는아해라도좋소.

(길은뚫린골목이라도적당하오.)

13인의아해가도로로질주하지아니하여도좋소.

첫째 우리가 이 시에서 알아보아야 할 것은 '13'이라는 숫자에 관
해서이다. 이것은 작자가 말하지 않은 이상 다른 사람으로서는 확실
히 알기가 어려우나, 하여간 우리는 그것의 가장 타당한 의미가 무
엇이겠는가를 생각해 보아야 하겠다.

그런데 먼저 13 하면 얼른 떠오르는 것은 당시 우리나라의 도道가
13이라는 점이다. 그래서 '13'이란 13도를 뜻한 것이 아니겠느냐는
것과, 또 하나 일반적으로 사람들이 많이 쓰지 않는 숫자를 고르던
끝에 1이나 2나 3이나는 너무 흔한 수이고, 4는 불길한 수, 5나 6, 7,

8, 9, 10, 11, 12, 다 보통 흔히 쓰는 숫자이니, 그다음 수로 13을 택한 것이 아닌가 하는 것이다. 이것은 후일 다른 사람의 좋은 의견이 나오기를 바라면서……

그다음 '제1… 제2…' 하면서 끝까지 일일이 다 나열하고 있는 게 또 얼른 눈에 띈다. 이것은 학교에서 출석을 부를 때 차례로 하나하나 불러 보고 지나가듯, 구체적인 제시를 표현하여 한 번씩 다 골고루 만져 보고 가자는 것이 아닐까 한다. 좀 지루한 것 같지만 사실은 그렇지 않고, 친절미의 묘를 다한 것이라 하겠다.

또 13인의 아해에는 무서운 아해와 무서워하는 아해가 있다고 하였는데, 이것은 당시 왜정기의 중압력에 무서워 부들부들 떨던 시대이니 그러한 표현이 나왔으리라 짐작되는데, 무서운 사람 중에는 악한 뜻으로 일본 놈 앞잡이로서 민족을 못살게 구는 무서운 사람과, 선한 뜻으로 김구나 안중근 같은, 민족을 위해 무섭게 하던 사람이 있었다는 것으로도 이해된다.

이와 같이 두 갈래로 갈리어 무서운 사람과 무서워하는 사람과의 싸움의 도가니 속에서 무슨 딴 사정을 생각하랴. 생각할 수도 없거니와 생각한대도 별수 있으랴. 그러니 '다른 사정은 없는 것이 차라리 나았소' 하는 것이고, 이렇게 양극단의 희망 없는 삶이고 보니, 그 중의 한 사람이 혹은 두 아해가 좋든 나쁘든, 무서운 사람이건 무서워하는 사람이건 별 다름이 있으랴 하는 극도의 절망을 표현하며, 모든 것이 이제 절망적이니 길이 뚫렸으면 무엇하며, 13인의 아해가 도로를 달리면 무엇을 하겠느냐, 아니 달리더라도 마찬가지다 하는 데까지 다다른 체념이 엿보이는 작품이다.

　그의 시 가운데는 이런 체념을 풍기는 시도 많이 있다. 앞에서 말한 바와 같이 그의 시의 특질들은 과거 어느 시보다도 서정을 구체적으로 표현하는 데 장점이 있었고, 그의 논리는 비논리적이면서도 오히려 사실에 가까웠다. 또한 저기압적 망국의 불건실한 사회의 기성 도덕을 배척했으며, 항거하다 지친 나머지 모든 개인적, 민족적인 희망을 찾을 수 없다는 데에서 오는 절망이 깊어 묘한 체념이 생겼다는 것들이, 그가 남긴 시편 가운데 찾아볼 수 있는 특질들일 것이다.

자연파와 그들의 시

조지훈의 시

1920년 경북 영양 출생. 본명은 동탁東卓. 혜화전문 문과를 졸업하고
『문장』지 추천으로 시단에 등장. 강원도 오대산 불교강원 강사를 거쳐
일정 말기에는 산수 간에 은거. 해방 후 경기여고 교사와 고려대학교
교수 역임. 1968년 별세. 시집으로 자연파 3인 시집 『청록집』과 『풀잎
단장斷章』, 『조지훈 시선』, 논저 『시의 원리』 등이 있다.

　여기서 자연파라고 불리는 뜻에 대하여는, 이미 앞의 한국 시문학
약사에서 얘기한 것처럼 자연을 시의 중심으로 했다는 그런 의미에
서이다. 그러므로 19세기 후반 서양의 자연주의 문학과 혼동 말기를
바란다.

　또 이들의 자연은 서양 문학사에서 보는 어떤 시인들의 것과 다른
것들이다. 조지훈, 박두진, 박목월 이 세 사람이 시단에 선 것은 일정
말기 우리의 어문을 말소하려던 저기압의 시대로, 한국인으로서의
갈 길을 단절당했던 때이니, 서울 같은 도시에는 살기 어려워, 일본
인의 힘이 조금이라도 덜 미치는 농촌이나 산골의 자연에 파묻히기
가 일쑤였다.

　그런데 조지훈의 경우 불교적 자연 가운데에서도 선적禪的인 자연

이었다. 시의 성격에 차이는 있지만, 불교의 선적인 냄새를 풍기는
당나라 시인 왕유와 비슷한 점이 많다.

　먼저 사람들의 입에 많이 오르내리는 시이며, 한국 시문학사에서
대표적인 작품으로 꼽히는 것 중의 하나인 「승무」를 보자.

　얇은 사 하이얀 고깔은
　고이 접어서 나빌레라

　파르라니 깎은 머리
　박사薄紗 고깔에 감추오고

　두 볼에 흐르는 빛이
　정작으로 고와서 서러워라

　빈 대에 황촛불이 말없이 녹는 밤에
　오동잎 잎새마다 달이 지는데

　소매는 길어서 하늘은 넓고
　돌아설 듯 날아가며 사뿐이 접어 올린 외씨보선이여

　까만 눈동자 살포시 들어
　먼 하늘 한 개 별빛에 모두오고

복사꽃 고운 뺨에 아롱질 듯 두 방울이야

세사에 시달려도 빈뇌는 별빛이라

휘어져 감기우고 다시 접어 뻗는 손이

깊은 마음속 거룩한 합장인 양하고

이밤사 귀또리도 지새우는 삼경인데

얇은 사 하이얀 고깔은 고이 접어서 나빌레라

　이 시는 중이 춤추는 것을 소재로 한 작품으로, 우리가 여기서 볼 수 있는 것은 두말할 것도 없이 불교적·우주 자연적인 자기와의 일치, 자연의 오묘한 지경과 자아와의 일치를 춤을 통해서 잇는 것이다. 이것은 현실주의적이기보다는 영원과 우주 속에서 구도하는 자의 번뇌가 별빛처럼 타는 불교적인 관조를 통해서 시정신이 드러난 것이라고 하겠다.

　그뿐만 아니라 고전적인 취미도 나타나 있다. 더욱이 버선코의 아름다움을 춤의 절정에다 배치함으로써 우리나라의 고유한 고전적인 맛을 보여 주고 있는 것이다.

　버선 이야기가 났으니 말이지, 하이얀 버선의 앞코가 살짝 하늘을 향해 올라간 선적인 미는 그야말로 묘한 맛과 멋을 지니고 있다. 마치 우리나라 건축의 구배를 연상하게 되는데, 이것은 숭천사상을 나타내는 것이다.

서양 것은 하늘에서 내리는 비라든지 기타 모든 것을 흘려 내려보내도록 다 땅을 향해 수그리고 있지만, 동양의 것은 끝이 곡선으로 미묘하게 하늘을 우러러 바라보며 하늘에서 내리는 모든 것을 다 받아들이고 남는 것만을 흘려보내겠다는, 즉 하늘을 배반하고 싫어하는 것은 찾아볼 수 없는 순진한 숭천사상의 일면을 말하는 것이 아닌가 한다. 거듭 말하거니와, 여기서는 불교적인 맛에다가 고전적인 맛을 함께 풍겨 주고 있다.

이 외에도 그의 많은 작품들은 다 이 불교적인, 그중에서도 선적인 것에다 고전적인 냄새를 많이 가입해 표현해 오고 있다. 그리고 그의 시의 특색을 또 하나 들자면, 그의 연배 시인들 중에서도 누구보다도 못지않은 망국한을 가졌다는 점이다.

예를 들어 「낙화」라는 작품을 보면,

꽃이 지기로소니
바람을 탓하랴.

주렴 밖에 성긴 별이
하나 둘 스러지고

귀촉도 울음 뒤에
머언 산이 다가서다.

촛불을 꺼야 하리
꽃이 지는데

꽃 지는 그림자
뜰에 어리어

하이얀 미닫이가
우련 붉어라.

묻혀서 사는 이의
고운 마음을

아는 이 있을까
저허하노니

꽃이 지는 아침은
울고 싶어라.

꽃이 질 때 꽃 속에서 묻혀 사는 인생을 그 누가 알까 저어하고 있다. 세상이 더러운 왜정 말기의 변조 속에서 사는 사람을 아는 이가 있을까 저어하였으니, 현세적인 것이라기보다는 오히려 그것을 뛰어넘어 영원을 바라다보는 정신으로서, 세상과 보조를 같이 취할 수 없는 은사隱士의 망국한의 설움이 면면히 오는 작품이다.

이와 같이 조지훈의 시의 특색으로 불교의 선적인 것에다 우리나라 고유의 고전적인 미 그리고 망국한 등 이런 것이 착색되어 그의 자연은 꾸며져 나왔다.

박두진의 시

1916년 경기도 안성 출생. 아호는 혜산ㅋ山. 『문장』지 추천으로 시단에 등장. 해방 전엔 회사원 생활을 하다가 해방 후 『학생계』 주간, 연세대 교수 등을 지냈다. 시집으로는 『청록집』(3인 합저), 『해』, 『오도午禱』, 『박두진 시선』 등이 있다.

박두진 시의 특색은 한마디로, 기독교 『성경』의 신약과 구약 중에서 구약적인, 고대 이스라엘적인 양명성이라고 할 수 있을 것이다.

그래 그의 자연은 그리스적인 전통에 의거하는 아기자기한, 템포 빠른, 율동이 센, 고민이 상당히 많은, 운명적인 것으로 파악한게 아니라 기독교적인 자연, 그중에서도 구약적인 별다른 자연으로서 표현하고 있다.

솔로몬 왕의 「아가雅歌」―'향기로운 산 위에 노루와 작은 사슴같이 있을지니라'에서와 같이 고대 이스라엘적인 유일신적인 조화의 자연으로서, 일종의 에덴적 이상으로 온갖 현실의 즐거움을 떠나 자연과 동화해야 한다는 것이다.

「해」, 「청산도靑山道」 같은 작품은 그 좋은 예일 것이다.

해야 솟아라. 해야 솟아라. 말갛게 씻은 얼굴 고운 해야 솟아라. 산 넘어 산 넘어서 어둠을 살라 먹고, 산 넘어서 밤새도록 어둠을 살라 먹고. 이글이글 앳된 얼굴 고운 해야 솟아라.

달밤이 싫여. 달밤이 싫여, 눈물 같은 골짜기에 달밤이 싫여, 아무도 없는 뜰에 달밤이 나는 싫여…….

해야, 고운 해야. 늬가 오면 늬가사 오면, 나는 나는 청산이 좋아라. 훨훨훨 깃을 치는 청산이 좋아라. 청산이 있으면 홀로래도 좋아라.

사슴을 따라, 사슴을 따라, 양지로 양지로 사슴을 따라 사슴을 만나면 사슴과 놀고,

칡범을 따라 칡범을 따라 칡범을 만나면 칡범과 놀고…….

해야, 고운 해야. 해야 솟아라. 꿈이 아니래도 너를 만나면, 꽃도 새도 짐승도 한자리 앉아, 워어이 워어이 모두 불러 한자리 앉아 앳되고 고운 날을 누려 보리라.

말할 것도 없이, 이것은 서로 가지런히 의좋게 해함이 없이 살아나가는, 구약 창세기에 나오는 에덴적인 자연임을 알 수가 있다.

솔로몬의 노래나 다윗의 노래에서와 같이 충분히 양지바른 고대 이스라엘적인, 다시 말해 양명성을 볼 수 있는 작품으로 「청산도」라는 시도 대표작 중의 하나이다.

산아. 우뚝 솟은 산아. 철철철 흐르듯 짙푸른 산아. 숫한 나무들. 무성히 무성히 우거진 산마루에, 금빛 기름진 햇살은 내려오고. 둥둥 산을 넘어, 흰 구름 건넌 자리 씻기는 하늘. 사슴도 안 오고 바람도 안 불고, 넘엇골 골짜기서 울어 오는 뻐꾸기…….

산아. 푸른 산아. 네 가슴 향기로운 풀밭에 엎드리면, 나는 가슴이 울어라. 흐르는 골짜기 스머드는 물소리에, 내사 줄줄줄 가슴이 울어라. 아득히 가 버린 것 잊어버린 하늘과. 아른아른 오지 않는 보고 싶은 하늘에, 어쩌면 만나도 질 볼이 고운 사람이, 난 혼자 그리워라. 가슴으로 그리워라.

띠끌 부는 세상에도 버레 같은 세상에도 눈 맑은, 가슴 맑은 보고 지운 나의 사람. 달밤이나 새벽녘, 홀로 서서 눈물 어릴 볼이 고운 나의 사람. 달 가고, 밤 가고, 눈물도 가고, 틔어 올 밝은 하늘 빛난 아침 이르면, 향기로운 이슬밭 푸른 언덕을, 총총총 달려도 와 줄 볼이 고운 나의 사람.

푸른 산 한나절 구름은 가고, 골 넘어, 골 넘어, 뻐꾸기는 우는데 눈에 어려 흘러가는 물결 같은 사람 속, 아우성쳐 흘러가는 물결 같은 사람 속에, 난 그리노라. 너만 그리노라. 혼자서 철도 없이 난 너만 그리노라.

이 무성한 푸른 수풀인 청산은 철철 기름져서 퍼붓는 햇볕에 건전한 애인같이 되어 있다. 구약의 솔로몬의 사랑 노래같이 아주 건전한 노래이다.

이런 것이 그의 자연의 특성을 이루고 있는 것으로, 일정 말기에 인간이 유지해야 할 건전한 감각을 현재의 설움에 마비되지 않고 그대로 유지한 것을 볼 수 있는데, 당시 불여의한 세태에서 이렇게 감각을 유지하기란 대단히 어려운 일이었던 것이다.

박목월의 시

1916년 경북 경주 출생. 본명은 영종泳鍾. 대구 계성학교 졸업.
이화여고 교사, 한양대 교수를 지냈다. 『문장』지의 추천으로
시단에 등장. 시집으로 『청록집』(3인 합저), 『산도화』, 동요집
『초록별』, 『호랑나비』, 『박영종 동요집』 외에 논저 『문장강화』
등이 있다. 개화 후 우리나라 동시를 개척한 대표자이다.

목월 시의 특색은 한마디로 말해서, 우리나라의 고유한 정서를 소
재로 하고 있는 가운데 특히 남방적인 향토정서를 표현하는 데에 장
점이 있다고 할 것이다.

그런데 우리가 흔히 고유의 민족 정서니 향토정서니 하는 말을 쓰
는데, 이것은 좀 생각해야 될 문제다. 대개는 밑도 끝도 없이 쓰는 수
가 있지만, 여기서는 그래도 한 정신적인 경영으로서의 시에서 그렇
게 쓰일 수는 없는 것이니, 우리나라에서 소위 남방 향토정서니 북
방 향토정서니 하는 것이 각각 어떤 특질들을 가지고 있느냐, 특히
남방 향토정서란 무엇이냐를 말해야 할 것 같다.

남방 향토정서에는 여러 가지 요소가 있겠지만, 그중에서도 일종
의 풍류 정신 즉 여유 있게 사물에 구애되지 않고 사물 밖에 초연해
있는 정신이 중요한 요소를 이루고 있다.

그래 대개 살림에 파산한 사람이 비뚤어짐 없이 툭툭 털고 일어나 산수 간에 몸을 의탁하는 따위는 남도에 끈질기게 있는 것이다.

다시 말하자면 그런 살림살이의 파괴됨에 절망하지 않고, 쓰러져 버리지 않는 처사적인 생활 말이다. 한산인부閑散人夫니 혹은 낭인浪人이니 하는 사람들의 생활 속에도 이 정신은 들어 있었다.

대개 이런 것이 그 특색이라고 하겠는데, 이것은 신라의 화랑도에서 전승되어 내려온 것이 아닌가 생각된다. 문헌 이외의 그 배면에 자자손손이 생활을 통해서 내리 계승되어진 것이리라.

이것 외에 청승맞은 점도 고려·이조 이후에 전승된 것으로, 그 속에서 여성적인 점으로 흘러내려 오고 있다.

그의 이러한 남방 정서의 풍류 정신을 풍겨 주는 시편 가운데 제일 대표적인 것은 「나그네」일 것이다.

강나루 건너서
밀밭 길을

구름에 달 가듯이
가는 나그네

길은 외줄기
남도 삼백 리

술 익는 마을마다

타는 저녁놀

구름에 달 가듯이

가는 나그네

한 편의 묵화 같은 간결한 시이다.

나룻목이 있고 그 건너 밀밭이 있는데, 그 사이를 나그네가 달같이 느릿느릿하게 더군다나 숨었다 나왔다 하는 구름에 싸인 달같이 남도 길을 걸어가는데, 술 익는 향기가 저녁놀의 선연한 색채와 어울려 있다.

유장한 사물에 구애받지 않는 자연을 즐기는 것으로, 화랑도의 유오산수遊娛山水 정신이 우리나라 사람들의 마음속에 은연중 전해 내려온 표현일 것이다.

서양인에게는 설움의 절망이 극복하기 힘든 것이지만, 동양 사람에겐 그런 것쯤은 툭툭 털고 일어서는 사물에 초연한 기질이 있다.

이와 같이 사물에 구애되지 않는 낭인적인 정서가 흐르고 있으나, 이 외에도 자연과 더불어 지내는 즐거움을 표현한 작품은 그의 시의 많은 면적을 차지하고 있다. 박두진·조지훈과 아울러 이들 셋을 소위 청록파靑鹿波 3인이라 하는데, 이 말 가운데 '록鹿'은 아마 박목월에게서 세계 풍겨 오는 것이 아닌가 한다. 「산도화」라는 작품에서도 '사슴'이 등장하고 있으니, 그것을 보기로 하자.

산은
구강산
보랏빛 석산

산도화
두어 송이
송이 버는데

봄눈 녹아 흐르는
옥 같은
물에

사슴은
암사슴
발을 씻는다.

여기에는 사람은 하나도 없다. 사람은 비어 있다. 대개 사람의 일
을 겸하는 것이 보통인데, 기껏 움직이는 것이 있다면, 산도화 두어
송이가 벌고 있고 순하디순한 암사슴이, 그것도 가만히 발을 씻고
있을 정도이다.

유순한 생명과 유장한 자연과의 조화가 잘 나타나 있는 것이다.

거듭 말하면 서양의 그리스 신화적인 자연은 대개 강물의 정령,

발랄한 생명의 율동이 도약적인 데 반하여, 여기에 나오는 자연은 움직인대야 겨우 산도화 하나가 피려 하는데, 그것도 눈에 잘 띄는 성질의 것은 못 되며 암사슴이 하나 처사연히 있을 따름이다.

그러나 그의 자연 역시 당시 일정 말기의 특수한 현상으로서의 한 즉 망국민으로서의 한이, 조지훈과 마찬가지로 그의 자연에도 착색되어 있다. 그런 시편으로 「산이 날 에워싸고」가 있다.

산이 날 에워싸고
씨나 뿌리며 살아라 한다
밭이나 갈며 살아라 한다

어느 짧은 산자락에 집을 모아
아들 낳고 딸을 낳고
흙담 안팎에 호박 심고
들찔레처럼 살아라 한다
쑥대밭처럼 살아라 한다

산이 날 에워싸고
그믐달처럼 사위어지는 목숨
구름처럼 살아라 한다
바람처럼 살아라 한다

아주 민요 같은 작품이다.

산속에 잠겨서, 망국민이기 때문에 사람과 사람 사이의 일은 다 끝났으니, 땅이나 보고 살 수밖에 없다는 것이니, 이것은 의지가지 없는 망국민으로서의 설움이 아니고 무엇이랴. 자연에 의거처를 삼아서, 자연에 가탁해서 나온 시인 것이다.

끝의 구절이

구름처럼 살아라 한다
바람처럼 살아라 한다

이것은 역시 앞서도 말한 바 있는 풍류적인 표현, 즉 유장한 남방 정서의 표현이 잘 나타난 작품이라고 하겠다.

요컨대 박목월은, 같은 자연에 의거처를 삼았지만 조지훈이나 박두진과는 달리, 남방의 향토정서를 잘 표현했다는 데에 그의 특색이 있다.

한마디 첨가해 두어야 할 것은, 이 자연파 시인들의 특성은 어디까지나 그들의 해방 전의 시 즉 『청록집』을 가지고 말한 것이어니와, 해방 후 그들은 상당히 변화를 많이 보이고 있다는 점이다. 그래서 여기서 말한 것은 어디까지나 해방 전의 자연파란 뜻으로서이다.

윤동주와 그의 시

1917년 북간도 명동촌 출생. 연희전문 문과를 거쳐 일본 도지샤 대학에서 수학 중 조선독립운동을 했다는 죄명으로 일본 경찰에 피검. 2년 형의 언도를 받고 후쿠오카 감옥에서 복역 중 1945년 2월에 옥사. 유고 시집 『하늘과 바람과 별과 시』가 있다.

　　윤동주 시의 특질은 상징주의라기보다는 이미지스트 즉 사상寫象의 미를 그리는 것이었다. 물론 상징주의의 영향을 많이 받아서 이와 같은 사상을 잘 나타냈다고 보는데, 이상李箱과 아울러 그의 시에서는 시상의 구체적 파악을 현저히 볼 수가 있다.

　　윤동주는 특히 독일 시인 릴케와 프랑스 시인 잠 등의 20세기 상징주의 시인들을 상당히 좋아하였다.

　　프랑시스 잠은 목가牧歌의 시인이었고, 라이너 마리아 릴케는 만유신비자로서 신의 존재를 바로 이웃에 느끼고 신의 분신인 사물을 사랑으로써 이해했으니, 마치 연장자가 자기 가족의 후대를 사랑하듯 사물을 이해했던 것이다.

그의 이러한 사상의 아름다움을 엿볼 수 있는 작품으로 「소년」을
보고자 한다.

여기저기서 단풍잎 같은 슬픈 가을이 뚝뚝 떨어진다. 단풍잎 떨어
져 나온 자리마다 봄을 마련해 놓고 나뭇가지 위에 하늘이 펼쳐 있다.
가만히 하늘을 들여다보려면 눈썹에 파란 물감이 든다. 두 손으로 따
뜻한 볼을 쓸어 보면 손바닥에도 파란 물감이 묻어난다. 다시 손바닥
을 들여다본다. 손금에는 맑은 강물이 흐르고, 맑은 강물이 흐르고, 강
물 속에는 사랑처럼 슬픈 얼굴―아름다운 순이의 얼굴이 어린다. 소년
은 황홀히 눈을 감아 본다. 그래도 맑은 강물은 흘러 사랑처럼 슬픈 얼
굴―아름다운 순이의 얼굴은 어린다.

이 시는 두말할 것도 없이 소년의 심상, 소년의 한 폭의 아름다운
마음속 그림을, 소년이 가지고 있는 미묘한 마음의 뉘앙스를 잘 그
린 것이다.
이 시에는 좋은 상징의 성공이 보인다.
사랑의 신비하고도 낭만적인 동경에 사는 소년의 손금에는 강물
이 흐르고, 강물 속에 순이가 어리고 하여, 아직 발현되지 않은 신비
속에 황홀의 눈을 감고 있는 소년의 사랑의 상이 보인다.
한 폭의 이미지의 그림으로서 대단히 아름답다.
그의 대표 작품으로 「별 헤는 밤」이 있는데,

계절이 지나가는 하늘에는
가을로 가득 차 있습니다.

나는 아무 걱정도 없이
가을 속의 별들을 다 헤일 듯합니다.

가슴속에 하나 둘 새겨지는 별을
이제 다 못 헤는 것은
쉬이 아침이 오는 까닭이요,
내일 밤이 남은 까닭이요,
아직 나의 청춘이 다하지 않은 까닭입니다.

별 하나에 추억과
별 하나에 사랑과
별 하나에 쓸쓸함과
별 하나에 동경과
별 하나에 시와
별 하나에 어머니, 어머니,

어머님, 나는 별 하나에 아름다운 말 한마디씩 불러 봅니다. 소학교
때 책상을 같이했던 아이들의 이름과, 패, 경, 옥 이런 이국 소녀들의
이름과, 벌써 애기 어머니 된 계집애들의 이름과, 가난한 이웃 사람들

의 이름과, 비둘기, 강아지, 토끼, 노새, 노루, 프랑시스 잠, 라이너 마
리아 릴케, 이런 시인의 이름을 불러 봅니다.

이네들은 너무나 멀리 있습니다.
별이 아슬히 멀듯이,

어머님,
그리고 당신은 멀리 북간도에 계십니다.

나는 무엇인지 그리워
이 많은 별빛이 내린 언덕 위에
내 이름자를 써 보고,
흙으로 덮어 버리었습니다.

딴은, 밤을 새워 우는 벌레는
부끄러운 이름을 슬퍼하는 까닭입니다.

그러나 겨울이 지나고 나의 별에도 봄이 오면
무덤 위에 파란 잔디가 피어나듯이
내 이름자 묻힌 언덕 위에도
자랑처럼 풀이 무성할 게외다.

이 시는 일정 말기 청운의 뜻을 품고 일본에 유학한 청년의 애정과 향수를 표현한 작품이다.

지배국 일본에 가 있는 청년이 모든 것이 박탈된 고국에 있는 자기와 친하던 사람들을 생각하며, 별을 헤면서 그 하나하나의 별에 그 이름들을 담고, 자기 이름을 흙에 파묻고, 이후에 풀이나 푸를 앞날을 생각하고 있다.

이 시는 일정 치하의 젊은 우리들의 정신의 한 상징이라고 볼 수 있다.

릴케풍의 상징주의의 영향이 보이는 좋은 사상력寫象力으로써 이 특수한 때의 특수했던 나라의 젊은이가 아니면 가질 수 없던 극단의 고독과 체념과 애정을 형상화하고 있다.

그는 겨우 해방 후 정음사에서 펴낸 『하늘과 바람과 별과 시』라는 유고시집으로 비로소 알려진 시인인데, 작품 모두가 해방 전 것이어서 역시 해방 전 시인군에 들어가게 되며, 그의 시는 이미지 구성의 미의 신경지를 개척하고 있다.

산모퉁이를 돌아 논가 외딴 우물을 홀로 찾아가선 가만히 들여다봅니다.

우물 속에는 달이 밝고 구름이 흐르고 하늘이 펼치고 파아란 바람이 불고 가을이 있습니다.

그리고 한 사나이가 있습니다.
어쩐지 그 사나이가 미워져 돌아갑니다.

돌아가다 생각하니 그 사나이가 가엾어집니다.
도로 가 들여다보니 사나이는 그대로 있습니다.

다시 그 사나이가 미워져 돌아갑니다.
돌아가다 생각하니 그 사나이가 그리워집니다.

우물 속에는 달이 밝고 구름이 흐르고 하늘이 펼치고 파아란 바람이
불고 가을이 있고 추억처럼 사나이가 있습니다.

이 「자화상」이란 시를 보면, 그는 무척 내성적인 감성과 지성의
시인이었던 걸 알 수 있다. 또 자연만이 그의 최후의 의거처였던 것
도 보인다. 그는 자연이 주는 거울인 우물에 비친 자기 얼굴을 스스
로 불쌍하다고 하고 있다. 그립기는 그리운데 불쌍하다고 하고 있
다. 이 일정 말기의 마지막 젊은 시인의 자화상은 그의 일본에서의
옥사와 함께 생각할 때 우리로 하여금 그대로는 정시치 못하게 하는
것이 있다.

1965~1966년의 시

이것은 1965년 11월부터 1966년 12월까지 필자가
어느 일간지에 발표한 시단 월평 중 일부를 추려
옮겨 놓은 것이다. 그때그때의 일반적인 동향과
특기할 만한 작품들이 지적되어 있으므로, 일종
시사적 의의가 있겠다고 생각하여 여기에 실었다.

1965~1966년의 시

1

'포에지'(시정신)가 '컨셉션'(개념)하고 다르다는 것은 시를 하는 사람이면 무엇보다 먼저 자각해 알아야 할 일이다. 근래 우리 시단의 상당한 수의 시인들은 포에지를 개념으로 대치해 내놓는 기괴한 현상을 보이고 있다.

폴 발레리는 그의 '순수시론'에서 언어의 직능을 두 가지로 나누어, 그 하나는 일상생활어의 경우 '의미 전달의 직능'이라 하고, 다른 하나는 시어의 경우 '감동 전달의 직능'이라고 했다. 이것은 서양의 시가 전통적으로 고대 그리스 이래 현대에 이르도록 지녀 온 그 포에지의 뜻하는 바를 잘 식별해서 바르게 한 말이다.

우리가 일상생활에서 많이 사용하는 말들이란 단순히 사물에 대한 개념으로서 짜지는 의미만을 전하면 되는 것이지만, 원래부터 예술인 시의 언어들은 감동을 주로 하는 것이 아니어서는 안 된다는 견해는, 포에지의 특징이 어떻게 있어 왔는가를 아는 사람이면 누구나 곧 수긍할 수 있을 것이다. 일상 사용어의 경우뿐 아니라 철학, 법학, 정치학, 수학 등의 이론 학문들에 있어서도 사용하는 것은 그 개념이라는 것들이다. 그리고 개념은 어느 경우에나 이성만으로 마련해 온 것으로 이것은 논리를 통해서 전개되어 왔다.

그러나 포에지 즉 시정신은 그런 개념이라는 것과 자고로 다른 특질을 가지고 지금까지 나타나 온 것으로서, 이것은 주지적인 경우라 할지라도 '시적 감동'과 아주 별립해서 성립한 예는 없고, 또 개념과 같이 논리를 통해서가 아니라 시적 감동이라는 것의 성질에 잘 알맞은 '상상'이라는 통로를 통해서만 성립해 온 것이다.

그런데 최근의 우리 시인의 상당수는 웬일인지 포에지에서 감동을 아주 떼어 버리는 대신 개념적 의미로 그 자리를 메우고, 상상의 통로를 통하는 대신 논리의 또 다른 한 요소인 역설의 이론 속에 기울어져 있는 것 같다. 이미지들을 시의 알맹이로 하여 시인의 시적 감동을 상상시켜 독자에게 전달해 온 포에지의 전통에서 이탈하여, 심리학적 철학 부문의 추상 개념어를 알맹이로 하여, 이것을 역설의 이론을 통해 독자의 지적 이해력에 의미 전달만 하고 말려는, 철학에의 기형적 더부살이의 길을 택하고 있는 것이다.

요구를 결국은 이해로만 따져 온 계통 있는 산만으로 감화感化를 징수하는 방법이 된 평범성이란……

이것은 국민학교 교사인 문학청년이 최근 필자가 관계하는 독자 시란에 응모해 온 것이다. 이만큼 이런 식으로 '의미의 시'라는 것이 널리 유행하여 아직 시단인詩壇人 아닌 문학청년 사이에서도 다량으로 쓰여지고 있다는 것을 보이기 위해 인용하였다. 이것은 어찌 되자는 오해인가? 이렇게 시를 쓰기라면 그거야 가장 쉬운 일이 아닐 수 없다. 포에지를 따로이 가질 필요조차도 없어지고 말 것이다. 조그만 철학 소사전 하나만 있다면 이런 추상 개념의 역설적 '노끈 꼬기'쯤은 어느 사자생寫字生이라도 능히 해낼 일이니 말이다.

시와 문학을 전 문단인을 상대로 전문으로 하고 있는 1965년 11월의 세 잡지—『시문학』과 『현대문학』, 『문학춘추』 등에서 포에지의 입장에 서는 것이 된다고 생각되는 시편들 중의 약간에 대해 아래 몇 마디의 의견을 붙여 볼까 한다.

먼저 『시문학』지에서—
김웅섭의 「국어의 주인」은 이달 세 잡지의 총 생산품 가운데서는 시가 가져야 하는 상상의 미라는 것을 가장 잘 자각하고 쓴 시인 것 같다. 씨의 이미지들의 선명한 조화의 아름다움에 대해서는 전에도 필자가 언급한 바 있거니와, 「국어의 주인」에서도 그건 상당히 아름답게 짜여져 있다.

돌은 한국의 향기를 뿜고

아침은 한국의 김을 피우고

하늘은 한국의 침묵을 닮고

……(중략)……

지금은 열무김치 맛이 들 무렵

네 이빨은 푸르다

가난한 새여

……(하략)……

이상의 것만 가지고도 이달 세 잡지 시들 중 백미가 된다는 것은 필자만의 독단은 아닌 줄로 안다.

다음은 『현대문학』지에서―

유경환의 「일식日蝕」―이것도 포에지의 감정과 상상 위에 서리는 시임엔 틀림없다. 아니, 우리는 시의 독자로서 그의 포에지의 입장의 확실성 때문에 그쪽으로 몸을 기울이기까지 한다. 그러나 다 읽고 나서 우리가 느껴야 하는, 일곱 달이나 여덟 달짜리의 유산流產을 보는 것 같은 감개는 무엇 때문인가? 그것은 시인이 가져야 할 가장 귀중한 것의 하나인 시 잉태자의 인내를 끝까지 해내지 못하고 흐지부지하는 정신 상황을 겸해 가지고 있기 때문이다. 시의 눈 즉 그 초점도 좀 더 뚜렷했어야 할 것이다.

마지막으로『문학춘추』에서—

김현승의「희망에 붙여」에는 씨가 근년 한동안 일삼아 오던 그 은밀한 설교 조와 예언 조에서 벗어나는 것이 보이는 건 동경同慶할 일이다. 그러나 이 시에는 좀 더 상상의 비약이 필요할 것 같다.

김용호의「이 가을도」에는 시정신의 성실성 대신에 제스처가 많이 드러나 보인다. 그런데 그 제스처도 어느 부분은 근사하기도 하나, 어느 부분은 아직도 많이 유치하다. 시에서 '모더니티'를 갖는다는 일이 시정신의 성실성과 별립할 필요는 없는 일이라고 생각한다.

다음 조병화의「조국 3」. 씨의 시의 어풍엔 그의 처녀시집 이래의 좋은 특징이 있다. 그것은 한국어의 특수한 묘미이다. 그러나 너무 많이, 또 너무 빨리 쓰느라고 허하게 수다를 떠는 것이 있다. 우리는 시어를 다루는 사람으로서는 만년 습작의 문학청년과 같아야 하지 않을까?

이 밖에 박기원, 이인석, 김종삼, 박성룡, 고은, 고원, 정공채, 성춘복, 김지향, 정진규, 김해성 등 제씨도 주목할 만하였다.

2

우리가 한 편의 시를 쓰기 위한 시상詩想을 이루어 가지는 경우, 문자 표현에 앞서 먼저 시의 독자를 염두에 두어야 하는데, 이 예상된 시의 독자는 민주 선거의 다수표와는 달라서 시적 감동의 발광력을 감수感受할 수 있는 일부 소수의 제한된 층에 한정된다. 이 한정된 층이라는 것은 비교적 가까운 비유로 말하자면 예수 그리스도의 열두 사도와도 방불한 것이어서, 예수의 말씀이 열두 사도를 통해서 일반 민중에게 보급되기 비롯했듯이, 시도 별로 많지 않은 어떤 한정된 독자층을 통해서만 일반에게 이해시켜지기 마련인 것이다. 초판 2백부의 판매도 어려웠던 말라르메 시집과 그 애독자 폴 발레리의 관계를 생각해 보라.

그러나 시가 이렇게 한정되고 정선된 독자를 가지고 첫 출발을 해서 세상에 나가는 것인 만큼, 시를 쓰는 사람이 가장 많이 마음 써야 할 것은, 그 예정하는 정선된 독자의 시 수용 능력에 대한 외경이라야 할 줄 안다. 예수도 열두 사도에 대해서는 발까지 씻어 주었다. 이 한정되고 정선된 층까지 넘보고 넘어가려는 시인이라면 따로이 시를 발표할 필요도 없을 것이다.

그런데 이런 정선된 소수 독자마저 넘보는 시 행위 중에서도 가장 딱한 것은 시인 측에서의 시상 탐구의 퍼센티지가 모자라는 중도 폐지가 아닐까 한다. 곧 누가 보아도 아직 덜 익은 시상을 가지고 재빠르게 표현에 성큼 나서 버린 경우다.

이러한 미숙한 시상을 문자화하는 초조는 이달(1966년 정월)의 시에서도 많이 눈에 뜨인다.

이 '덜 익은 시상'의 느낌은 금년 각 신문의 신춘문예 시들에서도 거의 두루 느껴지는 일이었다.

이가림의 「빙하기」(동아일보), 노익성의 「횃불의 노래」(경향신문), 조상기의 「밀림의 이야기」(중앙일보), 권오운의 「빗속에 연기 속에」(조선일보), 채규판의 「바람 속에 서서」(한국일보)는 두루 시의 좋은 자질을 많이 가지면서도, 신문 응모에 바빠서 그랬는지 시상 자체가 무언가 좀 더 탐구되었더라면 하는 안타까움을 느끼게 했다. 지엽의 소시상들에서는 상당히 능력을 보이면서도 시 전체의 초점이 두루 박약한 것도 시상 탐구의 중도 폐지에서 오는 일로 보인다.

또 이번 신춘문예 시의 대다수가 이끌고 나가는 시 언어의 너무나 매끄러운 흐름도 각자 많이 스스로 경계해야 할 줄 안다. 너무 매끄러이 달린다는 것은 사물의 옆을 '개 바위 지나가 버리듯' 하는 공전空轉이 되고 말기도 쉬운 일이니까.

한국일보와 서울신문 두 군데서 당선한 문효치의 「산색山色」과 「바람 앞에서」 두 작품을 얻은 것은 이달 시의 좋은 수확이었다. 쓰잘 데 없는 민족적 열등의식 때문에 내던져져 있는 우리 민족 정서의 구석진 데를 탐색하여 이만큼 한 치밀을 이루기도 참으로 어려운 일이라고 생각되니 말이다.

『현대문학』과 『문학춘추』와 『시문학』 정월 호에서 이원수의 「만목」 외 1편과 신동집의 「마네킨」, 최승범의 「호접도」, 이탄의 「정원」

외 1편, 김광섭의 「겨울밤 방 안의 정경」, 장호의 「시골 정거장에서」, 고원의 「붉은 종말」, 박희선의 「심야의 목련」, 박목월의 「의상」, 이우종의 「춘향이 가슴」, 김기수의 「밤비」 등의 작품이 언어예술품으로서 이야기될 만한 것이라 생각된다.

이원수의 「만목蔓木」과 「햇볕」 두 편 중 시의 품수를 따라 나는 「햇볕」을 취한다.

> 멀리 있어 보고픈 아이
> 가 버려서 슬픈 어머니
> 아득한 먼 곳에서
> 애타게 더듬어 나를 만져 주시는가.

이런 언저리의 햇볕의 느낌의 형상화는 잘된 줄 안다. 이원수는 동시인童詩人으로 자기를 국한하지 말고 그냥 시의 이름으로 작품을 보여 주는 게 좋겠다.

신동집의 「마네킹」—원래 실력가이니까 이렇게 써도 무난하긴 하나, 예술적 구성이 주는 묘미가 보인 느낌이다. 현대시가 시의 형용 수식에 진절머리를 내서 그것들을 팽개쳐 버리는 것까진 좋으나, 구성은 역시 묘미 주는 구성이라야 하지 않을까?

최승범의 「호접도蝴蝶圖」─언어예술임엔 틀림없으나 무에 좀 더 달든지, 더 쓰든지, 더 뜨겁든지, 더 차든지 했더라면 좋았겠다.

이탄의 「정원」과 「어머니」는 이달의 역작이 불가불 안 될 수 없었다. 그러나 씨는 시 상상의 전개에 연관상의 필연성을 확신해서, 우리에게 전달하느니보단 오히려 우리에게 주저를 상당히 주는 개연성에 의존하는 점이 눈에 띄어, 어느 정도의 위험을 느끼게 하고 있다.

김광섭의 병상의 형이상적 특수 체험이 담긴 「겨울밤 방 안의 정경」 속에는 중병에도 육십에도 밤 밝혀 형형히 떠 있는 시인의 눈이 노리고 있어 아찔한 느낌이다. 그러나 이 작품은 이 시인이 어서 쾌유하여 다시 손을 대야 할 것 같다. 시와 건강도 불가분리의 관계에 있는 것이니까.

장호의 「시골 정거장에서」─

탱자 껍질같이 차가운 하늘
안테나 촉수같이 떠는 공기
오후 다섯 시의
비행장 가까운
어느 시골 정거장.

이렇게 시작되어 나가는 이 사십대의 감각 능력은 현대이기에, 또 여기가 우리나라이기에 더욱 귀하다. 현대의 복잡다단 속에서 시인이 타력惰力으로 처지지 않으려면, 무엇보다 먼저 현대를 가감할 수 있는 감각 능력부터 유지해 가져야 할 것이다.

고원의 「붉은 종말」은 마지막 절이 좀 용두사미의 느낌을 준다. '붉은 종말'이란 추상 개념 대신에 효과적인 구상을 찾는 것이 순서일 것 같다.

박희선의 가작佳作 「심야의 목련」은 초점력이 좀 더 세었더라면 좋았겠다.

박목월의 산문시 「의상衣裳」의 구성은 잘된 것이다. 씨의 이 시는 우리나라 산문시의 한 새 모양을 보이는 것이라고 나는 생각한다.

이우종의 「춘향이 가슴」은 정형시에 잘 다져 낸 솜씨라 먼저 허구虛句가 안 보여 좋다. 또 현대적 기지라는 것도 꽤 능숙하게 섞어 어색을 면하고까지 있다. 그렇지만 '사랑을 밀수하던 / 끈적이는 가슴하고' 언저리는 뭔지 춘향이 값이 좀 떨어지는 느낌이 드니 웬일일까? '밀수'란 말의 인상은 여기에선 좀 재고해 봄이 좋을 듯하다.

3

'등하불명燈下不明'이란 말이 있듯이, 우리는 우리에게 제일 가까운 일을 깜빡 잊어버리고 자각하지 못하기가 예사인 것 같다. 우리 상당수의 시인들이 최근 시와 산문문학의 차이를 고스란히 망각하고 시를 써내고 있는 것도 그 일례이다.

시가 산문문학과 다른 점은 형식적으로 운율을 밟는 데도 있지만, 그보다 더 근본적인 중요한 차이점은 시가 언제나 전형적인 이미지들을 사용해 온 점에 있다. 산문문학은 아무래도 상황의 구체상을 묘파해야 하는 것이니까 온갖 유형의 나열을 다 해내야 한다. 그러나 시는 산문문학이 하는 그것을 다 하지 않는 대신 그중에서 정선해 낸 전형적인 이미지들을 효과적으로 구성하여 산문문학 이상의 성과를 거두려 한다.

그러러면 이미지의 정선과 아울러 또 하나 해야 할 일은, 어쩔 수 없이 언외의 묘미를 제공하는 시의 암시력의 부여이다. 시는 시에서 말하고 있는 것이 중요한 게 아니라, 하고 있는 말을 기초로 해서 구성해 내는 암시의 신기루에 아무래도 중점을 두어야 하는 것이다. 그렇기 때문에 시의 낱말 사이에 있어야 하는 것은 빈 공간이 아니라, 말보단 훨씬 더 큰 감칠맛을 갖는 암시의 매력들이라야 한다. 예부터 지금까지 시가 먼저 '주옥'이라야 한다고 해 오는 것은, 형식으로 잘 정리된 것이라는 뜻도 되지만, 근본적으로는 시가 이미지의 전형을 고르고, 그 이미지와 이미지 사이에 언외의 암시력을 풍부히 함유해야 하는 점을 강조해 한 말로 안다.

그러니 아무리 자유시나 산문시라 하더라도 그것이 산문문학의 부분품이 아니라 한 편의 시이려면, 전형적 이미지의 선택과 시의 언외의 암시력의 모색은 시가 그 첫 출발에서부터 단단히 각오해 가지고 나가야 할 것이다.

그러나 근년의 우리 시의 다수는 이 큰 두 개의 시의 필연마저 잘 자각하고 있는 것 같지는 않다. 어떤 이는 소설의 한 부분같이 시를 하기도 하고, 어떤 이는 희곡의 배경 설명같이 시를 하기도 하고, 또 어떤 지나친 외인꾼들은 철학적 수상의 한 부분같이 시를 하기도 한다. 또 최근에는 잠재의식 소설의 어떤 특수 부분의 보족적 주해같이 시를 하려는 경향도 늘어 가고 있다.

이달의 시들에서도 근년 우리가 정리하지 못한 채 가지고 온 이런 타력惰力들이 여전히 보였다.

물론 시정신을 어디에서 찾거나 그것을 탓하려는 게 아니다. 다만 시문학이 산문문학과 다른 점을 재인식하여, 시 경영사經營史가 가지는 전통적 장점을 좀 활용해 달라는 것뿐이다.

신동집의 「소한날」과 「앞산 마루에」(『문학춘추』), 「해 질 무렵에」(『현대시학』) 세 편 중 「소한날」을 좋게 읽었다. 이미지들의 잡다한 현재 상황들 속에서 전형될 걸 골라내려는 시의 바른 노력이 그에게는 있기 때문이다. 그러나 그 '언외의 암시력'이라 한다면, 이 작품도 좀 더 견디며 탐구를 더 해 좀 더 나은 효력을 빚어냈어야 할 것이었다. 어떻든 씨의 시의 진행은 1966년 2월의 작품들 중 가장 정밀한 것이었다.

황동규의 「태평가」, 「오백보 시」, 「뜰의 내부」(『현대문학』) 세 편의 시도 시정신의 성실성과 어풍의 독특한 묘미를 보이는 역작임엔 틀림없다. 특히 그의 동양적 애족愛族의 시름의 향방이 어떻게 발전해 갈 것인가에 대한 필자의 관심과 기대가 크다. 이 한국의 이십대가 가지는 예레미아풍의 시정신의 자세는 요새 세상에서는 첫째 희한한 일이 아닐 수 없다.

박태진의 「이 무렵」(『현대시학』)은 씨가 종전에 해 오던 서구적 정신 상태의 회삽晦澁들에 비해 우리 한국인에게 훨씬 잘 통할 수 있는 것이 되어 있다. R. G. 몰턴이 상징의 지역성에 대해서 말했던 게 기억난다. 시의 세계성의 지향이라는 것도 결국은 그 시인이 가장 익숙하게 길든 전통에 기초를 둘 때 비로소 가능하리라는 생각을 새로이 했다. 아마 씨는 내가 말하려는 것을 잘 짐작할 줄 안다.

마종기의 「연가10」(『현대문학』)은, 우연한 기회에 씨의 춘당 마해송 선생과 같이 읽게 되어 "어떠냐"고 묻기에 "재미있다" 하니, 씨의 춘당은 빙그레 웃고 있었다. 그걸로 보면 씨의 춘당도 동감이 없지는 않은 모양이었다. '총각 중위가 보낼 데도 없이 월부로 산 자수정 반지'에는 필자 역시 미소를 금하지 못한다. 그러나 위에서 내가 말한 시구들의 언외의 암시력이라는 걸 좀 더 넉넉히 만들어 가지도록 노력하면 좋겠다.

주문돈의 「전지剪枝」(『현대시학』)가 가지는 기지는 고품高品이라고도 할 수 있고 또 유능해도 보인다. 그렇지만 이건 너무나 간단하지 않은가. 한 개의 잎사귀가 아니라 그걸 또 몇 조각으로 나누어 놓은 것을 보는 느낌이다.

구자운의 「교외의 주택들」(『현대시학』)은 루오의 그림 속 건물들 같이 그 인접선에 하늘이 묻혀 있는 것까지는 알겠으나, 어떻게 묻혀 있는가 그 매력을 좀 더 잘 찾아서 우리한테 보여 주어야 되겠다.

강위석의 「샤리의 회상」(『현대시학』) 속에 뵈는 애견의 사신死身의 거름으로 돋아나는 봄나무의 잎사귀, 이것은 씨에게는 아마 처음 겪는 체험인 것 같아 보이나, 이런 것도 사실은 선경험자들이 많이 또 자세히 겪고 간 내용들 중의 하나다. 초경험자의 흥분은 시에서는 먼저 잘 가라앉혀야 될 것이다.

오경남의 「추일」(『현대문학』)의 '호박 덩굴로 뻗어 가는 송아지랑' 이런 이미지의 배합은 유니크한 시인의 눈이 보여 재미있다. 그렇지만 시의 정리는 좀 더 잘돼야 할 줄 안다.

4

『현대문학』 1966년 3월 호에서 박성룡의 「겨울 화병」, 김영태의 「한겨울의 증언」, 『시문학』지에서 마종기의 「꽃잎을 여는 시간에는」, 황동규의 「제왕의 깊은 그늘」, 『현대시학』에서 허영자의 「반려」―도합 다섯 편을 이달의 수확으로 골라 보았다. 그 나머지는 무어라 이야기할 만한 것이 되지 못하는 줄 안다.

박성룡의 「겨울 화병」은 허망한 것을 쓰지 않으려는 씨의 계속되는 시의 노력이 보이고, 또 그 구성도 묘를 얻은 것이라 하겠다. 그러나 볼륨이 이 시엔 아직 박약해 보인다. 도가니에 물을 길어 붓듯 하는 볼륨 충족의 노력을 좀 더 했어야 할 것이다.

김영태의 「한겨울의 증언」은 시의 볼륨을 충분케 하려는 노력은 좋으나, 이미지의 조립에서 그 연관의 필연성을 이루지 못하고 있는 곳이 보여 안타깝다.

밤마다. 나는
골반 속에 등피를 켠다.
두 눈에 파란 불을 켜고
두더지가 되어
벌거벗은 시계를 파먹는다.
어떤, 절대적인 눈에는

흰 언덕으로 굴러떨어지는
개미의 질주를
어리디어린 새야
증언하지 않으면 안 된다.

여기에서는 아무래도 작자는 독자의 시적 상상을 위한 연관의 필
연성을 다시 한 번 재고해 봤어야 할 줄 안다. 가령 쉬르레알리슴 시
의 경우, 그들의 상상의 비약적 전개가 시의 상상의 역사에 혁명적
기여를 한 건 사실이다. 그러나 그들의 돌비突飛한 상상들엔, 그래도
문득 신영토의 발견을 보는 것 같은 상상상의 의회점意會點은 늘 마련
되어 있었다. 그런데 위에 인용한 구절들에선 그 의회점을 영 찾을
수가 없다.

마종기의 「꽃잎을 여는 시간에는」은 조금만 더 표현의 장시간을
견디었더라면, 형이상적인 한 신국면의 교감을 오싹하게 우리에게
줄 뻔하였다.

천천히 그 꽃잎을 놓아 주는 환자
풀어진 손, 풀어진 눈.

이것을 에워싸고 있는 앞뒤의 이미지들이 좀 더 선명한 인상을 마
련해 가졌더라면 할 것을 그랬다.

황동규의 「제왕의 깊은 그늘」—

십만 평방킬로의 하늘
그 그림자 이마에 비치고
오 아프다
한식창 창살이
조명으로 등에 박힐 때

용상 위의 게으름은 지겨웁게 지나갔다지만
자유, 혹은 자유,
춘추서경도 페리클레스의 장례 연설도
갑돌이의 슬픔도
아직 해석되지 않은 채,

해석되지 말어라, 오래오래
들판에 나가 한없이
작은 들꽃을 뽑을 때
그 끊어진 뿌리에서
내게 아직 조금 남는 비린내.

　'동양적 공백'을 담은 이 소품은 작은 대로 틀림없이 이달 시의 수
확 중의 상품上品은 된다. 이 게으르고도 슬픈 유구悠久는 아닌 게 아

니라 멋이 있다. 그러나 문자들 중 '자유, 혹은 자유,' 같은 까부는 성분은 정말 필요한 것일까는 다시 한 번 생각해 볼 일 같다. 물론 그 좀 까부는 게 아졸하게 되었다는 말은 아니다.

허영자의 「반려伴侶」—그의 장점인 '연정의 간절성'을 나는 많이 귀히 여겨 오던 사람의 하나이다. 그런데 이 시에서는 그것이 그 전만큼 간절한 맛이 들어 있지 못한 것 같다. 늙고 병들었음인가. 씨의 경우는 누구보다도 늙고 병드는 일은 없어야 할 줄 안다. 연정의 시일수록 허구虛句는 금물이다.

5

사람에게 한 쌍의 눈이 있듯이 시에도 그것은 반드시 있어야 하고, 또 이 눈이 사람에게 가장 중요한 것이듯이 '시의 눈'은 시에서 제일 중요한 것이다. 그런데 우리 시들의 적지 않은 작품들은 거의 이 눈이라는 것을 지니지 않고 있거나, 가졌어도 아주 시력이 희부연 것을 가졌거나, 또 어떤 이는 이 눈을 여러 조각으로 분산하여 다수히 마구 뿌려 놓고 있기 때문에 눈의 효력을 잃고 있다.

우리가 우리 연인을 눈 맞추어 골라 가지듯, 시도 시의 눈을 가지고 몇몇 선택된 독자와는 눈을 맞춰야 할 것이다. 그런데 우리 시인들의 다수는 어떤 선택된 독자하고도 눈을 맞출 생각은 아예 폐기해 버린 듯이 보인다. 누구에게서도 외면해 버린 독백이나 방백으로 중

얼중얼해 버리고 말기로 작정한 것이 너무 많은 듯하다. 시의 고독이 필지必至의 것인 것도 사실이겠지만, 이렇게까지 되면 시란 이미 있을 필요가 없는 것이 되고 말 것이다. 단 한 사람에게 읽히기 위해서라도 우선 시는 시의 눈의 확실한 시력을 회복하고, 거기 무엇보다도 먼저 뇌쇄할 무슨 매력을 담아, 단 한 사람하고라도 눈을 단단히 맞추기로 작정하고 나서 볼 일 아닐까.

『현대문학』, 『문학』, 『시문학』, 『현대시학』지 1966년 5월 호에서 인상에 남는 작품으론 유치환의 「아꾸」, 문덕수의 「기다림」 외 1편, 김해성의 「봄」, 양채영의 「쪽문」, 김상옥의 「꽃과 도적」, 이철균의 「이승의 문턱을 넘을 때」, 박재삼의 「귀로에서」 등 몇 개에 지나지 않았다.

「아꾸」(『시문학』) ― 유치환.

1945년 해방되던 해던가, 내가 이 작자더러 '예술'을 좀 하라고 말했던 것이, 이 시를 보니 또 기억된다. 그때 그는 '예술보다 사상이 더 자기한텐 중요하다'고 했었는데, 그 고집은 여기서도 여전하다. 그리고 이 시가 만일 언어예술의 육신들을 좀 더 갖추어 가졌더라면 하는 내 안타까움도 여전하다. 그러나 그의 관점의 성실성과 확실성, 그것만으로도 섣부른 예술보다는 오히려 이달에도 뛰어나 보인다.

「기다림」 외 1편(『시문학』) ― 문덕수.

요즘 와서 문덕수처럼 시 예술을 하는 데 정진하는 사람도 드물 줄 안다. 두 편 중 짜임새로는 「꽃밭 속의 검은 벤치」를 택하거니와, 「기다림」속의 '가쁜 숨에 뼛골마저 잿가루로 삭아도 바닷속에 솟아오른 새벽 봉우리' 같은 곳의 세공細工도 이달 시에선 관주를 칠 만한 것이라고 생각한다. 뭐니 뭐니 해도 우리 시는 우선 세공부터 치밀하게 잘할 줄 알아야 한다. 다만, 두 편 다 시의 눈의 촉광이 좀 더했더라면 한다.

「봄」(『시문학』)―김해성.
복잡 미묘한 볼륨의 묘가 있는 것도 아닌 단순한 구성이긴 하지만, 그대로 이미지 배합의 잘된 조화가 이 시의 효력이 돼 있다. 이 방면에 서투른 사람들은 본받을 일이라고 생각한다.

「쪽문Wicket」(『시문학』)―양채영.
상상의 풍부한 비약적 전개의 습관을 보여 주어, 이 시인을 기대하지 않을 수 없다. 그러나 초점이 박약하고 끝이 싱거워서 섭섭하기 짝이 없다.

「꽃과 도적」(『현대시학』)―김상옥.
적게 골라 엮은 문학 속에 상옥의, 여전히 풍윤한 정서가 감돌고 있는 것은 반가우나, '화냥질하는 소첩 나무'라는 훈장 같은 입놀림은 좀 어떨까 한다. 모란을 보고 말이지.

「이승의 문턱을 넘을 때」(『현대시학』)—이철균.

구상적 이미지가 꼭 필요한 자리가 '단일의 내부' 라는 추상 개념어로 식민지화해 있지 않았더라면 이 시는 훨씬 빛났을 것이다. 작자는 이 식민지를 해방하여 본임자에게 돌려주려 헤매어 찾아다녀 볼 애정은 없는가?

「어느 날의 귀로」(『문학』)— 박재삼.

시의 초점도 뚜렷하고, 또 독자의 누군가를 믿어 직시하고 있는 점, 소품인 대로 이 달의 시 중에서는 독자로서 제일 믿을 만한 작품이었다. 그렇지만 너무 여위었다. 뼈다귀에 눈만 휑하니 한 쌍 박히어 있다. 부디 살 좀 찌도록 해내길 바란다.

6

이달(1966년 6월)에도 역시 생산된 대부분의 시는 단수필의 둘레를 헤매고 있다. 이것은 자유시나 산문시라는 명칭에 너무 편승하는 것으로 보인다. 시가 산문과 다른 점은, 또 한 번 말하거니와 시는 산문이 가지는 전 영역을 다 다룰 수 없기 때문에 그 극한의 요점만을 다루는 것이고, 그러기에 문자 사용도 전량 속에서가 아니라 극히 선택된 문자언어 체계만을 가지고 다루어야 하는 언어예술의 극치이다.

그러나 이달에도 발표된 대부분의 시는 산문의 단수필을 자유시형으로 줄을 나누어 놓았거나, 아니면 그냥 수필의 한 단면밖에 안 되는 것을 산문으로 나열해 놓았거나 한 데 지나지 않았다.

시는 문자가 적게 소요되고, 시인이라는 명칭은 잡지 신문에 한 여남은 번쯤 나면 굳어질 수 있는 것이라는 그런 '골라잡고 10원짜리' 식의 계산이 여기에도 등장하는 것인가 적이 염려스럽다.

시 한 편에 밤 11시부터 새벽 1시까지—단 두 시간의 노력을 담은 것 같은 작품도 거의 안 보인다. 대개가 대가의 일필휘호 같은 낙서들이다.

이달 『현대문학』지에 발표된 9편의 시 가운데 노력과 정진의 흔적을 찾는다면 김종삼의 「배음背音」 정도가 아닐까 생각한다.

어느 위치엔
누가 그린지 모를
풍경의 배음이 있으므로
나는 세상에 나오지 않은
악기를 가진 아이와
손 쥐고 가고 있었다.

여기에는 이 시인 독자의 탐구된 포에지가 있다. 그러나 이것도 어쩐지 우리말로선 거북한 시 언어 형성 이전의 노트를 그냥 그대로 보이고 있는 것만 같다.

유치환의 「바람」은 시의 에스프리의 눈이 무엇인가도 고려해 보지 않은 태작.

김현승의 「시의 맛」은 시의 감동의 맛을 톡톡이 본 사람 누구도 상식으로밖에는 더 볼 길 없는 걸 가지고 괜히 신바람 내 풀이해 대는 데 대한 하품을 어쩔 길이 없다.

정한모의 추상 유희의 서커스도 역시 보고 나서 돌아다보면 너무 싱겁다.

『문학』지에 도합 4가※의 시가 실렸다. 편집자가 시인을 정선해 싣느라 애쓴 흔적은 보이나, 여기에서도 기억될 것은 김상옥의 노력 정도이다. 시인 김상옥은 시조가 현대에서도 살 만한 것이라 하여, 3행시란 명칭으로 아껴 시작試作해 보였는데, 내 생각으론 그중에서 나은 것은 「지금쯤 어느 하늘」이 아닐까 한다.

그리운 이 그리워 지새던 그 많은 밤.
지금쯤 어느 하늘 별빛을 적시는고
귀밑엔 서리를 받고 나는 여기 있지만……

여기에는 3행에 충분히 해당될 만한 시의 상상의 모자라지 않는 조화가 있다. 그러나 딴것들엔 아직도 뭔지 다스려야 할 것들이, 신발 속에 든 모래알 서걱이듯 하고 있는 데가 있다.

　김광섭의「고향」을 읽고, 이 시의 모든 언어 구성이

　이런 고향이야 가슴과 손바닥 같은 것인데
　빼앗아서 무엇에다 쓰나 차라리 푸줏간에서
　쇠고기나 한두 근 훔쳐다
　불고기래도 맛있게 해 먹을 일이지

같았으면 좋겠다고 느꼈다. 그러나 성공은 부분이요, 나머지 전부는 그냥 너무 수필적이다.

　박두진의「종아리」도 수필의 한 부분 같은 걸 자유시형으로 포진해 놓은 데 불과하다. 대가여, 시 쓰는 것(시 언어 다루는 것) 어렵다는 자각 또 한 번만 더 해 주기를 바란다.

　이동주의「춘한春恨」은 언뜻 보기엔 무엇 간절한 것이 있는 것 같은데, 다시 보면 그만 어리벙벙한 게 유감이다. 좀 더 고도한 시의 '눈'이 있었더라면 싶다.

　『현대시학』에 발표된 19가家의 작품 중에서 인상에 남는 것은 이승훈의「어휘」였다.

당나귀가 돌아오는

호밀밭에선

한 되가량의 달빛이 익는다.

한 되가량의 달빛이

기울어진 헛간을 물들인다.

안 보이던 시간이

총에 맞아

떨어지는 새의 머리인 것을

어쨌든 여기에는 성실한 시의 미학과 이미지의 조직 형성과 시의
상상의 싱겁지 않은 것이 있다.

김종길의 「춘니」의 여묵餘墨 같은 수법은 본묵本墨이 돼야겠고, 문
덕수의 「손수건」이 먼저 건져야 할 건 좀 더 매력 있는 시의 눈이다.

7

한 편의 시가 집필되려면 먼저 한 시상의 결실이라는 것이 있어야
하고, 또 이 시상에 대한 작자 스스로의 확실한 자인自認이 있어야 함
은 우리가 잘 아는 일이다. 그리고 이 자인이란 시상의 감동이 작자
에게 어떠한 이유로도 거부할 수 없는 것이 되어 있을 때 비롯하는
것인 줄도 잘 알고들 있다.

그런데 우리가 너무나 잘 알고 있는 시의 이런 원리와는 달리, 이 달의 시들을 보면 '거부할 수 없는 시상 감동'의 이유라는 것 대신에 자인의 표준은 작자나 독자의 감동 여하와는 무관히, '아마 이만해도 어찌 그럭저럭 되기는 되겠지' 하는 50퍼센트 언저리의 자기 평가 표준에 의한 덤핑 제품들이 두드러지게 많이 눈에 띈다. 이런 평가 표준은 인류 생활에는 참으로 많은 것이니 그만만 해도 괜찮겠지만, 사실상 50퍼센트 훨씬 미달의 자인으로 시작한 듯한 작자도 적지는 않은 것이다.

자기 시상이 주는 거부 못할 감동의 힘을 척도로 하고서야, 고대에서나 현대에서나, 주지적이려는 시에서나 주정적이려는 시에서나, 시는 시 노릇을 해 오는 것이라고 기억하는데, 자인 표준의 퍼센티지를 자꾸 에누리해서만 이롭겠다는 게으른 꾀들은 무엇에 쓰자는 것인지, 참 미련한 일이 아닐 수 없다.

이달(1966년 8월) 시의 저조 속에서 『현대시학』의 김요섭의 '신작 소시집'이 그래도 가장 우수한 것임은 누구나 쉬이 수긍할 것이다. 그러나 이 역시 전작들에 비한다면 안이하게 마련된 작품들이다. 시를 하지, 무엇하러 산문에 접근하는지 모를 일이다. 이렇게 하면, 쓰긴 쉽겠지만 시 예술에서 멀어지니 말이다.

「준비」(『현대시학』)―박정희.
무엇 있음 직한데, 다 읽고 나면 뭔지 그냥 희부옇기만 하다. 피곤 때문인가? 아무리 피곤해도 시의 눈은 시에선 언제나 떠져 있어야 하고 또 형형해야 하는 것이다.

「병病」(『시문학』)—김현승.

자세야 좋다. 씨의 항시 의젓하려는 자세는 여기에도 충분히 잘 보여 좋다. 그러나 시의 내용이란 한 자세의 설정으로서 족한 것은 아니다. 무어 좀 더 예술 체화된 게 있어야 할 것이다. 예술 체화라는 것을 양념으로 드문드문 섞는 것이 아니라 전체적 예술 체화 말이다.

박성룡이 『문학』지에 「뜰」, 『시문학』에 「들국화」 두 시작을 보였다. 그러나 이 두 시 다 그의 작품으론 가장 게으른 데 드는 것이다. 그가 늘 우리에게 주어 온 유연悠然한 여운미도 여기에선 너무 가냘프다.

「응시」(『시문학』)— 김영태.

이 시도 시의 눈의 설정과 방광력放光力이 부족하다. 시상의 결실력도 부족하다. 김영태는 릴케가 말한 시의 꾸준한 기다림이라는 걸 다시 한 번 좀 생각해 보길 바란다. 조금만 무얼 더 기다리고 추구했더라면 싶어 안타깝다.

「목공 요셉」(『시문학』)—이성부.

시행들 속에 문득문득 빛나는 시의 보석 가루들을 가지고 있어 기대하게는 하지만 시 전체를 통한 구성력이 박약하다. 시의 구성이란 수필적 구성과는 다른 고차원의 미적 질서라는 것을 씨는 깜박 잊은 듯싶다.

「나의 경치」(『시문학』)— 이세방.
이세방의 시의 감각과 체험들은 풍부해 뵌다. 신선하고 오달奧達할 능력도 가지고 있다. 그런데 웬일인지 이걸 정시해 성실히 하는 대신에 한눈을 팔며 딴 넋두리로 씻어 넘겨 버리고 있다. 유능한 사람이 솔직이 싫어 이렇게 시 언어의 딴전을 보고 있는 것을 대하는 건 민망한 일이다.

「폭풍의 거리」(『현대시학』)—신석초.
이 작자의 청년기의 대표작 「바라춤」을 제목을 달리하여 다시 대하는 것 같은 느낌이다. 장군들은 왕년의 무훈담을 되풀이도 하는 것이니까 이래도 무방한 일일는지는 모르지만, 석초는 무엇보다 먼저 늙었다는 생각을 포기하고 새 진경進境에 나아가도록 해야겠다. 시상의 신개지의 개척과 아울러 표현 어태의 새로운 개발도……

박두진의 「장미집 5제」(『현대문학』)—신석초에게 한 말과 거의 같은 말을 되풀이하지 않을 수 없다.

「연기演技 및 일기日記」(『현대문학』)—강희근.

이 작품의 부분적 섬광들은 상당한 것이다. 이것이 이성부의 경우나 마찬가지로 우리의 기대를 걸게 하고 있다. 그러나 더 많은 정리와 삭감과 보완이 이 시에도 필요하다.

8

『현대문학』의 1966년 10월의 시 중에서 신동집의 '근대시초' 가운데 「농부와 소」, 강우식의 「4행시초」 두 작품을 재미있게 읽었다.

풀을 뜯는 소의 껌벅이는 눈망울이
어쩌면 땅에 굴른 돌멩이와 구별이 없다.
간혹은 좌우로 뿔을 돌리며
몸을 흔들 적마다
등에 얹은 풍경風景이 둔중히 울렁인다.
등에서 미끄러지는 풍경을
소는 자꾸만 바로잡아 보는 게 아닐까.
묵묵히 씨를 뿌리던 밭의 사람도
일손을 멈추어
맛있게 피우는 담배 연기.
밭고랑에 뿌려 놓은 씨가
마치 은하수의 숱한 별 싸라기다.

이 시는 소품인 대로 우리 시의 최근의 상상 세계에 한 비약을 보이고 있다. 공간의 질서들은 이 시인에 의해서 상당히 전치되고 변모당해 있지만, 그것들은 우리 시의 발전적 미학을 위해서는 적지 아니좋은 기여를 하고 있는 것으로 보인다. 왕년 쉬르레알리슴과 태도는 일치하는 것이겠지만, 동집의 이 변조된 공간의 미는 전연 그 독자적인 풍취를 형성하고 있다. 우리 현대시의 여러 시험들 중에서, 그의이 소품은 작은 대로 한 성공례의 표준이 되는 것으로 안다.

강우식의 「4행시초」도 멋있다. 현대 향가라고 불러 적합한 그의 4행시들은 가난하고 메마른 풍토의 돌더미 사이에 피어나는 풀꽃들같이 우리 공명선에 선한 인상을 드리운다. 아마 외국인의 눈에는 한결 더한 인상을 주리라 생각된다.

틀이 같은 초생달이 한 개만 떠서
한 돈이나 한 돈 반쯤이면 맑게 웃을
초하루나 이튿날의 내 가난한 계집의 꿈은
긴긴 겨울밤을 뜬눈으로 새우네.

이런 표현이라든지,

십오야 둥두렷이 달 뜬 날 밤에
젖물 나듯 잦은 눈물로 살은 가시내.

봄 풀잎 하나래도 약 될 것 같애.

주인도 없이 아기를 낳네.

같은 표현에 보이는 시인의 눈은 많이 밝은 것이고, 거기 보이는 화술들은 독자적인 매력을 가졌다. 우리는 우리 시문학사에 단시로 영랑의 4행시들을 가졌고, 또 세계 시문학사에서 오마르 하이얌의 『루바이야트』를 가졌지만, 강우식의 작품들은 영랑의 것들에 비해서도 완전히 새 가치를 가지는 것이고, 『루바이야트』에 비해서도 또 달리 뛰어난 별종의 미를 이루고 있다. 이 신예 시인의 장래 시집에 기대가 크다.

조종현 대사의 「어떻게 갔을까」의 시의 시력視力에는 감탄할 만한 것들이 적지 않다. 시인의 시력이 이렇게 빈틈없이 되기도 참 어려운 일이다. 좀 길어서 전문을 인용치 못하는 건 유감이지만, 그이의 시력視力 능력은 우리 전 현대 시문학사에서도 한 유능한 힘일 줄 안다. 그러나 한 가지 꼭 아까운 일이 있다. '무엇 같은', '무엇처럼' 하고 너무나 많이 사용한 직유법의 되풀이 대신에 '처럼', '같이'가 숨어 버리는 은유법으로 말했더라면 얼마나 좋았을까 하는 점이 그것이다.

박희진의 「소림명월음疎林明月吟」은 거기 보이는 '신운神韻에의 지향'에 동감이나, 다만 이게 지향에 그치지 말고, 무슨 체험된 것이라야 하지 않을까 싶다. 다시 말하자면 실감한 것이 더 좀 있어야 하지 않을까 하는 말이다. 박희진은 먼저 시상 그 자체를 여러 주야 더 잠 깨우고 잠재우고 또 잠 깨워 보면서 실감의 도수를 더 좀 고도한 것으로 체험해 낼 필요가 있다.

그리고 고원의 「변성變成」——

그리고 어느 날, 갑자기,
네가 내 말을 눈 속의
빛이 되게 했을 때, 침묵이
불꽃을 날리기 시작했다.

의, '네가 내 말을 눈 속의 빛이 되게 했을 때' 같은 표현도 어쩔 수 없이 이달 우리 시의 가구佳句의 하나가 되겠다. 고원은 인제 이런 연애시를 써 나가면 잘되겠다.

김광림의 「맹목」(『문학』)이 가지는 시네포엠 수법의 극한 상황의 스크린도 상당한 솜씨가 있다. 그런데 제목이 「맹목」이라 그런지 이 시에는 시의 중심인 시의 눈이 뚜렷하지 않은 것 같다. 시의 건수件數의 배치들 속에 당연히 설정하지 않을 수 없는 그 초점이라는 것 말이다. 끝에서 둘째 줄의 '심연'이라는 말은 이 경우 심각스레 무얼 과시하는 것 같은 인상이어서 딴 무슨 구상적인 걸로 대치되었더라면 싶다.

9

시에서 미라는 것을 전연 생각하지 않고, 진실만을 척도로 시를 쓰는 시인의 수가 이젠 직지 않은 듯하다. 그러나 진실만을 척도로 한다 하더라도, 시가 이론과 다른 점은 감동을 획득해 전달해야 하는 데 있는 것이고, 감동은 필연적으로 모종의 미적 밀도를 가져야만 하는 것이라면, 미는 역시 어느 경우에나 시에선 필요한 것이다. 그리고 이 시의 미라는 것은 현대에서는 콘크리트 같은 사람의 가슴속을 뚫고 들어갈 만큼 도수가 센 것이라야지, 보통의 정도로서는 있으나 마나 한 것도 우리는 잘 안다. 19세기 말까지만 해도 시를 읽는 소시민들의 시간은 보통의 미적 자극에도 맞들일 수 있을 만큼은 부드러운 것이었다.

그러나 상상하다시피, 이 엄청난 20세기 후반기적 기구 속에 집무하고, 용건 보고, 피곤하고, 또 수면 부족 그대로 깨어나기가 일쑤인 독자들을 위해서는, 시의 감동은 이젠 보통이어서는 안 되고, 전선을 흐르는 전류만큼 한 무슨 감전시키는 힘이 없으면 안 되게 되었다. 물론 이 시의 전류는 죽이는 것이 아니라 살려 내는 힘으로서 말이다.

이렇게 생각하면서 우리 시들을 보면, 대부분이 도수가 미달인 경우가 많다. 첫째, 시인 자신이 겪은 감동의 도수가 모자라니, 별 수단을 다해서 이걸 효과적으로 전달해 보려 해도 잘 되지 않는다. 역설과 성필법省筆法과 회삽, 추상에 의한 신기蜃氣 등 갖은 수법을 다 부려봐도 역시 근본부터 모자라던 것이라 모자라고 만다. 그래 나는 '좀 더한 뇌쇄의 매력'을 만들어 달라는 뜻으로 주제를 내걸었다. 시인의 유파나 개인의 정신적 거점을 우리는 묻지 않겠다. 하여간 소수의 우리 시의 독자에게만이라도 공명의 불을 밝히게 할 수 있을 만한 무슨 매력을 시는 먼저 만들어 내는 데서 재출발해야겠다.

필자의 공명선을 가지곤 1966년 11월의 시에서도 끝까지 읽어지는 작품은 조병화, 신동집, 이제하, 이우석, 이기원, 김광협, 조남익 등 7씨의 작품에 불과하였다. 『현대문학』과 『문학』, 『시문학』—문학 전문지의 29씨의 작품들 중에서 말이다.

이상 7씨의 작품 가운데 내가 제일 많이 호감을 가지고 읽은 건 조남익의 「관冠」(『현대문학』)이었다. 이 시엔 첫째, 작자 자신의 시적 감동이 옅지 않은 게 보여서 좋다. '지독한 한국인'이란 말을 쓸 수 있는 거라면, 그 지독한 걸 이만큼 깊게 느끼게 해 주는 시도 요즘엔 드물다. 말도 순 국산으로 또 정교하기도 해서 정진하면 우리 시에 좋은 한 획을 그을 수 있으리라 생각된다.

김광협의 「소금과 '라이 · 반'」(『현대문학』)은

소금의 청옥 하늘을 날아가던.
신선한 어안魚眼의 사회.
똘똘한 어안魚眼의 정치.

이런 시의 언어예술력만 해도 상당한 실력을 보이고는 있지만, 또 한쪽으론 상당히 게으름도 보여, 그게 안타깝다.

이기원의 「멸망의 강」(『현대문학』)은 구성의 독특한 미를 가지려 하여 어느 만큼은 성공도 하고 있다. 그렇지만 초점이 좀 더 매력 있고 끝도 좀 더 실했어야 할 것이다.

조병화의 「마음이 운다」(『문학』)는 그 말씀들의 유창하고 흥허물 없는 점 여전하여 싫지는 않지만, 역시 좀 수다스러운 느낌이 없지도 않다. 조병화거나 필자거나 역시 다시 일개 문학청년으로 돌아가 '역작'이라는 걸 애써서 해냄으로써 우리 시를 좋게 할 수밖에는 없을 것이다.

신동집의 「별곡」(『시문학』) 세 편의 시 가운데 「사람의 노래」를 그중 좋게 읽었다.

다리 넘어 한 사람의 연분이 사라질 때
다리목의 사람은 또 무슨 생각을 보태야 하나.
강물에 뜬 백조의
나래 접은 흰 비상을 믿어라.

이렇게 첫 절이 시작되는 이 시는 다리 위의 시로선, 그야 기욤 아폴리네르의 「미라보 다리」 따위보다야 훨씬 낫긴 낫지만, 역시 어딘지 좀 더 정리의 미가 더해져야 안 할까. '백야'니 '비상'이니 하는 말도 이 시와는 어째 잘 안 어울리는 듯하다.

이제하의 「사랑에 대하여」(『시문학』) 속의 시의 보석들은 갈피 없이 수필적으로 흩어져서 섭섭하게 되었다. 자세한 배치니 대조니 하는, 시의 질서에 대한 고려를 좀 더 했어야 할 것이다. 너무 빨리 써낸 흔적이 보인다.

이우석의 「여름·목관악기」(『시문학』)—

불타버린 여름의 피부를 벗기며
아내는 졸고 앉았다.
아이들은 그넷줄에 매달려
나무 잎사귀의 부챗살을 펴고
바람을 만든다.

아내는 미술대학생
조금씩 열리는 그의 입술 사이로
달이 뜬다.

이런 신화적 형성의 모색은 첫째 건전해서 좋다. 이걸 대성하여 현대인의 저가치 의식을 많이 덜어내 주기 바란다. 그러나 '로댕의 손은 달을 길어 올리고'에서 '로댕'을 끌어다 붙이는 것은 우리 문학 소년 소녀들이 한동안 이런 식으로 릴케를 자꾸 끌어다 넣던 게 생각되어 좋지 않다. 신화이려면 더구나 이러는 건 좋지 않다.

10

최근의 우리 시는 미학 대신 심리학에 더 많이 기울어져 가고 있는데, 이것은 프로이트와 쉬르 이후 현대시의 내면의식 추구에 보조를 같이하려는 점까지는 좋으나, 내면의식 추구의 시에도 역시 거기 적합한 미학은 고려되어야 할 것인데, 아직까지는 그 고려가 거의 안 보이고 생경한 노트를 그대로 내놓은 듯한 인상의 작품들만을 많이 보게 되는 것은 섭섭한 일이다.

원래 시의 언어미학의 요소는 사용되는 언어 그 자체 속에 있는 것이 아니라, 사용된 언어의 배후의 함축 암시되는 바의 언외의 감동에 있는 것이고, 시의 감동이란 시어의 적절한 배치와 구성을 통해서만 빚어지는 것인데, 시의 구성이라는 것을 전연 고려하지 않은 수필적 구성을 일삼는 나머지 시의 미학을 깡그리 내팽개쳐 버린 형편이 되어 있다. 시 구성에서 가장 중요한 대조라는 것에 유의하는 시인도 아주 드문 형편이다.

그리고 또 하나, 난점은 '데포르마시옹'을 하면서 대다수가 혈맥 불통의 부작용을 갖고 있는 점이다. 아무리 데포르마시옹이라 하더라도 한 편의 시이려면 그것은 유기적 혈맥의 필연적 연관을 마련해 성립해야 할 것인데, 그게 잘 안 되어 있기 때문에 관절 불통의 뭔지 잘 모를 괴상한 언어 유희가 되고 만다.

1966년 12월의 『현대문학』과 『문학』 두 잡지에서 유태환, 조상기, 구자운, 황길현, 정현종, 조유경 6씨의 작품이 그중 나아 보였다.

유태환의 「눈 오는 날은」(『현대문학』)이 가진 형이상적 감각은 상당히 높은 시인의 자격이 보여 좋다. 그러나 '성화로 더럽힐 수는 차마 고와 지친다' 같은 식의 언어미학은 군더더기 져서 안 좋다.

조상기의 「종鐘」(『현대문학』)은 가작이긴 하지만 멋을 부리려는 게 두드러져 보이는 데가 있어 좀 어리게 됐다.

구자운의 「용의 팔뚝」(『문학』)—멋있다.

나는 아무것도 아닌데
너희들은 아직도 무엇인가이다.
아직도 무엇인가일 수 있는 것에
존경할 만한 값어치 있음이여.
그렇다, 용으로 사느니보다는 네온의 뱀이기를.

이런 서울 뒷골목의 부랑인의 말투가 이 시에서는 잘 살아 제법 멋이 있다. 그렇긴 하지만 씨의 종전의 주옥편의 노력을 나는 다시 권하고 싶다. 주옥편의 노력을 여기 더한다면 아주 썩 좋은 시가 될 것이다.

황길현의 「열병기熱病記」(『문학』) 속의 어떤 데포르마시옹들은 빛난다. 그러나 어떤 데포르마시옹들은 또 혈맥이 잘 안 통해 보인다. 이 점, 시의 회태기를 좀 더 길게 가질 일로 안다. 시의 혈맥이란 장기 회태에선 저절로 잘 마련되는 것이니까.

정현종의 「빛나는 처녀들」(『문학』)에 대해서도 황길현에게 한 말을 되풀이하려 한다. 정현종의 이 시는 초점력도 좀 더 고도히 가질 필요가 있다.

조유경의 「거울」(『문학』)에도 무어 좀 더한 초점이 있었으면 좋겠다. 뉘앙스도 좀 더 짙어야겠고 시의 볼륨도 조금만 더 두터웠으면 좋겠다. '조금만 더 했으면 썩 좋게 될 터인데' 하는 안타까운 느낌이다.

개평個評을 마치고 남은 지면에 한마디 덧붙여 두려는 부탁은, 우리들 시, 좀 더 노력해 써야겠다는 것이다. 원고료가 너무 싸니까 그런지, 시들을 모두 너무 빨리 써내는 흔적이 많이 보인다. '이만해도 되겠지' 하는 유의 표준을 지양하고 조금만 더 애써서 써내야겠다.

아시아 올림픽에서 일본에게 떨어진 체위를 시문학에서만은 그래도 우리가 우위에 서야 할 텐데, 이렇게 모두 남발을 해내서 될까?

요즘 일본에서 나오는 모 잡지를 보고 있는데, 조금만 더 우리가 애써서 써낸다면 일본 시 수준을 넘어서는 것쯤은 문제가 되지 않을 것으로 보였다.

우리 시인들이여, 건승하기만을 바란다.

나와 나의 시론

머리로 하는 시와 가슴으로 하는 시

응용물리학자나 수학자나 심리분석학자들이 하듯이, 이제는 시도 그저 머리로만 응용하고 헤아리고 따져서 써내면 된다는 시 작자詩作者의 새로운 자각이, 요즘 우리 시들에는 상당히 많이 나타나 보인다.

이것은 시정신이 감성으로건 지성으로건 반드시 가슴의 감동을 거쳐서만 영위되어 왔던 종래의 전통적 관례에 지친 때문일까? 가슴앓이 병자가 쇼크를 피하듯이, 시인이면 마땅히 겪어야 할 가슴의 저 많은 연옥의 문들을 닫아걸어 버리고 머리의 사고의 간편 속에 편승해 버리려는 것은 아닐까?

샤를 보들레르는 일찍이 '자기는 자기의 사형 집행인이고 또 동시에 사형수다'라고 했다. 이것은 시인의 가슴의 푼수로는 순교자에 못지않게 겪어야 하는 시인의 가슴속의 연옥의 책임을 자인하고 한 말이다. 시인과 순교자만이 수천 년래 지고 왔던 이 가슴의 전 책임의 문호는 이제 그 가슴앓이병의 무력無力의 이유로 닫혀져 버려 좋은 일인가?

거기서 누가 우느냐? 아니라, 그냥 바람 소리냐?
눈부시어 못 볼 금강석같이 외로운 이때를…… 거기 누가 우느냐?
내가 울려는 이때를 거기서 누가 우느냐?

—폴 발레리,「젊은 파르크」첫 절의 졸역

가슴으로 감동하고 줄이고 걸러내서 전달해야만이 통하던 시의 이런 고유한 '지혜의 이해'의 일은 이제는 아주 그만두어도 된다는 말인가?

그러나 시의 지성을 응용물리학이나 심리분석학 다루듯이 하려는 사람들의 큰 애로가 하나 내다보인다. 그것은 다른 게 아니라 가슴의 감동 아니고서는 도저히 맛볼 수 없는 생의 매력은 어디에 가서 찾느냐 하는 문제다.

월요일에서 금요일까지 오후 5시 이후나 주말이 되면, 비어홀이나 산보로 등에 머리의 집무가들이 많이 풀려 나와, 골치 아픈 연구와 계산과 실험의 머리들을 쉬며 다소간에 그들의 생의 매력을 별도로 찾으려는 것이 보인다. 시인도 머리로써만 시를 하는 한, 시의 머릿속의 고려 끝에는 불가불 얼마만큼씩의 두통을 만들게 되어, 그들의 가슴이 요구하는 생의 감동은 딴 데 나와 추구해야 하는 결과에 도달하고 말 것이다.

원래 시의 지성이 일반 이론학문의 지성과 다른 점은, 일반 이론학문이 순리적 개념을 두뇌로써 선택하고 결합해 왔던 데 대해, 시의 그것은 머리에서만 머무는 게 아니라 가슴의 감동을 거쳐 독자에게 감동을 줄 수 있는 것으로 전달한 데에 있다.

그러니 시는 지성을 주로 하는 경우라 하더라도 의미 이해만을 전하면 되는 것은 아니다. 폴 발레리가 '순수시론'에서 시의 감동 전달을 강조한 것도 그리스 이래 서구 시의 그런 전통적 관례를 머리에 두고 말한 것이다. 그렇게 해서 시의 지성은 일반 이론학문의 지성보다 한 술을 더 떠 왔고, 이 한 술로 시가 시 노릇을 해 온 것인데, 이제 이 한 술을 내던져 버린다면 시는 불가불 사멸해 버리지 않을 수 없을 것이다.

매력과 절제 사이

인생의 매력 앞에서는 시인이란 결국 가장 큰 욕심꾸러기가 아닐 수 없다. 그러나 여느 사람들처럼 먹어 치워 버리는 욕심꾸러기가 아니라, 먹는 것은 아주 점잖게 조금씩만 먹고 나머지는 눈으로 영유하고 그 간절한 매력을 지키는 특수한 욕심꾸러기인 것이다.

여기에 맑은 가을 과목에서 방금 따 온 사과가 한 광주리 있다. 이것은 단순한 사과가 아니라 금단의 과실 같은 그런 무슨 생의 매력의 은유로서 보아 주기 바란다. 이것을 여느 배고프고 굶주린 사람들은 다섯 개도 먹어 치우고 열 개도 집어세어, 사과의 식상食傷을 만들고 사과의 무미無味를 만들고 사과의 권태倦怠를 만들면서, 이걸로 인생을 잘 전취하는 일이라고 한다.

남녀 간의 경우도 마찬가지로 다수 전취만을 일삼는 사람들의 수가 늘어나고 있는 것은 우리가 잘 아는 일이다. 그러나 시인은 그가 정말로 시인이라면, 이 경우엔 가장 얌전한 소식가가 아닐 수 없다. 사과를 아주 점잖게 반 토막만 갈라서 천천히 음미하고, 더 먹고 싶은 식욕을 잘 절제해서 견디어, 늘 사과 먹고 싶은 마음과 사과 그리움을 유지해 가는 사람이 돼야 한다.

　　이렇게 하여, 여느 부자들이 사물의 온갖 선미善美한 것들을 많이 거둬 탐식하여 무미화하고 있는 동안, 시인은 아주 조금 먹는 대신에 점점 심대해 가는 사물에 대한 그리움으로 밝힌 한 개의 사랑의 등불을 마음속에 켜고, 이 불 속에서 이루어지는 모든 감동의 푼수들을 언어 배치의 힘을 빌려 재현해서, 다시 저 식상한 무미화의 세계에 그 간절한 사물의 그리움을 전파하는 사람인 것이다.

　　샤를 보들레르가 5년 동안 짝사랑의 연애 편지질을 했던 사바티에란 이름의 여자에게 수용되던 날, 재빠르게 뺑소니를 쳐 버렸다는 이야기는 틀림없이 시인의 식성답다. 이렇게 마음에 있는 여자는 그리운 걸로만 멀리 놓아두고, 겨우 예쁠 것도 방정할 것도 별로 없는 흑백 혼혈녀 잔 뒤발만을 데리고 살았다는 것은 이 시인의 정신의 등명燈明을 위해서 불가피한 일이었을 것이다. 이런 그의 생애를 상기하면서 그의 「여행에의 유혹」이나 「연인들의 죽음」 같은 시 속의 그 불치의 전율하는 그리움을 읽으면 시인의 소식과 절제가 바로 시의 원천이라는 것을 알 수 있다.

이 작은 주머니는 짓기 싫어서 짓지 못하는 것이 아니라, 짓고 싶어서
다 짓지 않는 것입니다.

이것은 만해 한용운 선사의 「수의 비밀」이란 시의 마지막 구절이
다. 이 시 속의 여인은 객지에 가 있는 애인에게 보낼 옷을 지어 놓고
마지막으로 주머니를 만들고 있는데, 이걸 마저 끝내 버리면 사랑하
는 사람과의 사이에 마음의 다리를 놓는 일이 끝나 버릴까를 겁내고
있다.

시인이 겁내야 할 것도, 무엇을 다 못 하고 끌고 가는 안타까움과
그리움이 아니라, 참으로 냉큼 다 먹어 치워 버리거나 끝내 버리고
마는 일인 것이다.

19세기 낭만주의가 감정과 욕망을 잘 절제하지 못한 나머지, 얼
마나 많은 무미한 정서의 통속을 빚어내 놓았는가를 우리는 잘 알고
있다.

고도한 정서의 형성은 언제나 감정과 욕망에 대한 지성의 좋은 절
제를 통해서만 가능하다.

불교적 상상과 은유

　쉬르레알리스트가 인간의 잠재의식의 층을 침잠하여 뒤지다가 상상의 빛나는 신개지들을 개척하고 거기 맞춰 전무한 은유의 새 풍토를 빚어낸 사실을, 우리는 지금도 여전히 찬양하지 않을 수 없다. 그러나 내 생각 같아서는 쉬르레알리슴이 보여 온 그런 새 풍토들도 불교의 경전 속에 매장되어 온 파천황의 상상들과 은유들의 질량에 비긴다면 무색한 일이다.

　연꽃 마음을 내
　그 연꽃 잎잎으로
　일백 가지 좋은 빛을 내어 보아라.
　팔만 사천 이랑의 맥이

하늘의 그림같이 거기 있느니
맥에 있는 팔만 사천의 빛이
모두 다 눈을 떠 두루 보게 하여라.
아무리 작은 꽃잎사귀도
가로세로 뻗쳐서 만 리는 가느니……

이 땅 위의 아무도 아직 석가모니와 그 영롱한 제자들을 빼놓고는
이런 따위의 연꽃의 상상을 해 본 이도 없고, 마음의 한 밝은 상황의
은유를 이런 식으로 전개해 본 이도 없다.

속리산 법주사에 가면 팔상전 앞에 화강암으로 새긴 석련지石蓮池
라는 신비한 강각嵁刻이 언뜻 눈에는 별 매력이 드러날 것도 없이 서
있다. 그러나 자세히 눈을 씻고 보면 몇 마리의 호법신護法神의 사자
가 이마로 이고 있는 것은 불법佛法의 상징인 연꽃이고, 또 그 피어
있는 연꽃 속은 맑고 향기로운 불법의 호수인 걸 본다. 이런 것은 불
경에 전연 무식한 사람 눈에는 곧 그 논리를 대기가 어려워 어리둥
절하는 사람도 있는 모양으로, 가령 내가

세 마리 사자가
이마로 이고 있는 방 공부는
나는 졸업했다.

세 마리 사자가 이마로 이고 있는 방에서
나는
이 세상 마지막으로 나만 혼자 알고 있는
네 얼굴의 눈섭을 지워서
먼발치 버꾸기한테 주고,

그 방 위에 새로 핀
한 송이 연꽃 위의 방으로
핑그르르
연꽃잎 모양으로 돌면서
시방 금시 올라왔다.

—「연꽃 위의 방」

어쩌고저쩌고 그 석련지식 미학을 빌려 시험 문자화해 보이면, 그만 당황하여 '무당판수' 놀음이냐는 등 상상에 이로理路가 안 닿는 표현이라는 등 말한다.

쉬르레알리슴의 시들이 처음 발표되어 나왔을 때도 논리라는 속물을 앞세우고 많은 사람들이 그리하였다.

안 보던 미의 새로운 세계를 접할 때는 논리는 차라리 아주 던져버리고 겸허하고 순수한 센스로만 접하는 것이 그것을 바로 보는 것일 것이다.

『삼국유사』를 보면 김대성이라는 신라의 좋은 불신도는 그의 생

부모를 위해서 불국사를 짓고, 전생의 부모를 위해서 석굴암을 짓고, 사냥 가서 죽인 한 마리의 곰이 꿈속에 나타나 애원하는 것을 듣고는 곰의 넋을 위해 장수사長壽寺라는 절을 지었다.

또 동래온천으로 매사냥 갔던 신라의 어떤 이는, 매한테 쫓긴 꿩이 새끼를 안고 우물 속으로 내려앉는 것을 보고 매가 나무에 앉아 눈물 흘리고 있는 걸 기념해, 영취사靈鷲寺라는 절간을 그곳에 세웠다.

이런 일들은 불교식 삼세三世를 통한 현실관과 중생일가관衆生一家觀이 빚어낸 이야기지만, 내게는 그 논리야 어이컨 상상만으로도 많이 아름다워 보인다.

그래 이런 동류의 상상권에 잠복해 들어가서,

바람이 불어서
그 갈대를 한쪽으로 기울이면
나는 지낸밤 꿈속의 네 눈섭이 무거워
그걸로 여기
한 채의 새 절간을 지어 두고 가려 하느니
　　　　　　　　　　　　　　　　　—「여행가」 3절

이런 유의 시구절을 꾸며 보기도 한다. 누가 뭐라고 하건 그건 내가 알 바 아니다. 나는 이렇게 하는 것이 내가 여기까지 해 오던 시의 상상의 세계보단 더 훨씬 아름다운 것이라고 확신하기 때문에 계속해 하고 있을 뿐, 이것이 내 생전이나 사후 어느 때쯤 많은 시인의 공감을 얻을 것인지도 생각해 보는 일은 없다.

행인들은 두루 이미 제집에서 입고 온 옷들을 벗고
만 리에
날아가는 학두루미들을 입고.

—「여행가」1절

또 이런 표현도 해 보았다. 그러나 그 상상의 유니크한 이유로 혹시라도 시새워하는 이가 있다면 안심하기 바란다. 왜냐하면 이것도 그 모형母型이 되는 이야기는 『삼국유사』 속에 또 들어 있으니 말이다.

옛날 공주라는 곳에 고기 아니면 밥을 못 먹는 어머니를 모시고 사는 효자 하나가 있었는데, 하루는 종일 사냥을 다니고도 산새 한 마리 못 잡고 빈손으로 돌아오다가 문득 하늘에 학들이 떼 지어 날아가는 것을 보고, 그거라도 한 마리 잡아 어머니 몰래 털 뜯어 익혀 드릴 양으로 화살을 당겨 겨냥해 쏘았다. 그러나 떨어져 내리는 걸 보니 그건 학이 아니요, 그저 몇 개의 학의 날갯깃이었는데, 그걸 주워 무심코 눈에 대고 보니 눈앞이 아찔해지며 세상은 온통 피비린내고, 사람은 모두 짐승이 되어 기고 있었다.

사내는 반나마 미쳐 그길로 강원도 오대산을 향해 쏜살같이 달려갔는데, 지쳐서 오대산 밑 어떤 움집에 들러 잠깐 쉬고 있노라니, 밖에서 두런두런하는 소리가 나며 웬 장삼을 손에 든 중 하나가 몇몇 중들과 함께 이 사내가 있는 곳에 들어와 말하기를, "당신 보따리 속에 있는 내 장삼 조각 내놓으라"고 했다.

어리둥절하여 사내가 보따리를 여니, 장삼을 들고 있던 중은 그 보따리 속에 사내가 무심중에 같이 꾸려 왔던 학의 깃털을 집어 들고 "이것이다"라고 했다. 그러고는 그 깃털을 그의 장삼의 찢어져 달아나 없어진 한끝에다 갖다 대니, 거기 그대로 장삼 끝이 되어 찰싹 달라붙었다. 그러자 그 중은 말했다. "며칠 전 날이 좋아 산 위에 올라가 바람을 쐬는데, 공주까지 나부껴 있던 내 장삼 자락을 활로 쏘아 찢어 간 것이 바로 당신이다"라고……

어떤가. 이것이 앞에 보인 내 시적 표현이라는 것의 모형이다. 이만하면 여태까지 동서양의 시에서 우리가 맛보던 상상의 세계나 은유들보다는 훨씬 다르고도 아름다운 신개지가 아닌가? 나는 이런 불교문학의 발굴과 시험에 동업을 구하고 싶어 이 무변無辯을 늘어놓고 있는 것이다.

시어와 그 배치

'존재'니 '낭만'이니 '향수'니 '정글'이니 '가교假橋'니 하는 따위의 유행어 속에서만 시인 행세를 하려는 사람들도 딱한 일이지만, '해변의 낭만'이니 '오후의 향수'니 '심야의 정글'이니 '의지의 승강기'니, 무어니 무어니 한자어 단어 몇 개씩 붙여 급조한 숙어들을 가지고 시를 해내고 있는 사람들도 너무 게을러 보인다. 이런 사람들은 시를 작파하고 신문사나 잡지사에 취직해서 그걸로 타이틀을 만들어 붙이는 편집부 기자가 되든지, 좀 더 이런 걸 잘 만들 자신이 있는 사람이라면 자주 그 광고가 보이는 각종 표어 모집에 응모하면 적격일 것이다.

이런 숙어도 이왕 만들려면 좀 더 시의 센스를 쓰고 말맛의 조립에도 애써서, 딜런 토머스 정도로 '겨자씨 태양the mustardseed sun'이라든지 '옥수수 이삭 교회the synagogue of the ear of corn'라든지 하는 따위로라도 빚어, 무슨 참신한 새 탐구의 흔적이 보이도록 만들어 써야 할 것이다.

그러나 아는 이는 잘 아는 일이지만, 시의 언어 조직에서의 가장 큰 효과는 이런 단어나 숙어의 선택에 있는 것이 아니라, 한 편의 대시상人詩想 속의 여러 소시상小詩想들을 그에 적중하는 말들에 맞춰서 담아 가지고 어떻게 효과적으로 조화롭게 배치해 짜내느냐 하는 데 있는 것이다.

둘이 잔 드니 산꽃망울 벙그네.　　　　　兩人對酌山花開
한 잔 드세. 한 잔 드세. 또 한잔 드세.　　　一杯一杯復一杯

이것은 이백의 「산중여유인대작山中與幽人對酌」이라는 시의 한 부분이다. 오랜만에 산골을 찾아 만난 은사隱士 친구와 둘이 드는 술잔과, 거기 때맞춰 꽃봉오리를 여는 꽃과, 술맛의 새 대조는 더 간추릴 여지없이 원만한 조화를 이루고 있다. 그래 비로소 이 시는 술맛을 돋구기 위해 써 내려온 동서양의 어느 시보다도 오늘도 오히려 은근한 술맛을 돋구는 효과를 발산하고 있는 것이다.

폴 발레리는 그의 스승 스테판 말라르메의 시의 배치의 미묘한 아름다움을 표현해서 "그는 시험했다고 나는 생각했다. 마침내 한 지면을 별하늘의 힘으로까지 높이는 일을……"이라고 말했다. 별들이 제 놓일 자리에 또박또박 놓여 있으면서, 또 그걸로 온 별하늘의 황홀한 질서의 아름다움을 돕고 있는 것을, 시의 소시상군의 조화된 배치에 비유해 한 말임은 물론이다.

그런데 이 빤한 바둑판 같은 일을 우리 시 하는 사람들은 너무 게을러서 영 하지 않고 있다. 별하늘의 질서는 그만두고, 조촐한 제사상만 한 마련의 고려도 없이 그저 유행하는 단어나 숙어의 나열만 가지고 수상록 식으로 해 버리면 의무와 명가名價는 충분하다고 생각하는 것이다.

영랑이 생전에 나보고 "나는 시를 마음속으로 거의 다 써내. 암탉이 알 밴 것같이, 시상이 생기면 여러 날을 속으로 끙끙거려. 그렇지만 원고지에 붓을 대면 거의 고스란히 다 되어 나와서 고쳐 보려 해도 별로 고칠 건 없어"라고 말하던 일이 생각난다. 또 아르튀르 랭보 같은 스물도 채 안 된 소년시인도 시의 배치를 마음속으로 빚으며 많은 길을 걸었다고 한다. 시의 배치와 조화와 그 고운 질서를 위해선 어른도 어린아이도 다 이렇게 했던 것이다.

사담私談 몇 가지

　소년, 청년 시절에는 나는 죽는 한이 있어도 거짓말은 영 안 하고 사는 사람이 되려 했다. 그런데 살다 보니 안 하곤 안 되는 거짓말이 있어, 그걸 나는 몇 가지씩 써먹어 왔다. 나를 빼놓곤 나와 제일 가까운 아내 같은 사람에게 '당신을 위해서'라고 해서 써먹곤 무색하게 고독해지고, 어색한 눈치를 보여 추궁받고 해 오다가 이제는 질렸다. 내 친구 중의 하나가 언젠가 "세상에서 제일 하기 싫은 건 거짓말하는 거다"라고 말하던 일이 유난히 생각난다. 내 아내에게도 인제부턴 영 거짓말 없는 사람이 되고 싶다.

　내 숨구멍은 그래도 하나 있긴 있었다. 그것은 어린아이들에겐 나는 아직 거짓말은 하지 않았으니까, 거짓말을 꼭 안 할 수 없으면 늘 침묵하고 말았으니 말이다. 수녀나 신부나 수도하는 중들이, 묻는 말에도 대답 않고 침묵하고 말던 까닭을 이젠 알 것 같다.

미당 서정주 전집 13

1판 1쇄 발행 2017년 4월 25일
1판 2쇄 발행 2022년 8월 26일

지은이 · 서정주
간행위원 · 이남호 이경철 윤재웅 전옥란 최현식
펴낸이 · 주연선

(주)은행나무
04035 서울특별시 마포구 양화로11길 54
전화 · 02)3143-0651~3 | 팩스 · 02)3143-0654
신고번호 · 제 1997—000168호(1997. 12. 12)
www.ehbook.co.kr
ehbook@ehbook.co.kr

ISBN 978-89-5660-502-9 04810
       978-89-5660-885-3 (전집 세트)
       978-89-5660-549-4 (시론 세트)